EN BANDE ORGANISÉE

DU MÊME AUTEUR

Une fille dans la ville, New York, Paris, Kaboul, etc., roman, Équateurs, 2006 ; Le Livre de Poche, 2008.

Comment j'ai liquidé le siècle, roman, Équateurs, 2010 ; Jai lu, 2012.

Flore Vasseur

EN BANDE ORGANISÉE

Roman

ÉQUATEURS LITTÉRATURE

Courriel : editionsdesequateurs@wanadoo.fr
Site Internet : www.equateurs.fr

À ma Rose,
en espérant que cela lèvera quelques mystères.

À tous mes camarades.

« Le monde est cruel en surface, cinglé à l'intérieur. »

David Lynch.

« Il est incroyable de voir comme le peuple, dès qu'il est assujetti, tombe soudain dans un si profond oubli de sa liberté qu'il lui est impossible de se réveiller pour la reconquérir : il sert si bien, et si volontiers, qu'on dirait à le voir qu'il n'a pas seulement perdu sa liberté mais *gagné* sa servitude... »

La Boétie, *Discours de la servitude volontaire*, 1576.

NOTE AUX LECTEURS

Ce livre est un roman.

Il s'appuie sur des faits réels.

Tout au long de cette histoire, j'ai souhaité indiquer quelques sources essentielles, d'enquête (études, articles de presse) ou d'inspiration (films, musique), en les rendant accessibles sur Internet grâce à des **flashcodes**. J'ai ainsi tiré un lien entre le texte et Internet, entre la fiction et la « réalité ».

Pour faire l'expérience de cette « lecture augmentée », il suffit de télécharger une des applications gratuites de lecture de flashcodes, puis de placer son téléphone au fil de la lecture face à ceux-ci.

Ces applications sont disponibles pour les smartphones iPhone, BlackBerry et Android directement depuis les App Stores de ces plates-formes.

Les lecteurs ne disposant pas d'appareil adéquat pourront trouver la liste des sources principales sur la page Internet suivante :

http://florevasseur.com/ebo

Enfin, le roman peut évidemment se lire sans recourir aux flashcodes.

1

Seigneur de la com', Sébastien enchaîne soirées annulées et vacances reportées. Depuis l'implosion des subprimes, il ne gère que des scandales. Une nuit de septembre 2011 à Paris, il reçoit un appel de la firme. À l'époque Céline, son épouse, ne l'a pas encore quitté. Elle supporte sa mauvaise humeur, ses réponses laconiques, se satisfait de ne rien comprendre à son travail. Le CEO [1] Monde le convoque à New York pour une affaire urgente.

Il prend le vol du matin, n'emportant rien. La firme met costume et nécessaire de toilette à sa disposition. Elle connaît son poids, sa marque de dentifrice, son taux de cholestérol.

À la faveur du décalage horaire, il atterrit en fin de matinée. Une des voitures de la banque, une Mercedes Benz S550 noire aux vitres teintées, l'attend à l'aéroport JFK. Elle tente d'entrer dans Manhattan par le Brooklyn Bridge. Les voitures sont scotchées à l'asphalte, celle de Sébastien immobilisée au milieu du pont. La climatisation crache un air froid parfumé au bubble-gum. Sur la banquette de cuir anthracite, Sébastien se change en glaçon.

— *UN Week, sir,* explique le chauffeur portoricain.

1. PDG.

C'est la semaine de l'assemblée générale de l'ONU, pas son jour de chance. Avec cent quatre-vingt-treize chefs d'État en ville, Manhattan est sur les dents. La chambre de Sébastien au Waldorf Astoria, au cas où la réunion le contraindrait à rester pour la nuit, n'a pu être réservée. Mahmoud Ahmadinejad monopolise tout un étage. La circulation est coupée sur la 6e Avenue afin que son Hummer aux vitres fumées et sa chasse gardée se déplacent sans accroc. Pendant quelques jours, le FBI et le NYPD assurent la sécurité de l'homme qui empêche Obama de dormir.

Sébastien sent son ventre se tordre. *UN Week* ou pas, le *boss* de Folman Pachs n'attend jamais. Il se glisse à l'extérieur de la limousine coincée au milieu du Brooklyn Bridge. Couleurs d'automne, soleil implacable, c'est l'été indien. Il prend une grande inspiration. Saturé de particules métalliques, l'air de New York enflamme ses poumons. La Grosse Pomme pue le poisson pourri et le soufre. Sébastien part sans un mot pour le chauffeur. Avançant vers Manhattan, cerné de carlingues et de klaxons en furie, il songe un instant à tout plaquer, à se fondre dans la foule qu'il aperçoit, à la sortie du pont.

Arrivé sur l'île par Wall Street, il n'a qu'à traverser d'est en ouest pour atteindre le siège mondial de la firme. C'est l'heure de la pause déjeuner. Au coin de la rue, des ouvriers du chantier du World Trade Center mangent des chips. Des filles en tailleur et baskets courent à leur club de gym pour l'heure de sport réglementaire. Des livreurs virevoltent, plateaux-repas en main, pour nourrir l'armée de travailleurs enchaînés à leur bureau. Les vendeurs de rue débitent hot-dogs et kébabs à la chaîne. Sur sa guérite, l'un d'eux juge utile de préciser :

« Ici, poulet *véritable*. »

Le quartier grouille. Des touristes hilares s'éloignent de Century 21 — le soldeur de la ville —, les bras chargés de sacs de l'enseigne au slogan fédérateur : *Fashion Worth Fighting For* [1].

Sébastien bifurque vers le sud, attiré par des sons bruts, naturels, que ni une sono, un ordinateur, ni même des porte-voix n'altèrent. Il s'agit de percussions et de chants, de l'humain *véritable*. Intrigué, il traverse le 101 Barclays Street au pas de course. Servant un repas gratuit, le camion de la Salvation Army est pris d'assaut. Partout, les trottoirs débordent de passants, de poubelles, d'étalages clandestins de faux sacs Gucci. Un SDF campe sous le distributeur automatique de l'agence Natwest. Les clients l'enjambent pour retirer des billets. Accroché aux lampadaires, le même panneau publicitaire revient sans cesse. Dans le ciel de Manhattan, pose Benjamin Millepied, le danseur étoile du New York City Ballet. Tête d'ange aux yeux de diablotin, il est l'ambassadeur du nouveau parfum d'Yves Saint Laurent, « L'Homme libre ».

Des barrières gardées par des molosses du NYPD bloquent l'accès à la Bourse. Dans les quatre rues menant au bâtiment, barricades, hommes en armes et *check-points* filtrent le passage. Devant d'énormes blocs de béton déposés sur le bitume, Sébastien se demande ce qu'est la liberté *véritable*.

— C'est absurde, murmure-t-il comme pour lui-même, en arrêt devant le *check-point* sur Broadway.

— C'est pour éviter qu'un kamikaze se balance ici avec un camion, lui répond une voix juvénile derrière lui.

Revêtue d'une aube blanche, une adolescente aux cheveux auburn bouclés le fixe.

1. « Une mode pour laquelle cela vaut le coup de se battre. »

— Wall Street, c'est pas Gaza, commente Sébastien en se raclant la gorge.

Elle a le visage des modèles du photographe David Hamilton, ces filles en fleur prises au naturel, leur virginité suggérée par un halo de lumière.

— *Who knows*... répond-elle, énigmatique.

Touchant à peine le sol, elle rejoint un petit groupe d'adolescents au regard apaisé, affublés de la même aube blanche. À la barbe des policiers, ils entonnent des psaumes religieux réécrits à la sauce anticapitaliste. En pleine jungle, une troupe d'anges à la voix claire annonce la mort du libéralisme.

Quelques *blocks* plus bas, les percussions et les cris redoublent. Sébastien passe devant la Fed [1] : pouvoir *véritable*. Elle inonde la planète de dollars indexés sur rien, 85 milliards par mois : bombe *véritable*. Il débouche sur le 1 Liberty Plazza, une place de granit égayée de quelques oasis de chrysanthèmes jaune poussin. Une mare de cartons, de toiles de tente et de pots de beurre de cacahuètes recouvrent le sol. C'est le siège de Occupy Wall Street. Sébastien remarque le nom du propriétaire de cette « place de la Liberté », martelé sur une plaque de cuivre : *Frookbield Properties*. Folman Pachs s'est occupé de l'introduction en Bourse de ce groupe spécialisé dans l'immobilier de bureau. Il n'a rien d'un apprenti anarchiste. Pourtant Frookbield a laissé les Indignés s'installer, le temps que les caméras du monde entier se mettent à filmer. Pour le groupe immobilier, c'est l'opération philanthropique du siècle. De la récupération *véritable*.

Amassés à l'ouest de la place, des manifestants brandissent des pancartes :

Classe moyenne : Wake up.

1. Federal Reserve. Banque centrale américaine.

Égypte, Wisconsin, Espagne, Grèce et NYC : dignité globalisée.

Nous sommes les 99 %.

C'est le sixième jour de « l'occupation » : les Indignés ont dormi sur le bitume, résisté à la pluie, frôlé l'hypothermie. Les silhouettes sont amaigries, les cheveux crasseux, les visages asséchés. Seins nus, parfois en slip, des femmes dansent au son des *djembés*. Hypnotisé, Sébastien les observe. Ces corps *véritables* lui rappellent les vacances avec ses parents, sur les plages de nudistes de Montalivet. Petit, il adorait vivre entouré de « sans textile ». Gestes et idées semblaient plus déliés. L'adolescence y avait été douloureuse. Peinant à se maîtriser, il s'enfermait dans la paillote familiale, prétextant des devoirs de vacances. Sans ces étés chez les « tout-nus », il n'aurait jamais eu son bac à seize ans. Ni cette carrière.

Au milieu de la foule, Sébastien remarque une jolie hippie en culotte de coton turquoise. Sa longue chevelure blonde bat ses os de lapin. Son maquillage coule le long des joues. Sur son ventre plat et bronzé, quelqu'un a écrit : « Je ne fais pas cela par plaisir, c'est mon expression politique. » Torse nu, des garçons tapent sur des couvercles de poubelle métallique. Les badauds s'agglutinent, pris, comme Sébastien, par le rythme bon enfant. Ils reluquent, filment avec leur téléphone portable. Potaches, les ouvriers comparent les banderoles de fortune aux messages anti-système. Fébriles, les *cops* n'interviennent pas, craignant un mauvais mouvement de foule. Le maire Michael Bloomberg prévient : « Ne touchez pas aux enfants », trop de caméras. Avec son costume Ermenegildo Zegna infroissable, ses Fratelli Rossetti à 3 700 euros et sa coupe de premier de la classe, Sébastien pue la suffisance. Il avance en milieu hostile. Pour toute agression, la fille aux seins nus vient danser autour de lui, ondulant ventre et cheveux. Il se détend, comme transporté vers une soirée d'Ibiza au temps de Nico et du Velvet Underground. Bien avant la dette, les actifs toxiques, la banqueroute de l'Europe, tout ce que Sébastien découvrait et couvrait, semaine après semaine : la grande OPA de la finance internationale sur l'humanité. Jusqu'ici, il était du bon côté de la barrière. À quoi cela tenait-il ? Choix, chance ou illusion *véritable* ?

En transe, les Indignés encerclent Sébastien. Comme un seul homme, à un signal, ils cessent danses et percussions. La place se fige. Les *cops* glissent la main jusqu'à leur matraque. Sûrs de leur effet, les Indignés hurlent, rageurs : « *This is what democracy looks like* [1]. » Ils fixent Sébastien. Au centre de leur attroupement, il déglutit, les *cops* avancent d'un pas. Dans un silence de mort, la foule se disperse. En haillons, la jeunesse est réduite à montrer ses seins pour capter l'attention. Il n'y a plus rien à filmer.

La fille en culotte turquoise s'approche. Dans un sourire doux, elle saisit sa main moite et murmure :

— *Come, baby.*

Elle le guide dans le campement. Manifestants du dimanche, altermondialistes, vétérans du Vietnam, gamins planqués sous des masques des Anonymous démarrent une assemblée. La mairie a interdit les porte-voix. Les Indignés ont inventé le micro-humain. Quelqu'un prend la parole. Pour décupler le son, les personnes l'entourant répètent à l'unisson. C'est lent, inefficace, mais beau.

La fille lui tend une pizza froide et le charme se rompt : à la vue de l'huile en voie de solidification, par réflexe, Sébastien calcule la dose d'acides gras saturés. La firme surveille les repas de ses collaborateurs. S'ils

1. « Voilà ce à quoi ressemble la démocratie. »

déjeunent souvent à l'extérieur, commandent trop de bacon bio à la cafétéria, ils sont convoqués par le diététicien. La firme contrôle tout. La firme ? Sébastien reçoit un shoot d'adrénaline. Il se relève, paniqué, regarde sa montre. Il a une heure de retard. Chez Folman Pachs, c'est la mort assurée. Même si la guerre couve.

— *Bye bye angel*, chantonne la fille. *Peace.*

En sueur, il contourne l'énorme chantier de Wall Street et atteint le 200 West Street en quelques foulées. Son téléphone bipe, excédé. Folman Pachs est à la diagonale du campement des Indignés, de l'autre côté des entrailles du World Trade Center, épicentre de la nouvelle ère. L'an zéro.

La nouvelle tour de la Pieuvre [1] est un bloc écrasant de verre et d'acier. Rien ne permet d'accrocher ses façades lisses. Tout y glisse, pluie de l'Hudson, critiques, procès. Il a fallu quatre ans de travaux pour sortir de terre ce building à 2,1 milliards de dollars payés par d'autres : la municipalité a multiplié abattements fiscaux et aides pour relancer le quartier poignardé par le 11 septembre 2001. Rois de l'optimisation, les fiscalistes de Folman Pachs s'en sont donné à cœur joie : le nouveau QG mondial a été financé aux deux tiers par le contribuable new-yorkais. Le maire l'a inauguré en personne, vantant la citoyenneté de la firme « qui croit à l'avenir du World Trade Center ».

Cherchant à récupérer son souffle, Sébastien traverse le hall d'accueil. Les rayons du soleil transpercent les baies vitrées, rebondissent sur le marbre gris clair posé jusqu'au plafond. Il y règne une atmosphère de terminal d'aéroport après la bombe A. Aucun sigle sur la façade, à l'intérieur, ni même sur la veste marine des hôtesses au

1. Surnom attribué à la firme depuis une enquête du magazine américain *Rolling Stone.*

regard impassible. De l'extérieur, Folman Pachs ne laisse voir qu'une surface sans prise ni aspérité. L'architecture marque le coup : la firme est une citadelle imprenable.

Un premier ascenseur sans bouton le dépose au « *Sky lobby* », sept étages plus haut. Le véritable hall d'accueil de la firme est perché à l'abri des regards. Tombé du ciel, un escalier magistral en forme d'ellipse atterrit dans une harmonie de bois bruts, de tons chauds et de marbre. Une jeunesse multicolore et impavide s'affaire dans ce palais futuriste, une fourmilière géante, un État dans l'État.

En plein *Bienvenue à Gattaca*, Sébastien oublie la hippie et les cartons de fortune de Occupy Wall Street. Il se rassure. Ses sacrifices sont récompensés : il appartient à cette élite qui ne touche plus terre. Il n'a plus à se mettre nu, devant les autres. Il est en train de sortir parents, enfants, femme de sa vie. Comme tout — musique, livre, objet, personne — ce qui est susceptible de le faire douter.

Sébastien emprunte l'un des cinquante-trois ascenseurs qui desservent les quarante-quatre étages de la tour. Sur six plateaux grands comme des stadiums, des bataillons de traders (mille par étage) travaillent devant des murs d'écrans, les mains scotchées au clavier, à perte de vue. Dans le *sweatshop* de la firme, on peut entendre une mouche voler. En dehors des étages de trading, les cadres se répartissent les cent quatre-vingt-quinze mille mètres carrés de bureau totalement ouverts. Le grade se signifie par la proximité de la fenêtre. Seuls quelques *executive partners* disposent d'un espace privatif. Il y a peu de plaintes. Repérés sur les campus des meilleures universités, les « *Folman girls and boys* » ont survécu à un processus de sélection diabolique : vingt entretiens, deux ans de formation à l'allure de camp d'entraînement. La moitié d'entre eux n'y résiste pas. Venus de toutes les latitudes, depuis qu'ils se battent pour la Pieuvre, ils se considèrent uniques. Ce sont des clones. Même façon de dire bonjour dans l'ascenseur, de saisir leur BlackBerry, de serrer la main. Même regard confiant, presque blasé, même sourire faussement décontracté. Même conviction d'appartenir à un ordre supérieur. Menton relevé, ils parlent comme des mitraillettes. Les gestes sont lents, les pas ralentis par la moquette épaisse et douce comme du cachemire triple fil. Se prenant pour des mannequins à un défilé, en Prada de la tête aux pieds, les filles se déplacent en dodelinant de la tête. Elles tapotent sur leur ordinateur avec douceur comme si elles jouaient du Chopin. Elles passent des ordres de vente ou d'achat sans foi ni loi, des coups de semonce ou des arrêts de mort pour des entreprises, des pays.

Certains ne sortent plus de la tour, conçue comme un écosystème, un vase clos : des restaurants bio, des chambres pour éviter de rentrer chez soi au milieu de la nuit, un service de conciergerie digne des meilleurs palaces. Au sous-sol, un auditorium beau comme un opéra accueille un programme de conférences privées. Une salle de sport ouverte dès 5 h 45 du matin offre le meilleur cours d'abdo fessier de la ville. Les troupes entretiennent leur forme olympique à coups de jus de betterave, de bains vapeur, ou de lecture « utile », dans la bibliothèque tout à la gloire des marchés. L'agencement reflète la double obsession de la firme pour la puissance et la discrétion. Les employés de Folman Pachs intériorisent la règle. Son siège social ressemble à une salle d'embarquement réservée à des êtres supérieurs en partance pour leur dernier voyage. Ils sont ensemble, élus. Pareils.

Dans l'ascenseur qui file vers le sommet, Sébastien repense à la fille de Occupy Wall Street : ici tout est parfait mais tout est mort. C'est de l'eugénisme *véritable*. Il atteint le Penthouse. Peu de personnes ont accès à la tête de la Pieuvre, avec salles de réunion, restaurants privés, pistes d'hélicoptère et terrasses panoramiques pour la seule jouissance de la direction. Sébastien flotte, bataillant contre le vertige. Rien n'obstrue la vue de Manhattan à trois cent soixante degrés avec prise directe sur les ruines du World Trade Center. Tout semble ouaté. Dans l'aile du PDG, l'une des six secrétaires se lève pour le guider jusqu'à la porte et l'annoncer. Une femme rapide malgré son âge, à l'air sévère et aux seins lourds, une gouvernante de dessin animé.

Kamflin est assis à son bureau. Le nez dans des dossiers, il maugrée :

— Tu as une heure dix-sept de retard.

Son crâne est tellement lustré que Sébastien croit s'y apercevoir.

— Le pont de Brooklyn était bloqué.

— Tu n'avais qu'à venir à pied, dit-il en passant un document au broyeur, sous son bureau.

— C'est ce que j'ai fait, se justifie Sébastien.

— Change de GPS. Qu'est-ce que tu as fabriqué ?

— Les rues sont pleines de manifestants. J'ai été pris à partie dans Wall Street.

— *I know*, pas mal la fille à poil, hein, commente le PDG, relevant enfin la tête. La démographie nuit à la qualité des cerveaux, tu ne trouves pas ?

Une grosse pieuvre flasque en plastique mauve fluo trône sur le bureau, à côté de la « charte d'engagement » de la firme envers ses employés (« notre capital humain ») et ses clients (« nos partenaires »). Ce *white paper* sur les standards moraux avait été une des idées de Sébastien, après le flot de critiques sur le maquillage des comptes grecs.

— Vous m'avez fait venir ?

— Hum, hum, fit le CEO en quittant son fauteuil.

— Vous avez parlé d'urgence ?

— Je voudrais que tu me règles cette histoire de « muppet ».

En démissionnant, un employé de la firme avait envoyé une confession au *New York Times*. Parmi les révélations, l'usage du mot « muppet » qui désignait les clients. Caricaturant Kamflin en Kermi la grenouille, la blogosphère s'était vengée comme elle avait pu.

— Quoi d'autre ? Vous ne m'avez pas fait traverser l'Atlantique pour cela, demande Sébastien, toujours debout.

Ses pieds explosent dans ses nouvelles Rossetti.

— Et pour les muppets, vous avez Lucas ! ajoute-t-il.

Lucas Parker est le président de la communication Monde, le patron de Sébastien. Un sexagénaire inoxydable, un bull-dog qui passe son temps à prendre de court les journalistes du *New York Times* en leur montrant combien ils sont mauvais.

— Mouais… J'espère que tu profites de la vue… C'est pas mal la vie, prise de tout en haut, non ?

Sur l'Hudson River, l'*USA 17* croise au large de la statue de la Liberté. Bardé de technologies, le trimaran de Larry Ellison, le PDG d'Oracle, avait gagné la Coupe de l'America. Sébastien a envie de fuir. S'il voulait le débarquer, Kamflin lui aurait envoyé un SMS.

— Ça te dirait de t'occuper de la communication au niveau mondial ?

Lucas est donc sur le départ. La marche pour ce poste est haute. Sébastien calcule son bonus, se heurte à un problème : peut-il tourner autour de la Terre plus vite qu'il ne le fait déjà ?

— *You do the job*, tu fais le sale boulot, tu effaces nos traces. Sur la Libye, tu t'es bien débrouillé, enchaîne Kamflin. C'est bien, tu es professionnel, appliqué, mais, voilà, si tu veux ce job, ce que j'attends de toi, c'est que tu t'engages. Alors, il faut que tu te mouilles un peu plus.

Sébastien masque son désarroi. Pour Folman Pachs, il massacre sa vie de père (il confond ses jumelles), d'homme (il ne touche plus Céline) et de fils (il n'a plus le temps d'appeler ses parents). Que peut-il lâcher de plus ?

— Commence par t'assurer du soutien plein et entier de nos amis européens. Tu veux un *Diet coke*, au fait ? s'inquiéta tout à coup le CEO.

Sébastien préfère enchaîner :

— Vous parlez de la Grèce ?

— Non, on a un peu de temps pour Athènes. La BCE lui prête les intérêts perçus sur les prêts consentis aux banques et aux spéculateurs pour torpiller le pays ! C'est génial, non ? Ils sont trop forts à la BCE, maintenant qu'on va s'y installer [1].

Sébastien n'a jamais entendu ces mots dans la bouche de son supérieur. En un an, acculé par les enquêteurs de la commission du Sénat, poussé à bout par les journalistes, celui-ci n'a laissé paraître la moindre émotion, ni joie, ni souffrance, ni question.

— Tu as un problème, reprend Kamflin, de plus en plus agité. Et tu vois, la firme ne veut pas de types à problème.

Mal à l'aise, Sébastien ne comprend rien. Est-ce un exercice pour le tester ?

— Quel problème ?

— Tu ne baises pas assez avec la firme, lance Kamflin, les yeux toujours exorbités.

— Pardon ?

1. Mario Pradi, ancien vice-président et directeur général de Folman Pachs International de 2002 à 2005, a été nommé président de la Banque centrale européenne le 1er novembre 2011.

La discussion se déroule en anglais. Il a peut-être mal compris.

— Baiser, niquer, ramoner, précise Kamflin. Va au charbon, fais la pute. Je veux que tu leur colles au cul. Tu te sens prêt à te les faire une bonne fois pour toutes ?

Réputé pour la maîtrise de son langage et de sa gestuelle, le CEO Monde de Folman Pachs fait des petits bons sur son fauteuil en cuir. Sa mâchoire se décroche, ses yeux clignent comme une machine de casino.

— Bordel à cul, « je fais le travail de Dieu », merde, putain quoi, qu'est-ce qu'ils croient ? Font chier avec leurs enquêtes à la con…

Le PDG de la firme arpente son bureau comme un chien enragé. Il balance sa tête d'une épaule à l'autre, à s'en décrocher une vertèbre. Il égrène les injures, s'en prenant à toute la Terre. A-t-il bu ? Subit-il un choc chimique ? Pris de convulsions, il agite bras et jambes de façon anarchique. Kamflin ne maîtrise plus rien. Ses tics se transforment en chorégraphie macabre. Il tourne autour de Sébastien, se livrant à une sorte de danse du scalp. Mais qu'ont-ils donc tous à se trémousser autour de lui aujourd'hui ? Redoutant un mauvais coup, il ouvre la porte.

— Oh, *Jesus* ! s'exclame l'assistante aux gros seins en percevant les tirades tragiques de Kamflin.

Professionnelle, elle se rue sur son patron, lui colle deux cachets de Pimozide dans le gosier. Elle tire Sébastien sur le palier et claque la porte du bureau derrière elle. Kamflin à l'abri des regards, elle fonce à son bureau, attrape un Kleenex. Elle essuie la bave du CEO projetée sur son corsage en laine. À travers la paroi doublée de bois acajou, il injurie la Terre entière en chinois.

— Ça va aller, ça va aller, tente-t-elle pour rassurer Sébastien.

— Qu'est-ce qu'il a ?

— *Tourette's syndrom*. Trop de stress. Top secret. Tenez, signez-moi cela.

— C'est quoi ?

Elle lui tend un papier estampillé NDA [1].

— Personne ne doit être au courant de sa maladie. Vous n'avez rien vu.

— OK, consent Sébastien en signant la décharge.

— M. Kamflin a laissé cela aussi pour vous. Il vous précise que vous ne devez jamais mentionner cette affaire sauf avec lui et jamais par téléphone.

C'est une pochette de cuir. Il ouvre la première page :

Affaire Brandebourg.

Chaque dossier stratégique a un nom de code, jamais fortuit. La porte de Brandebourg à Berlin, symbole de l'union allemande retrouvée, de la libération des peuples, de la fin du communisme et de tout garde-fou au capitalisme débridé. Qu'a encore fait la firme ?

Seul dans l'ascenseur, Sébastien en parcourt le résumé, un tableau de chiffres et des données clés : par pays membre de la zone euro, endettement public, montant des opérations en *swaps* de devises [2]. Il relit deux fois : c'est la technique que la firme a utilisée pour masquer la dette grecque au moment de son adhésion à l'euro en 2001. Le tableau précise, pour chaque pays, biens mis en hypothèque (aéroports, autoroutes, entreprises publiques), évaluation des rendements futurs, échéances. Les étages défilent, il tombe en enfer. Il sait répondre aux accusations de conflits d'intérêts, justifier qu'un trader puisse vendre à ses clients un produit con-

1. *Non-disclosure agreement*. Engagement de confidentialité.
2. Emprunt déguisé en opération de trésorerie visant à réduire la dette publique et impliquant, en contrepartie, des taux d'intêret confortables et la préemption de revenus futurs.

tre lequel le même trader spécule (« Nous ne parions pas contre nos clients. Nous privilégions un management de risque efficace », avait répété Sébastien à la presse quand l'affaire Abacus était sortie). Il avait résisté à la rage de Kadhafi dans un épisode peu glorieux en Libye et même étouffé l'affaire. Mais le dossier Brandebourg détaillait les étapes d'une escroquerie en bande organisée et à finalité politique. Si ce qu'il lit est vrai, les victimes se comptent en centaines de millions, la note en milliers de milliards. Cela implique le personnel politique européen à droite comme à gauche et les banques d'affaires anglo-saxonnes depuis 1995. Il quitte l'ascenseur. En comparaison, Maddoff a été un petit joueur.

Sébastien traverse la rue, comme pour s'enfuir. Il n'a jamais pris le temps d'aller jusqu'au trottoir d'en face. Une voiture le récupère toujours à la sortie du building. Il se retourne et observe la tour. Des images de prisonniers du World Trade Center en flammes se superposent. La firme avait choisi de s'installer au pied du charnier. Les pays allaient tomber comme des mouches. La fille de Occupy Wall Street a de quoi danser de colère pendant plusieurs siècles. La Mercedes se gare face à lui. Il a avancé de dix-huit mètres.

Elle file sur la West Side Highway et contourne Manhattan par le nord. Pour se calmer, Sébastien parcourt l'édition du *Wall Street Journal* qui traîne sur la banquette. Au petit matin, un trader a été retrouvé noyé dans le réservoir de Central Park. Le FBI soupçonne un règlement de comptes. Sous la photo du corps flottant dans le petit lac artificiel, le quotidien titre :

Who's next ?

Il reprend la lecture du dossier Brandebourg, le bidouillage des comptes européens par le menu. À mille lieues des réalités des pays, des technocrates ont défini des règles d'adhésion drastiques à l'euro. Les politiques s'en sont emparé, engageant solennellement le sérieux de leur gestion. En réalité, pratiquement aucun des pays candidats n'a pu satisfaire aux critères. Au lieu d'annuler la parole politique, l'ingénierie financière a permis de « procéder aux ajustements nécessaires ». Elle a arrondi les chiffres, décalé dans le temps, voire maquillé les dettes, moyennant honoraires, commissions, taux d'intérêt, rétrocessions de revenus futurs. Un vrai filon. Les petits arrangements des premiers signataires, dès 1995, ont trouvé une justification dans les manipulations monstres des derniers entrants, la Grèce notamment. Mais le ver est dans le fruit depuis le début. La fin, « l'Europe-sans-la-guerre-grâce-à-l'union-monétaire », a justifié les moyens. Se confortant dans leur fantasme de toute-puissance, finance internationale et personnel politique se sont aidés et protégés. Ensemble, tout acquis à leur projet de croissance, brocardant un idéal de paix, ils ont agi au nom d'un pseudo-intérêt collectif. La finance n'est pas le mensonge. Elle l'a rendu possible. Par fascination pour les chiffres et peur d'avoir précisément à rendre des comptes sur un projet qui ne résiste pas à la réalité, le politique lui a donné les rênes. Manipulation dernier cri des foules, le *storytelling* a assis sa puissance. Le grand mythe de la construction européenne ne tient pas debout. Son aboutissement, l'euro, en sera sa chute. C'est moins le hold-up de la finance qu'une démission, par intérêt personnel, du politique. Une arnaque *véritable*. La vérité n'a aucune valeur. Tout est une question de bonne histoire à raconter.

À l'aéroport, Sébastien tue le temps au spa. Le personnel est débordé. Il se fait masser par une machine avant d'entrer dans le ventre de l'avion. Il s'effondre dans son fauteuil *business class*. Mallette coincée sous ses fesses, il avale un Temesta, même si c'est interdit par la firme. Puis il s'endort, une phrase de David Lynch en tête : « Le monde est cruel en surface, cinglé à l'intérieur. »

2

Dans le rêve de Bertrand, déguisés en cochon, Lady Gaga, le président, son père jouent à cache-cache dans les jardins au milieu des convives. Sur le perron, sa ministre arrive en jupette de tennis, les jambes sculptées par quinze années de cours de pilates. La garden-party vire à la foire aux bestiaux. Le palais de l'Élysée est un Club Med.

Les grincements du canapé des voisins cueillent Bertrand en plein sommeil paradoxal. Au-dessus de sa tête, le rythme s'accélère, le type jure, la fille l'encourage. Son rêve prend une tournure érotique. Sa ministre approche, aguicheuse. Elle a la moue allumée de Nicole Kidman dans *Eyes Wide Shut*. Elle susurre : « N'oublie pas de suivre le plan. » C'est la canicule. Bertrand a soif.

Au pied de l'immeuble, sous ses fenêtres, le camion poubelle remonte l'avenue. À plein régime, les rotors broyeurs perturbent son subconscient. Bertrand s'accroche, veut connaître la fin. À l'aplomb de la pelouse de l'Élysée, les hélicoptères Apache surgissent de la Concorde. Ils aspergent les convives de pétales de rose et d'une pluie fine. Ambiance Paris-Plage. Bertrand va pouvoir étancher sa soif. Confiant, il lève son visage vers le ciel. Ébloui, il tend la langue pour cueillir quelques perles d'eau. Il crie d'horreur en avalant de l'essence. Éberlué, il se découvre seul au milieu de la pelouse noyée dans le carburant. Le corps lourd, il est un albatros piégé par la marée noire. Quelqu'un a changé les lumières. Le ciel menace. Des salons derrière la fenêtre, Lady Gaga, le président, sa ministre, son père et une foule de porcs exultent devant le spectacle. Leurs hoquets de raillerie le terrifient. Sur le perron, un homme masqué débarque muni d'un lance-flammes. Il porte un tablier de cuisinier avec une inscription en lettres d'or sur le torse : « Tony, le roi du méchoui ». Cachée derrière un masque de Peggy la cochonne, la ministre surgit de nulle part et crie : « Bertrand chéri, on t'avait bien dit de suivre le plan. » Elle retire son masque. Bertrand tressaille en reconnaissant sa propre mère.

Trempé, il se réveille au bord du lit. En voulant éviter le lance-flammes, il a arraché le drap-housse. Il se raccroche à l'ombre portée du lampadaire dans la rue, distingue les volumes de la « suite parentale » : dossiers, jouets, huit pots d'orchidées taillées et desséchées. Bertrand se rassure. Grâce à la crise, cela fait des années que la garden-party a été supprimée.

Les voisins entament leur dernière ligne droite. Le jeune couple habite la chambre de bonne au-dessus de leur tête depuis le début du mois. Sans enfant, ils s'en donnent à cœur joie. Clara adorait l'amour au réveil. De dos, la couette remontée jusqu'aux épaules, elle dort paisiblement. Bertrand se colle à son corps chaud, saisit son sein d'une main peu convaincue. Elle la dégage d'un geste sans appel.

Il ferme les yeux pour reprendre son rêve. Le grand méchoui ? Qui est cet homme sur le perron ? Pourquoi de l'essence ? Pourquoi lui ? Ou plutôt, pourquoi seulement lui ? Hier encore, un type ruiné s'est immolé devant le Palais de justice de l'île de la Cité. En Tunisie, cela avait suffi à déclencher une révolution. À Paris, la mairie a dépêché la cellule d'aide psychologique.

Au-dessus de leur couche, c'est la saison des amours chez les baleines. Bertrand saisit l'un de ses BlackBerry en mode veille sur la table de nuit : tombés dans son sommeil, quatorze alertes sur l'évolution du *spread* franco-allemand [1] et soixante-deux nouveaux messages, dont plusieurs de sa ministre, envoyés en rafale dès 4 heures du matin. Depuis sa nomination, elle souffre d'insomnie. Le président vante sa productivité. La journée, elle parade, renvoie les coups, résiste à l'affolement. La nuit, elle nettoie ses fusils, prépare les munitions, enchaîne les salutations au soleil dans un collant fuchsia. Au cabinet, les conseillers la surnomment GI Jane. Bertrand est son porte-flingue préféré. Il se lève, réajuste son caleçon Calvin Klein distendu, part à la recherche d'un verre d'eau. Saisi au naturel, il a des faux airs de Montand, période *Gamin de Paris* : tignasse brune, lèvres charnues, une bouille de Rital joufflu. Ses voisins concluent dans l'extase. Il se promet d'acheter des boules Quiès.

7 h 32 et il est prêt au combat pour sa journée de directeur du cabinet du ministre de l'Économie et des Finances. Son chauffeur l'attend sur la place bateau au pied de son immeuble. L'État réduit son train de vie, ses conseillers sillonnent la ville en Peugeot 308.

Bertrand enfile une veste en flanelle et fils de soie, évite le miroir et file en douce. Il traverse le couloir sans fenêtre jusqu'à la porte d'entrée. Le parquet en chevrons craque comme ses vertèbres. La veille, il a consulté l'ostéopathe que se refilent les types du ministère.

1. Écart des taux d'intérêt français et allemand, signe de la « confiance » portée à l'économie française : plus l'écart augmente, plus la faillite approche.

L'homme aux doigts d'or l'a observé alors qu'il se tenait devant lui, en caleçon, les deux pieds sur le sol froid. « Il n'y a plus rien d'aligné là-dedans », s'était-il exclamé avant même de le toucher. Installé face à Bercy, sa fortune est faite.

Saisi d'un doute, peut-être d'un regret, Bertrand revient sur ses pas. Théo passe son bac blanc ce matin. Sa chambre, tapissée de posters de skateboard, est vide. Il trouve son fils dans la cuisine, une Abstract avec portes laquées en option, la cuisine la plus vendue au monde, du Ikea qui veut se faire oublier. Avachi devant son bol de Miel Pops, casque sur les oreilles, Théo est hypnotisé par son iPhone :

— Tu veux que je te dépose au lycée ? propose Bertrand.

— Hein ? dit son fils en soulevant l'un des écouteurs.

— Tu veux que je te dépose au lycée ? répète-t-il plus fort, articulant chaque syllabe. Faut pas être en retard aujourd'hui.

— Nan, nan, c'est bon, répond-il, son visage adolescent caché dans une main.

Bertrand le dévisage, se cherche un peu. Taches de rousseur, yeux bleu gris, front bombé, nez fin, c'est Clara déguisée en adolescent. Androgyne et chétif, ses cheveux moutonnent malgré les tartines de gel Studio Line Indestructible. Il a le teint verdâtre, comme les enfants de son temps, grandis aux pots d'échappement.

— Tu ne peux pas arrêter ton truc deux secondes et me regarder quand tu me parles ? insiste Bertrand.

— Ah bon… je prends exemple sur toi pourtant.

Théo déploie ses jambes devant lui, deux cannes immenses perdues dans un jean. Une prise de pouvoir.

— Quoi ? demande son père décontenancé.

Terrifié à l'idée de louper la moindre information, Bertrand lâche rarement ses trois téléphones : un personnel, un professionnel, un autre au cas où l'un d'eux rendrait l'âme. Il ne dort jamais sans ses balises à portée de main.

— Au moins, moi, je sais m'en servir, crâne son fils.

— Tu plaisantes !

Bertrand se mord l'intérieur de la bouche, comme à chaque fois qu'il a un regret, ment ou se morfond. Seul son dentiste remarque ses scarifications.

— Tu ne sais même pas envoyer un SMS ! rétorque Théo.

— Je faisais des SMS… tu… tu n'étais même pas encore né ! Tu crois avoir inventé l'eau chaude ? Le SMS a vingt-sept ans.

— T'as lu ça dans tes *Encyclopédies Universalis* ?

Bertrand n'a jamais pu se séparer des trente volumes offerts par sa maman pour ses quinze ans. « Cela l'accompagnera toute sa vie », avait certifié le représentant en préparant le bon de commande, sur la table de la salle à manger de style rustique. Les *Encyclopédies* avaient été payées en six fois. Adolescent, il avait passé des dimanches entiers à les consulter, ouvrant les pages à : *République*, *Coït*, *Constitution*, *Pouvoir*, *Vagin*, *Révolution*.

Mortifié par la repartie de son fils, Bertrand attaque à nouveau :

— Mais je rêve ?

— Quoi encore ?

— Tu m'as piqué mes Converse !

Imperturbable, Théo replace ses écouteurs, ramasse les jambes sous la chaise en plastique bleu pastel.

— Ah ouais ! là… ben… tu les mettais plus. De toute façon, t'aurais l'air d'un bouffon avec ça maintenant !

S'il avait un jour osé parler à son père de la sorte et être autre chose qu'un « bon petit », sa vie aurait-elle été différente ? Au fond du couloir, dans sa chambre près de l'entrée, Lucie, leur fille de trois ans, hurle. La nounou qu'ils paient pour pouvoir travailler a pris son poste, un plein temps saturé d'heures sup, notamment le week-end. Elle fait partie des murs, Bertrand a perdu l'habitude de la saluer. Il cherche son prénom, des éléments biographiques comme dans une note du ministère qu'il aurait compulsée. Employer une femme voilée fait jaser les bobos de l'immeuble abonnés aux *Inrocks*. Dans la cuisine, Théo a mis son iPhone sur haut-parleur. Keny Arkana crache *La Rage* à pleins tubes. Bertrand remonte l'appartement jusqu'à la porte. Rien ne l'arrêtera plus. Il claque la porte. Scène du chaos ordinaire. Dans l'ascenseur, il arrache une affichette en quadri couleur annonçant dans deux semaines la « Fête des voisins », sponsorisée par l'agence de quartier du Crédit Mutuel. Il a voulu une famille. Il cohabite avec des inconnus.

3

Sur le campus, Alison avait été la Californienne douée en tout, sportive, drôle. Inaccessible. La plupart des garçons de la promotion en étaient dingues. Avec ses airs à la Julia Roberts et son QI de 167, elle les impressionnait. Jérémie, jusqu'alors réservé et fou de maths, animait le club finance avec Sébastien Costal. Il fut le seul à se déclarer. Avec lui, elle découvrit le *french kiss*, les crêperies de la rue Saint-André-des-Arts, les films de Godard l'après-midi, au cinéma Le Champollion. Jeune homme mal dégrossi, concentré sur ses études et le moral de sa maman, qui l'avait élevé seule, Jérémie avait eu peu de temps pour s'occuper de lui. Au contact d'Alison, il se mit au sport, à lire, à prendre le soleil et à rire. Elle l'incita à changer ses lunettes pour des lentilles de contact, ses coupes de vêtement, son rapport au monde. Son corps se densifia, ses traits s'affinèrent. Il apprit à relever la tête, à sourire, prit conscience de l'effet de son regard, dès lors qu'il se posait et s'attardait un peu. Jusqu'alors, personne n'avait remarqué son charisme ni son potentiel. Il devint beau en même temps qu'heureux.

L'encre de son diplôme à peine séchée, la BNP l'envoya à Hong Kong pour son « service militaire ». Il intégra le département *Derivative Equity.* Cette activité, alors « expérimentale », exigeait des têtes bien faites et sans ego. La banque finançait l'appartement, deux allers-retours par an. Le salaire servirait d'argent de poche.

Alison n'eut aucune envie de rentrer à San Francisco, encore moins de rester en France, sans lui. Jérémie était « *The One* ». Ils seraient Barbie et Ken. Elle le suivit en Asie, accepta un poste chez Helena Rubinstein. Chargée du secteur des aéroports, elle vérifiait l'implantation de la marque dans les *duty free* de la région. Elle s'était imaginé découvrir le Sud-Est asiatique à la faveur de quelques rouges à lèvres. Elle ne franchissait jamais la douane. Elle contrôlait l'alignement de tubes dorés dans des rayons identiques, de Singapour ou Manille. Les plateaux-repas de l'avion lui donnaient la nausée. Elle se trimbalait avec des pots de fromage blanc et des sachets de Canderel. Elle avalait sa mixture dans des remises sans fenêtre, entre deux PLV retouchées de mannequins prépubères qui promettaient la jeunesse éternelle. Un avion en appelait un autre. Sous sa jupe de VRP, ses jambes gonflaient à vue d'œil avec la pression de la cabine. Elle avait rêvé de grand air. Elle avait des pattes d'ours. Comprimée dans des collants de contention, sa vie sentait le kérosène, les nouilles sautées à la noix de cajou de la classe éco.

Après une semaine de virée aéroportuaire, elle retrouvait Jérémie le vendredi soir. Les Occidentaux fêtaient les dernières années de la colonie à coups de week-ends en jonque, de Tsingtao dans les bars de Lang Kar Fong. En plein quartier des affaires, remixée à la sauce du Parti, Madonna passait à pleins tubes.

Ils s'installèrent sur l'île de Lantau, face à Hong Kong. Flambant neuf, le complexe immobilier était trusté par les expatriés qui déboursaient 10 dollars pour un pack de yaourts acides. Les immeubles entouraient un club de sport immense avec terrains de tennis en terre battue, salles de cardio et garderie. Au bord de la piscine, Jérémie et Alison sirotaient du thé glacé servi par des Chinois en short de coton blanc. Cela ressemblait à un campus pour la tranche d'âge vingt-trois à vingt-huit ans. Un club de vacances, un autre ghetto.

Son « service militaire » accompli, Jérémie fut « chassé » par une banque concurrente. Elle doubla son salaire, lui offrit la classe affaires. Le marché des dérivés grossissait à vue d'œil. C'était la toute dernière martingale, l'innovation financière que la profession se refilait pour maintenir ses bénéfices et le fantasme d'une croissance infinie. Jérémie fut l'un des premiers sur la vague. À son arrivée, le département employait huit matheux. Deux ans plus tard, cent personnes lui obéissaient, le doigt sur la couture du pantalon. À vingt-neuf ans, il prit la responsabilité de l'activité Monde. Selon *The Economist* (édition Asie), il était « la gueule d'ange des dérivés ».

Ils emménagèrent dans une maison sur le Peak, récupérée d'un trader de Salomon Smith Barney en route pour la Bourse de Tokyo. Avec sa rémunération de commerciale, Alison servait à payer le barbecue. Elle renonça. Elle apprit le cantonnais, les meilleures recettes de *dim sum*, organisa des fêtes à thème : soirées 60's, Indiens ou Starsky et Hutch. Le souffle court, elle dévorait le marquis de Sade sur des ferrys chargés de Chinois en chemise courte. Tout émoustillée, elle récupérait en enchaînant les kilomètres à la piscine à débordement du Four Seasons.

Au printemps suivant, Jérémie intégra le cénacle des cadres dirigeants de la banque. Ils s'extasiaient sur sa jeunesse, voulaient sa perte. Il serait une comète, une « *rising star* » vouée à la désintégration. Cela arriva presque trop vite. Dans son équipe, un type avait détourné 200 millions d'euros en une semaine. Pour l'exemple, la banque licencia toute la chaîne de commandement. Jérémie fit la une des journaux. Il était le « boss de l'escroc », n'avait su l'arrêter. Les contrôles existaient. Personne ne lui avait jamais dit de s'en soucier. En avait-il profité ? Cachait-il de l'argent à Singapour ? La « gueule d'ange des dérivés » tomba. Dans une tour de la Défense, sur le pas de la porte, après son dernier entretien, le PDG de la banque lui confia : « Il faut que quelqu'un saute pour que le système résiste. Merci pour ce que tu as fait pour nous. » Jamais il n'aurait pu imaginer que l'on puisse tricher. Les types se gavaient, se couvraient, mentaient, n'y comprenaient rien. Ils le lâchaient comme un chien.

Alison se révéla stoïque dans l'opprobre. Ils rendirent la maison du Peak, entreposèrent canapés italiens, porcelaine chinoise et literie danoise dans un container de garde-meubles. Ils partirent en voyage, eurent un premier enfant à Bali, très chic. Dans les maisons d'hôtes de Thaïlande et de Malaisie, entre un biberon et un cours de plongée à taquiner les mérous, Jérémie gardait un œil sur le *Financial Times*, fulminant devant l'essor des subprimes. Ce n'était pas une ruée vers l'or, mais un océan de boue. Il avait appris à se méfier. Pour tuer le temps, il se mit à l'analyser. Reprenant le travail des agences de notation, il compara les produits, décortiqua leur composition, lista les hypothèses sur lesquelles ils étaient bâtis. Il aboutit à un modèle sur Excel, une usine à gaz qu'il était le seul à pouvoir décoder. Il passa de plus en plus de temps sur son ordinateur. Alison s'inquiéta : le satisfaisait-elle ? S'était-il mis au porno ? Elle voulait d'autres enfants. Jérémie ne lui parlait que de subprimes durant leurs dîners. Ce marché était une bombe à retardement. Il paria sur une débandade au mois d'août. Les crises financières éclataient toujours au cœur de l'été. En 2007, il ne se trompa pas. Ce fut son plus gros coup, son retour en grâce.

Dès la première déflagration des marchés, grâce à son modèle monstre sur Excel, il sut tracer des liens de causalité, imaginer les effets domino, proposer des scénarios de sortie. Ce qu'aucun banquier en place — trop occupé à maximiser ses gains — ne sut faire. Personne n'avait pris la peine ni le temps de regarder ce qu'il y avait derrière les sigles AAA des agences de notation. Personne ne savait qui détenait quoi. La main sur le cœur, les patrons de banques françaises juraient que leur institution ne détenait aucun « actif toxique américain ». La plupart en étaient même convaincus.

La faillite de son ancien employeur fut pronostiquée par Reuters. Jérémie connaissait cette banque par cœur. Il en avait bâti un pilier, disséqué les entrailles. Il appela le PDG auquel plus personne ne voulait parler. Ses « copains » banquiers l'ignoraient, de peur que la déveine ne fût contagieuse. Isolé, il n'avait plus rien à perdre. Jérémie le trouva dans un état de panique avancé. Débraillé, cet énarque inspecteur des finances répétait : « Heureusement que mes parents sont morts, mais que vont dire mes enfants ? » Quatre-vingt mille emplois et autant de familles étaient menacés.

Jérémie n'essaya pas de le calmer. Il ouvrit sa bécane surpuissante, saisit un paper board. En une heure, il le remplit des détails de deux « *exit strategies* ». Ensemble, ils trouvèrent un plan pour se débarrasser au plus vite du gras inutile, définirent une somme, appelèrent Bercy. Jérémie s'inventa un métier : médecin de banque, spécialiste en actifs pourris. Son employeur lui servit de cobaye. De l'opération, ils sortirent tous deux la tête haute. Remis en selle, sauvés. Jérémie restructura la banque puis la fit sauter : imposant ses commissions (un pourcentage sur les sommes cédées), il empocha 3 millions d'euros.

4

Seule devant le miroir carré de la salle de bains, Clara assemble les premiers mots de son discours. Ce soir à 20 heures, dans la salle du Conseil de l'Unesco, elle recevra les insignes de chevalier de l'ordre des Arts et des Lettres. Bertrand, son mari, a convaincu son homologue du ministère de la Culture et de la Communication d'inscrire son épouse sur son « quota ». Pour la séduire ou se faire aimer, il a toujours eu besoin de lui donner quelque chose.

En soutien-gorge et culotte, elle s'imagine au pupitre. Dans la glace, elle cherche à placer sa tête, son menton, ni trop haut — prétentieuse — ni trop bas — petite fille. Elle prend la pose, se sourit, décale ses épaules. Elle passe ses mains sous les seins, comme dans une publicité Wonderbra. Se ravise : « Mes chers amis, je suis très émue de vous savoir avec moi ce soir… »

Au-dessus de sa tête, le voisin urine vaillamment puis tire la chasse d'eau. En choisissant ce métier de grand reporter, elle pensait partir à l'aventure. Au sein de *Bizness Day*, le journal qui l'emploie, elle encadre une petite équipe de rédacteurs, écrit un édito par semaine, deux reportages par mois. Chef de service, comme dans l'administration, elle n'a rien d'un chevalier.

Face à une personne dotée d'une illusion de pouvoir, elle arrive remontée à bloc, sûre de ses arguments, du cynisme absolu de son interlocuteur. En quelques phrases, elle se dégonfle, acquiesce à tout. Elle sourit à des blagues débiles en écoutant des raisonnements iniques. Elle remercie bien bas pour le temps accordé. Comme une petite fille lors de sa première communion, une poupée qui dit tout le temps oui de peur qu'on ne l'abandonne. Elle voudrait jeter une bombe aux pieds de cette cohorte de vieux crabes. Elle n'a que des pistolets à eau : un stylo rouillé, dont elle ne se sert plus ; un journal qui survit grâce au financement d'un géant de l'armement ; un mari aux idéaux rabotés jusqu'à la corde par bientôt quinze années de cabinet ministériel.

Au début de sa carrière, elle avait critiqué les journalistes pris dans le piège de l'*establishment*. Elle se rêvait insoumise. Une Tortue Ninja postmoderne, la carapace épaisse, prête à finir dans le marigot. Même incomprise, même seule comme un crocodile, dents brisées au combat. Clara voulait enquêter, sortir des affaires, faire éclater la vérité. Elle avance planquée derrière les contraintes de son journal. Ses pseudos, tweets et autres écrans de fumée de la sociabilité mondiale nourrissent le « système ». Elle ne quitte plus son fauteuil.

Clara a rêvé d'être libre. Elle est une imposture en Petits Bateaux. Dans sa carrière, la volonté de plaire l'a toujours piégée. Elle choisit des vêtements, des « costumes » pour des rendez-vous, change sa voix pour parler en adulte, se maquille sobrement. Elle se « formate », se conforme pour être « recevable ». Dans son F4 en jachère, elle cherche à comprendre cette personne dans la glace. Avec sa main, elle pointe un pistolet imaginaire sur son reflet, vise entre les deux yeux. La déception vieillit mal. On a la rébellion qu'on mérite. En France, l'indignation est devenue un concept de publicité. Comme l'amour et la liberté.

Son portable bipe, la rappelle à l'ordre. Elle va être en retard à la conférence de rédaction. Elle enfile une tenue à la va-vite, attrape une biscotte dans un placard de la cuisine, marche sur des billes de Miel Pops qui jonchent le carrelage ébréché gris clair. Elle file, terrorisée par une microminute de retard. Sur son passage, elle tend 10 euros à la nounou pour l'achat du steak haché bio-produit-localement de sa fille Lucie. Elle se baisse pour l'embrasser. Les yeux plantés dans ceux de sa mère, la petite fredonne : « La vie est un bal masqué dans lequel chacun avance déguisé. »

Qui a déclaré qu'à la maternelle on n'apprenait plus rien ? Lucie remarque-t-elle ses ongles rongés, son regard inquiet quand son portable sonne, son addiction aux emails, ses 1 003 amis — jamais vus — sur Facebook, son angoisse constante de rater le coche ? Sait-elle que sa maman qui a jeté Barbie, banni les histoires de princesse, le *Made in China* et les gâteaux industriels, est un animal domestique, dressé à l'exécution du code ? Sait-elle que ce bal est sinistre ? Clara s'éloigne en s'excusant. Devant les escaliers, elle ramasse l'affichette de la « Fête des voisins » roulée en boule, se ressaisit. Bonne fille, elle trouvera bien le temps de faire un cake aux olives.

5

Sur le trottoir de la rue Bayard, les talons de Vanessa claquent tels de petits marteaux. Tous les vingt-huit jours, le bas-ventre en feu, elle gobe Ponstyl sur Ponstyl. Elle vieillit, la douleur augmente. Ces jours-là, Vanessa se sent liquide, improbable, inutile pour de bon. Ses arguments sont solides : vice-président *Corporate Affairs* chez Public, l'un des plus grands groupes de communication au monde, elle sera bientôt chef de la fabrique à vide. Grands patrons, politiciens, acteurs, Vanessa tient le monde dans son iPhone dernier cri. Elle prépare des OPA, place ses pions dans les conseils d'administration, sait qui dort dans quel lit. Elle est un poulain pour son patron, une pouliche pour ses concurrents.

Son téléphone lui signale un message de Bertrand, en direct de Bercy. Ses « camarades de promotion » constituent le cœur de son réseau. Champagne millésimé à Noël, invitations aux avant-premières, SMS pour les anniversaires des enfants, elles les bichonnent. Ils sont ses informateurs, deviendront ses précieux clients quand ils seront aux manettes. Grâce à eux, à travers eux, elle régnera bientôt sur l'empire de la (dis)simulation. Elle attend son heure, les observe, les aide à pousser une à une les portes jusqu'au sérail. Elle lit le message d'un œil :

Probable conflit social à Prochan. Prépare-toi. Biz. Bertrand.

Elle l'ignore. Les élus sont impuissants. Ceux qui gouvernent n'ont pas été élus. En trente ans, le pouvoir est passé des parlements aux salles des conseils d'administration. L'humanité est un produit marketing ou financier, le politique un paravent, rémunéré comme tel. Du petit personnel. Pompier en chef envoyé dans une tour en flammes, Bertrand peut attendre.

Piquée par la colère, elle grimpe dans un taxi. Elle vient de menacer d'un procès son dermatologue. Il lui avait vanté les propriétés d'une cure à base de protéine miracle contre le vieillissement. Expérimental, le traitement est en test dans un laboratoire de la Stanford University : dopés à la FOXO3, les vers mutants vivent deux fois plus longtemps. Bridget Pone en est dingue. Peu importe que la star ait injecté du Botox dans les pieds de son fils de huit ans. Pour Vanessa, c'était le meilleur argument de vente. Elle fait tout pour lui ressembler depuis que, dans un portrait pleine page, *CB News*, la gazette des publicitaires, l'a surnommée « la Bridget Pone de l'influence ». Contre un chèque de 3 000 euros, Vanessa a démarré le traitement sur-le-champ : aucune ridule comblée mais acné et coliques la réveillent la nuit. Princesse de la com', capable de décoder leurres et traquenards, stratège redoutée, dès qu'il s'agit d'elle-même Vanessa est un parfait pigeon.

Coach sportif, diététicienne, esthéticienne, conseillère en style, elle fait tourner une vraie PME à son seul usage. Elle veut retarder les effets du temps, se ruine. Invitée par le Tout-Paris, elle vit dans un grand appartement haussmannien du VIIe avec vue sur la tour Eiffel. Entre vingt et trente-cinq ans, elle a multiplié les aventures, accumulé les amants, collectionné les bagues de fiançailles. Elle pourrait en faire des colliers, y songe parfois. Comme une œuvre qu'elle intitulerait *Diamonds are NOT forever* et qui s'arracherait dans une galerie de la 22ᵉ Rue, à Manhattan. Elle passe ses soirées à surfer sur *A smallworld* — le Facebook des VIP —, ou Meetic, planquée sous des pseudos, un verre de côte-rôtie à la main. Quand, dans un rare éclair de lucidité, elle baisse la garde, souvent après un cours de sport, elle est bien forcée de reconnaître : malgré ses efforts, sa vie est médiocre. Elle rappelle ses psy (elle en a sélectionné dans chaque école, pour chaque névrose), transpire jusqu'à l'os à un cours de bikram yoga, dans une salle chauffée à quarante degrés pour « enlever toutes les toxines ». Gonflée de sa seule personne, elle repart au combat, cachant mal la collection de béquilles qui l'aident à vivre.

Le taxi la dépose devant le Berkeley, sur l'avenue Matignon. Le conducteur râle en fouillant ses poches. Vanessa n'a qu'un billet de 50 euros pour une course à 8. Il lui rend la monnaie en maugréant. Elle sort, claque la porte. Sur la face de l'un des billets de 20, quelqu'un a écrit à l'encre noire :

Je suis un morceau de papier et je contrôle ta vie.

Elle retire de sa poche son Fitbit Ultra, l'allume d'une pression du pouce. De la taille d'une clé USB, son podomètre calcule en temps réel les données essentielles : nombre de pas, distance parcourue et calories dépensées. Elle soupire de soulagement : malgré le taxi, elle est en phase avec son objectif de dépenses caloriques. La colère sans doute.

Durant ses « périodes », elle crie sur n'importe qui, pour n'importe quoi. Elle évite les rendez-vous importants, vide son agenda. Vanessa s'apprête à déjeuner avec un homme sur lequel elle peut aboyer sans crainte, un « ami », animateur télé. À force d'avoir trente-cinq ans, il vient de fêter son cinquante-cinquième anniversaire. Chaque mois de juin, au moment du Mercato, cette grande valse du gratin du PAF, il est menacé d'éjection. Vanessa connaît les directeurs de chaînes, passe quelques coups de fil. Elle lui sauve la mise, année après année. Retour d'ascenseur, il est le premier à réagir quand elle a besoin d'un « appui » pour un client : c'est un artiste, il l'invite sur son plateau ; une entreprise, il poste sur son blog un billet louangeur concernant la dernière opération de mécénat ; un politique, il organise une interview de complaisance avec envoi des questions en avance et coupes au montage si celui-ci n'est pas satisfait.

— Ma chérie, comme tu es belle aujourd'hui ! s'exclame l'animateur qui l'attend depuis quarante-cinq minutes.

Il ressemble à un gigolo sur le retour. Son visage est une large tartine de beurre au cacao : deux couches de fond de teint, trois de poudres aux tonalités différentes.

— Merci, tu n'es pas mal non plus, répond-elle en haussant les sourcils.

Ces phrases mécaniques l'épuisent. Elle les a tant prononcées qu'elle a l'impression de les avoir inventées.

— Comment vas-tu ? demande-t-elle machinalement.

— J'en peux plus, soupire-t-il.

Vanessa se branche sur pilote automatique. Servir de bureau des pleurs sans jamais évoquer les siens représente la moitié de son travail.

— La chaîne se gamelle. Paris me fatigue, la télé est morte. La production veut me remplacer par une pouffe de vingt ans sortie du casting de *Secret Story*. Je ne me prends que des insultes sur mon blog. Plus personne ne réagit à mes billets sur Facebook : tu te rends compte, même pas deux « j'aime » à mon dernier post ! Et je me fais descendre par Wikipédia, égrène-t-il d'un trait.

— T'inquiète pas pour Wikipédia. Notre service de e-réputation va te nettoyer tout ça, minimise Vanessa.

— Tu crois ? Je suis au bord du suicide, confesse-t-il.

Il avale un verre de San Pellegrino pour retenir ses larmes. Par dégoût devant tant de faiblesse, Vanessa détourne le regard. Un yorkshire assis sur un tabouret à la table voisine piaffe d'impatience. Il a les mêmes couettes que sa maîtresse, une mamie peroxydée qui partage un filet de cabillaud avec son arrière-petite-fille en pleine extase sur le prochain « bal des princesses ». Le téléphone de Vanessa sonne comme une délivrance. Elle vérifie le numéro, commente :

— Tu m'excuses, je dois décrocher. Elle me casse les pieds, celle-là, mais je te jure, j'en ai pour dix secondes. C'est important.

Elle se renfonce dans sa chauffeuse en velours doré, appuie sur la touche verte de son appareil :

— Ma chérie, comment vas-tu ? Oui bien sûr tu sais que j'ai repensé à ta campagne.

Vanessa grimace, singeant son interlocutrice.

— Oui, ce qu'il faut c'est bien marquer ta différence sur le marché de la viande. T'es numéro 1 ou non ? Alors, tu dois marquer le coup.

La nouvelle campagne de sa cliente est en cours d'affichage dans le métro. L'idée de Vanessa : une grande fête du bœuf à l'occasion de la Saint-Valentin. Elle sourit au yorkshire, parle de plus en plus fort :

— Aujourd'hui, il nous faut des vrais leaders, pas les vieux crevards qui portent des costumes bleus. Non, ceux qui ont une vision du monde, je veux dire une *vraie* vision. Tu comprends ? Tu me suis ? Voilà, ce qu'il faudrait c'est que vous deveniez le Zuckerberg ou même le Larry Page de la viande bovine. Qui ? Tu sais, le patron de Google, le jeune, là, à capuche… Ah, tu connais pas…

Elle s'attarde sur le visage de son ami animateur. Le fond de teint s'accumule sur les ailettes de son nez, façon dunes du Sahara. Sa dernière opération des pommettes s'est mal passée. Son visage est devenu un terrain d'affrontement entre chirurgiens esthétiques. Shooté à la cortisone, il a pris dix kilos en un mois.

— Bon, t'oublie pas pour ta viande hein, faut que je te laisse, je suis en rendez-vous. Oui, ma chérie... les types à capuche... je te rappelle. Et je t'embrasse fort.

Elle raccroche consternée :

— J'te jure, ces PME de province. C'est à se demander si elles ont Internet, commente Vanessa dans un rire de chèvre hystérique.

Elle s'aperçoit dans un miroir du restaurant. Son cœur bondit : elle ressemble de plus en plus à sa grand-mère. Elle ferme les yeux, calme sa respiration, repense aux derniers conseils de sa professeur de yoga : « Redresse-toi, ouvre ton plexus solaire, imagine que tes deux omoplates se touchent, ferme la porte de ton temple. Et surtout respire. »

Le yorkshire aboie et l'interrompt. Paris est un cirque. C'est l'heure des clowns. L'ancienne ministre de la Coopération, Yasmina Roumi, traverse la salle du restaurant. Elle partage le même fournisseur de Botox que la plupart des personnes attablées, un spécialiste qui vit à Saint-Barth quand il ne transforme pas le Triangle d'Or en repaire de castors. Depuis quelque temps, influencés par leurs épouses ou maîtresses, les hommes d'affaires affluent. Ils veulent des injections dans le front. La toxine botulique paralyse les muscles responsables de la formation des rides. Les types se transforment en masque de cire. À force, la substance atteint le cœur. Ils ne ressentent plus rien. L'ancienne ministre assassine Vanessa du regard, la porte en traître. Elle épaule son concurrent au poste de maire de Paris. Vanessa lui répond par son plus grand sourire d'incisives détartrées. L'odeur du sang la met en joie.

— Ben dis donc, celle-là, elle s'est fait carlabogdanoffiser ! s'exclame-t-elle, une fois l'ancienne ministre partie vers le fond de la salle.

— Quoi ? répond l'animateur interloqué, cherchant à cacher son visage dans ses mains.

— Elle s'est tellement injectée de Botox qu'elle ne peut plus fermer les yeux !

Vanessa oublie ses boutons d'acné, ses coliques nocturnes, son rendez-vous dans une semaine pour une nouvelle injection. Le regard noir, la mamie à couettes et yorkshire quitte la table.

— Bon, alors, dis-moi, on en était où ? On parlait de quoi déjà ? Ah oui ! tes projets ? dit-elle en plongeant ses yeux dans ceux de son interlocuteur.

— Super, super, tout va bien, dit l'animateur dépité en saisissant le menu.

Il aimerait lui planter la fourchette au milieu du front, ébauche un plan en consultant la liste des plats. Vanessa choisit une salade de haricots verts frais du marché à 30 euros. Elle s'affame, question d'efficacité. À jeun, on réfléchit mieux. Elle a lu cela en cachette, dans *Psychologie Magazine*.

Son téléphone indique un message en provenance de Public, secrétariat de son président. C'est la ligne rouge :

Séquestration du directeur du magasin Prochan de la place d'Italie par son personnel. Cours de Bourse en forte baisse. Réunion de crise dans 20 minutes.

Bien dressée, Vanessa se libère :

— Oulala, excuse-moi, le devoir m'appelle. Un PDG qu'on ligote. J'te jure, ce pays ! Tout fout le camp. On va tous finir à l'étranger.

Elle ramasse ses affaires, dissimulant à peine son soulagement d'écourter ce déjeuner. Il ne lui aurait rien rapporté.

— Bien sûr, la note est pour moi, régale-toi. Je m'occupe de ta fiche Wikipédia. Salut, mon chéri.

Dans le taxi, elle vérifie ses emails, pouffe en découvrant la dernière trouvaille de l'un de ses clients pour « humaniser ses supermarchés de centre-ville » : faire danser la Gangnam Style à son personnel. À heures fixes, grâce à ces flash mobs, argumente-t-il, « célébrer la vie », le fait d'être « tous ensemble », et surtout « faire la nique à Monop ».

Google la prévient d'un nouvel article sur Sébastien Costal. Elle a créé des alertes sur ses vraies préoccupations : les avancées de la chirurgie esthétique, les rumeurs sur ses clients, l'actualité de ses prospects. En tant que directeur Europe de la communication de Folman Pachs, Sébastien Costal est une « cible » de choix pour Vanessa et son employeur. La firme est entrée en disgrâce. Elle fait la fortune des cabinets d'affaires et des communicants. Vanessa suit Sébastien à la trace depuis ses années « d'études », depuis qu'elle « l'aime » sans rien en dire. Si seulement Sébastien pouvait trouver le petit mot qu'elle a glissé dans son livre préféré, un soir de fête, il y a quinze ans. Sébastien pendait la crémaillère de son appartement, un duplex biscornu dans le VIe avec poutres, tomettes et des livres jusqu'au plafond. Vanessa avait beaucoup bu. Sur la première page d'un de ses livres fétiches, *Anna Karenine*, sûre qu'il l'ouvrirait encore et encore, elle avait écrit : « Je t'aime et je t'adore. » C'était avant qu'ils n'arrêtent de boire, de chanter, de fumer, de dépenser de l'énergie à autre chose qu'à leur travail. Avant les pilules pour tout : le poids, l'orgasme, le cafard.

Depuis, elle attend un signe, un appel. Vanessa est la reine des éléments de langage, de l'intoxication. C'est son seul mot doux. Il n'a jamais intéressé personne. Sébastien a tracé sa route, sans un regard pour elle.

6

Depuis son sauvetage par un grand groupe industriel, le journal de Clara s'est métamorphosé. Les CDD ont remplacé les CDI, les pigistes les salariés, les dépêches AFP les enquêtes de terrain. La direction a supprimé plantes et notes de frais. Un jeune en apprentissage se cache derrière la borne d'accueil. Au-dessus de lui, la page du site Internet, objet de toutes les rancœurs, s'étale sur un énorme écran plat.

Clara débarque en retard dans la salle de rédaction. Avachis autour d'une table en U, les journalistes sont accrochés à leur gobelet de café à l'arrière-goût de soupe à la tomate. Ils écoutent, comme à l'école, leur rédacteur en chef distribuer les sujets.

— Mais voilà la reine du jour. Faut pas te presser surtout. On a tout notre temps, nous !

Scotché à son iPad, il vérifie toutes les deux minutes la mise à jour du site du journal. Colère et mocassins à pompons sont les piliers de sa notoriété. Un psoriasis ronge son visage. Il se répand en humanisme et leçons de morale au moindre édito. Il détient la carte du Parti socialiste depuis 1976. Après des années de poulet aux morilles à la cantine du PS, rue de Solférino, tous les jeudis, il dîne enfin à l'Élysée.

— Séverine Leduc, c'est bien dans ton service, non ? attaque-t-il.

Comme tous les grands agressifs, le rédacteur en chef aboie pour masquer sa peur d'être mis à nu. À chaque réunion sa cible. Ce matin, il ne laisse pas à Clara le temps de poser son manteau.

— Absolument, confirme-t-elle, sereine. C'est la stagiaire que tu m'as demandé d'embaucher. Tu sais, la fille de ton ami entrepreneur, le roi de la brioche, ajoute-t-elle, presque narquoise.

Avec les coupes budgétaires, les stagiaires envahissent la rédaction. À 450 euros par mois, des bac + 5 débitent des articles en quantité industrielle : traductions bâclées de sites d'information anglo-saxons, dépêches d'agences réécrites, reportages bâtis d'après Twitter. Séverine Leduc n'a aucune compétence particulière. Elle est la petite dernière du numéro 1 de la brioche industrielle. Son CV a atterri en haut de la pile sur le bureau de Clara deux mois auparavant. Il portait la mention « À recruter au statut stagios + » suivie des initiales du rédacteur en chef. « + » voulait dire « + ticket-restaurant ». Un traitement de faveur.

— Ah oui ! tente-t-il de minimiser. Bon, mais, l'important, c'est qu'on n'avait pas besoin de ça, mais vraiment pas !

Il ouvre le journal du jour, à la double page de Clara. En titre : « Les dix patrons les mieux payés en France ».

— Et alors ? C'est un papier qu'on fait tout le temps ! La haine du patron, c'est porteur en ce moment ! Je ne vois pas le problème.

— Le problème…

— Mais enfin, le coupe Alex, un journaliste frisotté en jean et chemise de bûcheron. Vous avez vu les stats de Méluche ? Beppe Grillo en Italie ? Si Coluche était vivant, il ferait 40 % ! Allons-y à fond sur les salaires déviants. D'ailleurs, tant qu'on y est, on pourrait faire un papier sur le *boss* de Public, celui qui se verse un bonus monstre en douce après avoir fait pleurer dans les chaumières pour limiter les hauts salaires.

Les journalistes acquiescent. Aux premières loges, Bertrand avait raconté à Clara le défilé des patrons du CAC l'été dernier, dans le bureau de la ministre. Venus défendre leur statut personnel, ils menaçaient de s'exiler à Bruxelles ou Singapour et d'emporter leur multinationale. Ils doivent leur fortune, la santé de leurs activités, voire leur poste, à l'État. Aujourd'hui, la moitié des patrons du CAC 40 sont d'anciens fonctionnaires, placés par le pouvoir politique. Inspecteurs des finances, ils règnent à la tête des banques françaises après des années de cabinet ministériel ou d'administration centrale à un salaire plafonné. Nos plus grands entrepreneurs ont construit leur empire du luxe ou du BTP à coups de contrats publics, de facilité de caisse ahurissante, de copinage politique. Ils achètent la presse, tiennent Paris. Le patron de Public appartient à une troisième catégorie, celle de la jet-set des affaires internationales, des intouchables.

— À partir de maintenant, on ne fait plus ce genre de papier, maugrée le rédacteur en chef entre ses dents. Le patron du Crédit Populaire vient d'appeler, tu sais Clara, celui que « ta » stagiaire classe en numéro 2. Eh bien, je me suis pris un sacré savon.

— Ah oui ? Il est dégoûté de ne pas être premier ?

Les journalistes ricanent. Avec la crise, les conférences de rédaction ressemblent de plus en plus à des réunions de l'intersyndicale.

— Je te dis, je vous dis, à tous là, qu'on arrête ce genre de papier, articule-t-il, tentant de se contenir.

— Mais vous n'arrêtez pas de nous demander de l'information facile à lire, vous rognez sur nos analyses pour toujours plus d'infographie, assène Alex le bûcheron. Alors, les classements, il n'y a rien de mieux !

— J'ai changé d'avis.

— Et pourquoi ? insiste Clara, avec une pointe de perfidie.

— Tu veux faire la maligne ? Je vais t'expliquer. Le patron du Crédit Populaire a résilié tous les abonnements de son groupe. Trois mille cinq cents abonnés partis en fumée, pschitt, en un coup de fil ! Tu crois qu'on peut se permettre cela en ce moment ? T'as besoin de sortir ta calculette pour savoir combien ton « info » nous a coûté ?

— Mais ces mecs reçoivent en euros ce qu'ils touchaient en francs, les interrompt Alex en écrasant son gobelet en plastique dans sa main droite. Ils ont vu leur salaire multiplier par six, ils licencient à tour de bras, l'État gomme leurs erreurs à coups d'argent public, les vire pour la forme et les recase ailleurs et nous, on ferme notre gueule ! Ces mecs sortent plus riches de la crise. Mais à quoi on sert !

— J'en ai ras le bol de vos velléités de justicier, aboie le rédacteur en chef. On n'est pas là pour ça ! Vous êtes journalistes, pas Martin Luther King.

Les membres de la rédaction se lèvent en signe de protestation. Entre les coupes budgétaires, l'effondrement des ventes et la démotivation des troupes, dans l'indifférence générale, sortir un quotidien relève de l'exploit.

— Je vais vous dire à quoi vous servez, poursuit-il. Parce que cela n'a pas l'air clair. Vous êtes là pour que le matin, quand le cadre sup' ouvre le journal à la cafét' de sa boîte, il soit fier ! Fier de voir en quatrième de couverture la dernière campagne de son entreprise. Voilà, le but c'est que nos clients, les annonceurs, soient fiers de leur journal.

— Les annonceurs… leur journal. Tiens, tiens, et le lecteur, t'en fais quoi ? le défie Clara, les mains sur les hanches.

Cela fait longtemps qu'il ne lui a pas vu une telle fougue. Quand il l'avait recrutée quinze ans auparavant, il avait aimé son côté tigresse rousse. Avec le temps, ils s'étaient tous rangés.

— Que cela te rentre dans le crâne : sans annonceur, pas de lecteur. Sans annonceur, pas de boulot. Pas de boulot pour moi, pas de boulot pour toi. Pas de journal. Si tu veux scier la branche sur laquelle tu es posée, va voir ailleurs. Tu n'as qu'à essayer de devenir blogueuse, tiens. Ça t'ira bien avec ta grande gueule ! Et dans six mois, tu me diras comment cela se passe à la soupe pop !

Il s'adresse aux journalistes, leur désignant la porte. Sous l'effet de la colère, son psoriasis vire au mauve profond.

— Vous avez compris ? Nos meilleurs scores, c'était l'affaire DSK. Trois semaines à +100 %. Même Cahuzac n'a pas fait mieux. C'est ça que je veux !

L'affaire avait déclenché l'hystérie d'une caste, celle de se faire saisir pour ce qu'elle est : au-dessus des lois.

— Je veux du rebondissement, une descente aux enfers, de la rumeur. Je veux du foutre ! crie-t-il.

— Nous sommes un journal économique, rétorque Alex en retroussant ses manches.

— Je m'en tape ! J'espère que les choses sont claires. Je veux vos papiers à 15 heures.

Clara passe devant lui pour atteindre la sortie. Il lui souffle sans desserrer la mâchoire :

— Quant à toi, Madame le chevalier des arts de mes fesses, fais attention, je t'ai à l'œil. Ton intronisation dans le Tout-Paris, ça ne m'impressionne pas.

Ces altercations sont devenues quotidiennes. Cela devrait la bouleverser. Elle s'est blindée, pas dupe. Personne ici ne changera le monde. L'affrontement est tout ce qu'il reste du débat d'idées.

Elle traverse la salle de rédaction pour rejoindre son bureau. Des tables en mélaminé aulne achetées en promotion sur le catalogue Bruneau croulent sous les livres jamais lus. Elles se disputent un vaste espace sans fenêtre. Une moquette au vert bouteille douteux amortit les pas. Aucune intimité entre les postes de travail. Pour réduire les frais généraux, l'actionnaire a regroupé toute la rédaction sur un même plateau : « Vos idées circuleront mieux », avait-il prétexté. Pour « rajeunir » le journal, il avait rebaptisé le titre, passant de *La Rumeur de l'économie* à *Bizness Day*, en lettres orange passé. Abrités derrière leur casque audio, les journalistes s'épient mutuellement, s'invitent à déjeuner par email. Ils fabriquent de l'information packagée, pensée pour l'annonceur, directement comestible. Du consentement.

Son téléphone indique un message d'Alison, sa meilleure amie depuis le campus. Elles sont l'une pour l'autre comme des miroirs inversés. Clara travaille, est indépendante financièrement. Paris est une course de rats. Elle s'accroche au peloton de tête. Alison s'occupe de ses enfants et d'elle-même. Déchargée de toute contrainte matérielle, elle a une vie tout en ski nautique, légère et confiante derrière un mari énigmatique et brillantissime, riche à millions. L'une est une femme « libérée », l'autre « un trophée ». Elles alternent entre la conviction d'avoir tout et un profond sentiment de gâchis. Pour ce qu'elles ont et que l'autre n'a pas, elles s'adorent et se jalousent, se le confient rarement. Clara découvre le message :

Ce soir tu seras la meilleure. The best. So proud of you. Go for gold ! Your BFF [1]*, Ali.*

1. *Best Female Friend.*

7

Au dernier étage d'une barre HLM neuve de Sarcelles, le visage un peu flouté de Clara apparaît sur l'un des écrans d'Antoine. Elle est à son poste de travail, au journal. Il en a piraté la caméra qui la filme à son insu. Il avait adoré cette femme. Pour elle, il avait été Tony le costaud, la star du campus, un mètre quatre-vingt-trois de muscles, d'humour et de tendresse. Elle l'a presque tué, puis tout fait pour l'oublier. Sans le savoir, il lui a structuré sa vie. Il n'a rien accompli de la sienne.

Des cartons non déballés servent de meubles à son deux-pièces du 9-3, le long du RER. Boîtes de maïs entamées, bouteilles de Gin, paquets de cacahuètes éventrés, crème à raser et vieux caleçons traînent dans une odeur de bœuf au curry. Sur le plus haut carton, une arbalète à poulie flambant neuve trône tel un trophée. Antoine la caresse en passant : c'est sa dernière acquisition, achetée sur Internet avec ses gains sur l'or recyclés au poker. Ou réciproquement.

Au milieu de la pièce, l'unique table clignote comme une soucoupe volante. Serveurs, baffles, écrans rivalisent d'images et de sons : conversations hachées, radio arabe, colonnes de chiffres, plans fixes de caméras de surveillance piratées et donc Clara en gros plan. Depuis quelques jours, Antoine s'est introduit dans son ordinateur en exploitant une faille sous Windows 8. L'idée lui est venue après quinze ans d'évitement dont plusieurs d'anéantissement. Il lit ses courriels, l'écoute, l'observe travailler. Il la retrouve quand elle fronce les sourcils en se grattant l'oreille droite, un tic qui le faisait fondre.

Dans chaque promotion de l'École, une frange d'individus « échoue », plombant ainsi les statistiques de sortie sur le « placement » des étudiants. Dans l'annuaire des anciens, Graal des chasseurs de têtes où chacun égrène ses faits d'arme, ils sont classés à « Autres ». Antoine a disparu depuis plus de quinze ans. Tombé de son piédestal, cultivant l'ombre, il est passé hacker, soldat de fortune, maître ès piratages. Personne ne le connaît. Il vit à la marge. C'est l'un des meilleurs *grey hats* [1] de Paris. Dans le milieu, à bientôt quarante ans, il passe pour un vieux sage.

Adolescent, Antoine bidouillait les codes. Avec son ordinateur, il aimait s'immiscer dans les bastions du grand capital, les citadelles du pouvoir : banques, entreprises d'armements, renseignements généraux. Il n'abîmait ni ne dérobait rien, signalait aux administrateurs les failles de sécurité. C'était un passe-temps gratuit, des défis contre les machines qu'il avait abandonnés pendant ses années étudiantes. Le clouant au sol, « l'accident » avait été une aubaine pour sa carrière de mercenaire digital. Depuis, il a entretenu sa pratique, se formant sur le tas à de nouveaux protocoles, *malware* et langage de programmation. Il est passé pro à la faveur d'une mauvaise rencontre.

En 2009, sur un vol Manille-Amsterdam, il se retrouva à l'arrière de l'appareil, coincé entre un Hollandais aux bras gras et un jeune Espagnol au look de surfeur qui avait tenté de le draguer. Après la troisième

1. Pirate informatique qui travaille pour la sécurité informatique le jour (agit en « *white hat* ») et l'attaque la nuit (agit en « *black hat* »).

bière, les types se mirent à raconter leurs vacances. Persuadés de ne jamais se revoir, ils se dirent tout. S'échangeant leur smartphone, ils comparèrent les photos des prostitués, filles et garçons, tous mineurs, qu'ils avaient « levés ». Pris à partie malgré lui, Antoine dut subir le récit de leurs exploits. Dans un bar, il les aurait frappés. Il récupéra leur email, prétextant vouloir leur envoyer des blagues. À terre, il se vengea.

De Paris, il livra aux deux pervers une attaque en règle. Un virus envoya à tous leurs contacts un message, accompagné d'une photo des types en action, intitulé :

Je suis un gros pédophile et j'aime ça.

Antoine prit aussi possession à distance de l'ordinateur du Hollandais. Celui-ci surfait sur Facebook et les blogs avec un avatar de jeune fille, s'immisçant dans des conversations d'adolescentes sur la masturbation, relançant les débats sur la fellation. Antoine prévint les flics qui démantelèrent un réseau de pédophiles. Ils le rappelèrent quelques semaines plus tard et lui proposèrent des missions : pour eux, Antoine infiltra le crime organisé de l'arnaque à la carte bleue. Efficace, remarqué, il bascula dans le monde du renseignement. Recoupement d'informations, piratages de boîtes mail, il est intermédiaire d'intermédiaire, ne connaît pas le commanditaire, la sous-direction K de la DCRI, le service de sécurité économique de la DGSE, un groupe privé, Matignon. Cela garantit sa sécurité. Il est payé pour ses compétences techniques et son inexistence sociale. Ces missions arrondissent ses fins de mois. Elles épongent les pertes éventuelles sur l'or ou le poker.

La même année, il se rendit en Allemagne à moto. Sur l'autoroute Cologne-Berlin, il put enfin passer les 240 kilomètres/heure. Il fit un détour par la porte de Brandebourg. Vingt ans depuis la réunification. Vingt ans de mystification d'un monde apaisé. Il la traversa à pied. Tout à coup, son acharnement à plonger « sous » la réalité, à en révéler les parts obscures et sales lui parut louche, une fascination qui n'était qu'évitement de soi. À vivre dans l'underground, que fuyait-il ?

Il assista à une réunion du Chaos Computer Club à Berlin. Dans une salle bondée, deux hommes montraient leur dernier programme, une application pour protéger les lanceurs d'alerte et ainsi défendre la liberté d'expression. Le plus grand prenait toute la place. Julian Assange recrutait des bénévoles pour traiter des masses d'informations ultra-confidentielles, des fuites à révéler au grand public. Antoine se méfia : un véritable hacker ne cherche pas à se mettre en avant. Il commença par détester cette grande perche surmontée d'un bol de cheveux blancs et aux ambitions folles. Quelques semaines plus tard, Antoine reçut la vidéo *Collateral Murder*, produite par WikiLeaks. À l'abri dans un hélicoptère Apache, des GI avaient abattu un groupe d'hommes à pied dans les rues de Bagdad. Avec leurs lunettes ultra-précises à infrarouge, ils avaient « confondu » la caméra de l'un d'eux avec un lance-missiles. Ils s'étaient acharnés sur des civils venus leur porter secours. Le rapport d'opération plaidait la légitime défense. Ce fut un carnage. Grâce à WikiLeaks, la vidéo fit le tour du monde. L'armée américaine finit par reconnaître la bavure. La guerre chirurgicale n'avait pas lieu. L'opinion publique se retourna. Antoine oublia sa méfiance et sortit du bois.

Depuis, à ses nombreuses heures perdues, il grenouille dans des collectifs de hackers, Anonymous ou LulzSec, plus mordant. À côté de ses missions de renseignement rémunérées par l'État, l'armée ou des multinationales de l'énergie, de l'automobile ou de l'alimentaire, il soutient toutes les occasions de défier les pouvoirs en place, planqué sous des avatars : torpillage de sites gouvernementaux pendant les révolutions arabes, blocage de transactions bancaires, piratage de comptes email des sociétés de sécurité privée, détection de faille dans les systèmes d'exploitation grand public. Il travaille pour l'establishment et ses prestataires le jour, les attaque la nuit.

8

Bertrand n'aurait jamais modifié sa trajectoire tendue vers Bercy si, la veille, son enfance n'avait mis un pied dans sa porte de quadra satellisé. Il était en déplacement avec sa ministre dans la Drôme. En personne, elle annonçait une enveloppe exceptionnelle de 10 millions d'euros pour soutenir la filière du cuir. Dans le jargon du ministère, on appelle ce genre de visite le « service après-vente ». Elle veut sauver le *Made in France*, le temps d'une promesse à 10 millions d'euros. Politiquement, tenir son rôle, c'est peser sur le déroulé du journal TV du soir.

Sa ministre en avait profité pour débouler à l'improviste dans un élevage de cochons bio. Elle adore donner des sueurs froides à son chef de cabinet, un énarque à chevalière préposé à son agenda, sa sécurité, ses pauses pipi et rendez-vous chez le coiffeur. Il traite de logistique, Bertrand d'action politique. Ils se disputent son attention, comme deux gamins affamés.

L'équipe de France 2 avait censuré les images d'une altercation avec les salariés de Sanofi qui manifestaient contre un plan de licenciement. Les caciques locaux frétillaient autour de la ministre : maire, conseillers régionaux, président de la chambre de commerce et du Medef local s'étaient rasés de près, sous l'œil consterné du préfet. Ils jouaient des coudes pour être sur la photo du *Dauphiné libéré*, partager sa voiture, tenir son sac. Visite de la CAF, de Pôle Emploi, café au comptoir et conversation inopinée avec une maraîchère sur les premières asperges de l'année, la ministre était en roue libre. Loin de Bercy, d'une catastrophe bientôt impossible à dissimuler, elle prenait l'air. Le soleil rebondissait sur ses joues. Le sang circulait à nouveau. Elle redevenait humaine, souriait comme Nicole Kidman précisément, au pied des marches, à Cannes : « Allez voir les Français, montrez-vous », avait lancé le Président, à la fin du dernier Conseil des ministres, désemparé.

Visage fermé, pensant à tout le travail qu'il n'abattait pas, Bertrand traînait à l'arrière du cortège qui traversait, au pas de course, la rue piétonne. Poteries, nougats, pots de miel, pâtés et asperges, il trimbalait les cadeaux tendus à la ministre sur son passage. Elle devait avoir les mains libres et saluer le maximum de passants. On aurait dit la caravane du Tour de France en pleine artère commerçante. Le dossier assemblé par les conseillers se froissait sous l'aisselle de Bertrand. Carte politique en couleur du territoire, faits socio-économico-politiques récents (manifestations, meurtres, accidents, faillites, grands projets), principaux indicateurs en pourcentage (chômage, chômage des jeunes, RSA, populations immigrées), fiches des RG sur les leaders d'opinion du coin, chiffres clés sur la filière du cuir, discours à la chambre de commerce. Le lieu de la déclaration de la ministre avait fait l'objet d'une bataille rangée entre les services des potentats du cru. L'enjeu était nul, sauf pour eux. En préfecture, pour ce genre de sujet, temps et budget semblent illimités.

Furieux, Bertrand s'arrêta devant un magasin d'art tibétain. Une affichette occupait une partie de la vitrine, un peu sur la droite, à hauteur des yeux :

Les enfants, il faudrait se mettre sur la pointe des pieds pour être à leur hauteur.

Bertrand relut la phrase. Ne la comprenant pas, il la nota ainsi que le nom de l'auteur, Janusz Korczak, écrivain et pédiatre polonais dont il n'avait jamais entendu parler. Bertrand avait toujours regardé les adultes par en dessous, comme des géants. Mais lui, quel père était-il ?

Rapide comme une entaille au scalpel, une brèche s'était ouverte. Au-dessous, des abysses. Le cortège avait disparu. Les bras chargés de cadeaux stupides, Bertrand était planté face à un bâtiment tout à coup familier. Au gré des échéances électorales, des conflits sociaux et des tempêtes, il sillonne la France. Les villes défilent, peu importe lesquelles. Obsédé par ses chiffres, les mauvais coups à essuyer ou à donner, il n'y fait jamais attention. C'est un décor de fond fait de gyrophares, de rues mortes, d'usines qui ferment, de biscuits Tuc et de vins du pays. Élus, chambres de commerce, préfectures, syndicalistes se ressemblent. Un déplacement en province permet de se relancer dans les cordes, d'anticiper son prochain coup. Bertrand accumule les destinations. Elles n'en forment qu'une : province, très chic si c'est en week-end. Largué à l'arrière du cortège de la ministre, à force de ne jamais regarder où il allait vraiment, il avait atterri face au Prisunic de son enfance. Centre névralgique de la ville, il a été transformé depuis en magasin H & M. Bertrand se sentit éminemment remplaçable. Vulnérable, inutile. Le « nain porte quoi » avec nougats et asperges. La clocharde — à l'époque, on ne disait pas encore SDF — qui tapait les enfants avec sa canne devait bien être morte, à force.

Dans le train du retour, il compila les dernières infos sur la crise de l'euro (le *spread*[1] entre l'Allemagne et la

1. Écart des taux d'intérêt.

France, les derniers chiffres sur la dette italienne, la confirmation de la poussée nationaliste en Europe) puis briefa sa ministre. La France décroche, plombant l'Europe vers le bas. Elle croit encore qu'elle est riche. Assiégé, le gouvernement n'a pas de réponse à la montée des extrêmes. Bertrand annula une réunion téléphonique avec les sherpas des ministres de l'Eurogroupe [1]. Ce jour-là, pour la première fois, il ne trouva pas la force de mentir et de dégainer les arguments habituels : les chiffres de l'économie étaient bons, les réformes du pays allaient payer, il ne fallait pas croire les journaux. Il eut de plus en plus de mal à respirer, se sentit au bord de la nausée. Tout ça pour ça ? Pour se coltiner la bedaine des élus locaux à la cravate coincée dans la ceinture du pantalon ?

En dernière année, il avait reçu le prix du meilleur mémoire de l'École pour son rapport sur la taxation des flux financiers. À son retour de coopération militaire à New York, il avait été recruté par la Banque Rothschild, intéressée par ses réflexions. Cette idée reviendrait comme un serpent de mer, autant contrôler le débat. En 2000, à son entrée au gouvernement Jospin, le nouveau ministre de l'Économie Laurent Fabius avait cherché la mesure phare de son mandat. Alimentant depuis des décennies les ministères en conseillers, Rothschild avait recommandé Bertrand.

Gonflé d'idéaux, mémoire en bandoulière, il avait débarqué à Bercy en justicier, persuadé d'œuvrer au grand destin de la France. On l'avait guidé dans les couloirs jusqu'à une pièce numérotée. Onze mètres carrés, le minimum syndical pour une personne sédentaire. Bertrand voulait servir son pays. Sur le bureau imitation acajou, les services généraux avaient posé les armes à sa

1. Réunion des ministres des Finances de la zone euro.

disposition : un cahier, trois stylos à bille, un classeur vide, une règle, deux Stabilo, une paire de ciseaux, un vieil ordinateur non connecté à Internet, la procédure en cas d'incendie. La pièce empestait la transpiration de son prédécesseur. Bertrand avait placé son mémoire dans l'armoire réglementaire et vide. Il devenait chargé de mission auprès du bureau des services financiers. Les fenêtres étaient scellées. Aucune chance d'évasion, ni de grand saut.

Durant ces quinze années, Bertrand a misé sur les personnes utiles, pris les bons ascenseurs. Au gré des alternances politiques, il a changé de monture, de marotte, de ministre. Il a su avaler les couleuvres, composer avec les énarques, parler en abréviations, se cacher derrière des acronymes, exceller au billard à trois bandes, ne plus se regarder dans la glace. Manœuvrer dans les couloirs de Bercy, résister aux jeux des grands corps (ENA, X, Inspection des finances, Conseil d'État, Cour des comptes) l'a accaparé. Se réfugiant dans la technique, acceptant un déclassement, un placard, il a survécu au passage de la droite. Oubliant les siens jusqu'à soi-même, Bertrand s'est hissé au sommet de la technocratie française, au dernier étage du « Paquebot » avec vue sur la Seine. Il y reçoit tout ce que le pays compte de syndicats, associations, fédérations, lobbies s'accrochant à leurs rentes, leurs acquis. Il ne veut vexer personne, gagne du temps. Il parle à demi-mot, en ellipse, s'évertue à ne rien promettre ni refuser. Il « gère les attentes », qu'il confond avec le réel. Il représente le pays dans toutes les discussions économiques, déjeune avec les conseillers d'Obama. En tant qu'homme, il se ratatine, terrassé par un triple rouleau compresseur : carrière, couple, capitale. La survendue « vie parisienne ».

Chez lui, tout a un côté passé : la coupe de son costume, le teint de son visage, sa relation à la seule femme qu'il ait aimée, Clara. De loin, tout est propre, maîtrisé. Rincé à l'eau de Javel, il n'a pas quarante ans. Il débite des notes au kilomètre, rarement lues. Sa vie sociale sert à faire « fructifier son réseau ». Cocktails, conférences, indiscrétions au *Canard enchaîné*, il affiche l'illusion du pouvoir. Il veille à arriver en retard aux dîners, surjoue son rôle de technocrate débordé dans les petits papiers du pouvoir, ses bruits de couloir. À Bercy, il n'est plus que la voix de ses maîtres : la ministre, le Président, les banquiers, les lobbies, Bruxelles, les régions, dans un ordre aléatoire. Barricadé et fidèle au poste, il représente la quintessence du monde d'avant. Celui du dogme de la croissance infinie, des ressources illimitées, des élites intouchables et des populations dociles. L'ancien régime et sa noblesse d'État : un monde en train de s'effondrer.

9

Un patron de banque déboule à Bercy, toutes sirènes dehors. Depuis qu'il l'a quittée, il méprise la haute fonction publique et ses salaires de minable. Il s'en remet à elle pour lui sauver la peau. Bien harnaché dans son parachute doré, il agite la menace d'une faillite. Rien n'est jamais de sa faute. Pour engranger des bénéfices et donc des « points de croissance pour le pays », l'activité banque « d'investissement » de son vénérable établissement a siphonné le portefeuille des clients de l'activité de dépôt, sur plusieurs générations. Ulcéré, il montre les piles de CDO [1] notées AAA auxquelles il a souscrit pour se couvrir. Invoquant le spectre d'une crise systémique, des milliers d'emplois en cause, d'un *bank run* déplorable pour l'image du pays et d'un échec assuré aux prochaines élections pour le parti au pouvoir, il tend des livres comptables. En tremblant, les technocrates de Bercy — dont Bertrand — recomptent le nombre de zéros alignés, se font balader par des *reportings* en forme de jeux de piste infernaux. Pris en otage, ils appellent Jérémie.

1. *Collateralized Debt Obligation* : produits de finance structurés issus de montages voulus complexes, répondant à différents besoins tels que réduire les coûts de refinancement, exploiter des opportunités d'arbitrage et surtout se défaire du risque de crédit. Marché libre, non régulé, donc illimité.

Celui-ci débarque à n'importe quelle heure, portant sa précieuse mallette. La « malade » attend dans une salle prévue à cet effet : la *war room*. Jérémie trouve des colonnes de listings comptables, des milliers de pages de codes et de chiffres : produits, encours, garanties, jusqu'à cinquante mille lignes de compte. Les types de la banque se protègent, ils tendent « les éléments » mais aucune explication. Ils quittent la pièce avec un dernier regard plein d'espoir pour ce financier aux allures de tennisman. Jérémie s'enferme avec sa petite équipe de *data crunchers*, des juniors aussi rapides que malléables. Ils entrent les lignes de crédit les plus importantes dans le tableur surpuissant. Elles se mesurent en milliards d'euros. Jérémie a une nuit pour établir son pronostic, démonter le moteur, dresser ses projections sur l'anticipation des *cash flows*. Pendant que son équipe mouline les données, il appelle ses relations, ses « potes » : les bons banquiers se connaissent, se font confiance, ne travaillent qu'entre eux. Ils sont une poignée. Derrière les sigles, ils savent qui est à l'origine des opérations, avec qui et pourquoi. Au matin, Jérémie réunit ministre, PDG, directeurs de cabinet et autres cerbères. Ils n'ont pas dormi. Certains sont restés aux abords de la *war room*, ravitaillant Jérémie et son équipe en café et clubs sandwichs Ladurée, jetant des yeux affolés sur ses écrans pour glaner un premier chiffrage. Un début d'avenir.

Dans un silence de mort, un œil sur son ordinateur, Jérémie entame son diagnostic par un préambule, un rituel :

— Le dieu des statistiques est impitoyable et il a parlé. Comme vous le savez, le modèle de notation des agences est bidon. Vos « papiers » triple A ne valent pas 18 *cents*.

Dans « le milieu », on ne prend même plus la peine de parler d'« unité monétaire ». Le crédit n'est pas un capital à récupérer mais à revendre, un « papier », une écriture informatique à se refiler. Jérémie annonce ensuite la couleur :

— Ça vous fait une paume à 12 milliards. Bon, c'est une estimation à la hache. Mais on n'est pas à un milliard près !

Il liste alors cliniquement les failles, pertes et incohérences de l'institution, toutes ses parts d'ombre. Le verdict tombe : le PDG est à la tête d'un château de cartes, humilié de ne s'en être jamais douté. De l'avoir nié ou caché. Pris la main dans le sac de son incompétence, nu comme un asticot par froid polaire, il se tait, va accepter n'importe quoi. Jérémie poursuit :

— Ce qu'il faut éviter, c'est les lignes de crédit sans garantie de la BCE. Ça masque la douleur mais ne résout rien. C'est comme à l'hosto : une fois que vous touchez à la morphine, vous n'en sortez jamais. Ça soulage. C'est le début de la fin.

Il prescrit alors le traitement : une vente en pièces détachées, souvent à la casse, toujours en trois parties : euthanasie des activités subclaquantes, cession des actifs toxiques au meilleur prix, sauvetage des parties à peu près saines. Il annonce le pronostic — une valorisation en forme d'eau de boudin —, propose le remède — une liste d'acheteurs potentiels. Fonds vautours, concurrents directs, États, Jérémie dit à qui vendre, et combien. À ce moment-là de l'opération, malgré son parachute doré, ses CDO en quantité industrielle, le patron s'effondre. Aucun « package » ne préserve du « risque réputationnel ».

Cerise sur le gâteau : dans ses estimations, Jérémie prend en compte les effets du discours politique, formule les principaux éléments de langage. Les conseils en communication, Vanessa ou ses concurrents, prennent le relais. L'intoxication peut démarrer. Si possible avant l'ouverture de la Bourse. « Assainissement, choix clairs, solidité retrouvée », les opérations passent, les mots reviennent. Pour la forme, les patrons sont démis de leur fonction par Bercy. Quelques semaines plus tard, ils sont bombardés à la tête d'une autre banque. Cela passe comme une lettre à la poste. Les services du ministère disposent d'une section VIP de Pôle Emploi et du fisc.

Les politiques multiplient les plans de sauvetage, les banques publient des chiffres mirobolants. Dans l'euphorie, le CAC 40 passe la barre des quatre mille points. Jérémie opère nuit et jour, ampute, nettoie, liposuce, recoud. De l'extérieur, les banques tiennent, résistent à tous les stress tests. Ce sont des zombies rafistolés. Elles ne se prêtent plus entre elles. Le système bancaire est paralysé. Les plus faibles fusionnent pour sauver leur peau. « Mais, a coutume d'expliquer Jérémie, fataliste, si tu mélanges un litre de lait à un litre de merde, ça fait deux litres de merde. » Elle est partout. La BCE a ouvert les vannes : elle noie les excréments sous un flot de liquidités fraîches.

Lynché dans les journaux, rejeté par ses pairs en 2005, Jérémie est l'homme de l'ombre, celui du plan de sauvetage de Portis, de l'Irlande, de l'Islande, la fusion GMRR/Société d'Épargne. Contrebandier repenti, il connaît les combines des banques et des États, leur rapport hystérique au « papier ». Dans le monde, ils sont cinq ou six comme lui. « *Panic button* » de la Commission européenne et des gouvernements, il murmure à l'oreille des *hedge funds*, « les seuls capables de ramener le politique sur terre ». Cameron et le président de la Commission européenne Marropo ont son numéro de portable. Il appelle la chancelière par son prénom. Secret de sa réussite ? Son ordinateur, ses bases de données, ses téléphones et ses « potes ».

10

Un sac plastique blanc bataille contre le vent au sommet d'un chêne crochu. Le poteau électrique est couvert d'affichettes superposées. Débarquée du RER, une travailleuse sociale rase les murs jusqu'au bâtiment de la Maison de l'emploi. L'après-midi, Sarcelles ressemble à une ville morte. Les habitants sont terrés chez eux, ou à l'autre bout des rails, à Paris, qu'ils appellent aussi entre eux « la matrice ».

Dans le deux-pièces d'Antoine, *Lettre à France* de Michel Polnareff passe en boucle. Pendant son tour du monde, il n'écoutait que cela. À force d'errer, il s'est presque perdu. Il n'a pas eu le temps de faire découvrir les paroles à Clara. Pourtant, la France de Polnareff, c'était elle.

Il s'accroupit devant un petit bac en plastique, vérifie son mélange. L'enduit commence à prendre. Il range la scie à béton sous un matelas gisant à même le carrelage. Il ramasse les morceaux de placoplâtre abattus sur le sol de l'unique placard. À l'aplomb, dans le trou creusé, il glisse quelques sachets de pièces d'or scellés : des napoléons, souverains, krugerrands d'Afrique du Sud. Antoine n'a aucune confiance dans les banques. Il convertit salaires et gains en métaux précieux, planque le tout. Il pose l'enduit, parachève son dernier « coffre-fort ». Dans son deux-pièces de Sarcelles, il amasse une petite fortune. Antoine n'a pourtant rien d'un Picsou. Il se prépare à la guerre des monnaies, à l'effondrement de l'Europe, au crash final.

La nuit, il joue au poker dans un club du IXe arrondissement, le Cercle Cadet. Artisans, commerçants, employés débarquent avec la paie du mois, les économies du fiston, le bas de laine d'une tantine. Les types crient ou s'effondrent dans une atmosphère saturée en testostérone. Les croupiers chinois restent impassibles. L'argent brûle les doigts. Les destins se défont. Antoine évite les clubs du Triangle d'Or, bien plus chics, où le gotha des affaires occupe ses nuits. Dans les salles enfumées, assis sur des fauteuils de velours rouge, ils se prennent pour des mafieux, oublient qu'ils en sont. Stars du show-biz, entrepreneurs survoltés, loups du CAC, ils jouent à se faire peur. Mais jamais avec leur vie. Ils évitent de rentrer chez eux, de se confronter à la question terrible, au fond : « Qu'as-tu fait de ta journée ? » Rois de l'absurde, ils ne sont plus convaincus d'en avoir eu une.

C'est l'heure du rituel, du bain. En prenant l'appartement quelques mois plus tôt, Antoine n'a rien exigé — ni lumière, vue ou étage particulier — sauf un garage pour sa toute dernière moto chérie, une Hayabusa Suzuki de 197 chevaux, et une baignoire, pour lui. Bougies parfumées, bain à l'huile de coco, canards en plastique, brosse pour la voûte plantaire, sa salle de bains pourrait être celle de la parfaite lectrice de *Biba*. Il n'avait jamais fait attention à son corps. Depuis qu'il s'est fracassé sur le sol du campus, il le bichonne, le surveille, vit avec l'angoisse de ne plus remarcher.

Il se glisse dans l'eau chaude, profite un instant de la seule sensation de paix. Sur une tablette en appui de part et d'autre de la baignoire, il installe son ordinateur portable, un Mac dont il a barré le logo d'une croix de scotch noir. Le corps en léthargie plongé jusqu'aux épaules, son énergie se consacre à l'essentiel : l'irrigation de son cerveau. C'est dans son bain, en apesanteur, qu'Antoine réfléchit le mieux. Et qu'il livre ses plus belles attaques.

Du pied gauche, il rajoute un peu d'eau chaude, ouvre sa connexion à un VPN pour masquer son identité IP. Il s'associe aux centaines de pirates connectés en même temps en toute sécurité. Il lance le logiciel LOIC pour participer à l'attaque en déni de service contre les laboratoires DACHE. Pendant plusieurs heures, le géant du médicament n'aura plus d'emails, de sites, ni d'accès aux dossiers. Son cours de Bourse plongera pour la journée, emportant plusieurs millions en capitalisation boursière. Les hackers laisseront des « *back doors* » pour revenir se balader sur les serveurs. Et peut-être publier sur Internet des brevets et autres informations confidentielles. Antoine déteste l'industrie pharmaceutique, bien plus dangereuse que les vendeurs d'armes et le lobby bancaire réunis. DACHE refuse d'envoyer des médicaments en Grèce depuis que l'État ne peut plus honorer ses commandes. Seuls les malades qui paient en liquide sont soignés. Silence radio : les « communicants » ont réussi à faire taire la rumeur, à discréditer la source. Comme toute question sur les paradis fiscaux, la collusion des élites et autres fuites radioactives.

Pendant l'attaque, dans un coin de son écran, Euronews diffuse un énième reportage sur l'Espagne. Des manifestants encadrent le Parlement. Les députés vont voter un plan d'austérité dicté par la Troïka [1]. Ils entrent sous les huées.

1. Consultants du FMI, de l'UE, de la BCE.

— Asservir les peuples par la dette ! Ils vont finir par se le prendre en pleine figure ! commente Antoine en arrêtant l'eau chaude, du pied gauche.

Le reporter rappelle les efforts consentis par la péninsule pour adhérer à la zone euro en 1999. Puis la caméra zoome sur un militant qui crie :

Vous vouliez des esclaves. Vous aurez des rebelles !

— Qu'est-ce que je disais !

Le reportage conclut par des extraits d'un mémo du FMI très critique sur la gestion de la crise grecque par la Commission européenne : le refus d'imposer des pertes trop importantes aux banques a aggravé la récession.

Antoine a grandi avec l'Europe. À l'école, il en a appris batailles et soubresauts par cœur. En 1989, il a vu Mitterrand et Khol se prendre par la main, à Verdun. En 1992, ses parents l'ont emmené à Maastricht, pour l'Histoire. En 1999, il a troqué sans broncher ses francs contre les euros. En 2005, il a voté oui-plus-que-oui au référendum sur la Constitution européenne. Sans savoir pourquoi, être pro-européen, c'était être progressiste, ce qu'on lui avait toujours dit. Son fond de sauce idéologique, avec les marques, le « *Just do it* » de Nike et les mangas japonais. Quand la vague du « Non » à l'Europe s'est imposée, il est reparti quatre ans en Asie. Et il a arrêté de voter.

L'offensive contre DACHE s'intensifie. Son ordinateur agit seul. Comme des milliers de machines au même moment, il envoie des requêtes de connexion aux serveurs du géant de la pharma. Désœuvré, Antoine bascule sur un fil RSS qu'il s'est créé sur « l'apocalypse des zombies ». C'est l'appellation donnée à une série d'attaques survenues aux États-Unis en quelques mois. Antoine aime traquer les événements bizarres, les mettre en lien. Il y trouve ses meilleures clés de lecture.

Hollywood, Floride : douze élèves et deux professeurs du lycée McArthur entrent en transe après une poussée mystérieuse d'urticaire sur les bras et le torse.

Fort Lauderdale, Floride : l'aéroport est fermé suite à une épidémie subite d'urticaire. Mille passagers ont été traités et quatorze avions retardés.

Waco, Texas : Michael Terron poursuit son voisin en aboyant. Il vient de manger son chien vivant. Il supplie les policiers appelés à la rescousse de lui tirer dessus pour que les effets du K2, un cannabis de synthèse, s'atténuent.

Boca Raton, Floride : en rentrant de l'hôpital dans lequel il travaille, le Docteur David Richard, anesthésiste, est arrêté pour excès de vitesse. Menotté à l'arrière de la voiture de police, il frappe de la tête la grille de séparation, crache du sang au visage de l'agent et lui mord la joue.

Lititz, Pennsylvanie : Richard Cimino Jr. est maîtrisé à l'aube par les forces de l'ordre. Totalement nu et en sang, il rongeait le crâne d'une femme en poussant des cris d'animal. Malgré les effets du pistolet paralysant, il mord l'urgentiste venu sur les lieux pour le soigner.

Hackensack, New Jersey : un homme a été transporté à l'hôpital après avoir coupé ses propres intestins et tenté de les jeter à la police. Retranché dans un coin de sa maison, il menaçait de se suicider.

Miami, Floride : Rudy Eugène, trente et un ans, sans emploi, est abattu par les forces de police de cinq balles alors qu'il dévorait le visage d'un SDF, aux abords de l'échangeur de Causeway Bay. Nu, il grognait et s'acharnait à califourchon sur sa victime, Ronald Poppo, soixante-cinq ans. Indifférent aux sommations des policiers, après l'œil, le nez et les joues, il était en train d'essayer de lui arracher un rein. En 2008, l'assaillant Rudy Eugène avait vu sa maison saisie par la banque. Il aurait pris de la Mephredone. Cette drogue bon marché aussi appelée « sels de bain » est en vente libre dans le commerce sous la forme de stimulant, souvent à côté des caisses. Éplorée, sa veuve le décrit comme un homme gentil.

Antoine contemple un petit sachet de sels de bain au gingembre sur le rebord de sa baignoire, un cadeau de fidélité offert par la vendeuse du Body Shop de la gare du Nord.

Une fenêtre s'ouvre et le tire de sa fascination morbide. C'est une vidéo amateur, envoyée par un de ses « amis » hackers et portant la mention « *Watch this* ». Il s'agit d'un long plan fixe d'un train de marchandises, à un passage à niveau. Il est chargé de tanks Bradley et de camions de guerre Hemtt. Le convoi traverse Watsonville, une bourgade tranquille au sud de San Francisco. Filmé d'un passage à niveau, ce train ne semble jamais finir.

Pour affiner son opinion, il suit ses recherches, bétonne ses sources puis consulte les sites conspirationnistes. Il zappe sur un forum punko-anarchiste. Mentalement, il assemble les pièces du puzzle : en novembre 2011, Obama a déclaré : « Les troubles insurrectionnels de la population dus à la crise économique représentent une menace bien plus grave que le terrorisme. » Le 1er janvier 2012, le prix Nobel de la Paix a reconduit et durci le Patriot Act en signant le National Defense Authorization Act, une loi autorisant « la détention sans jugement pour une période indéfinie de toute personne représentant une menace pour les intérêts américains ». La mort de l'*Habeas corpus*, tranquille, dans les limbes du nouvel an. En avril, le Department of Homeland Security[1] a confirmé l'achat de 495 millions de balles à fragmentation.

1. Le ministère de l'Intérieur.

Qu'allaient-ils en faire ? Attaquer leur propre population ? Ben Laden est mort. La finance massacre. Les politiques collaborent. Dépassés. Iran, Libye, Grèce, climat sont autant de crises à ne pas régler trop vite. Elles cachent l'essentiel : la faillite du modèle occidental entraîne avec lui la plupart des populations de l'hémisphère Nord vers la déflation, le déclassement, la dépression. Le secret ne sert que les incompétents.

Antoine sait que tout cela — un pays qui attaque sa propre population — est devenu possible. En septembre dernier, il remontait Broadway avec les manifestants de Occupy Wall Street. En bon hacker, il voulait voir de ses yeux cette nouvelle forme d'insurrection et se paya un billet pour New York. C'était bon enfant et pacifique. Un type déguisé en trader déclamait du Shakespeare avec une corde autour du cou. *To be or not to be ?* Une femme d'une cinquantaine d'années toute vêtue de jaune poussin tirait un attaché-case derrière elle. De peur d'être cambriolée, elle transportait avec elle des preuves de la collusion entre une grande banque américaine (dont elle avait été licenciée) et le lobby de l'armement. Lanceuse d'alerte de l'industrie bancaire, elle craignait pour sa vie. Antoine s'arrêta dans le recoin d'un immeuble, à quelques blocs au sud d'Union Square. Devant lui, une fille aux cheveux roux filasse gémissait. Elle devait avoir vingt ans. Il l'avait remarquée sur le campement. Elle y prodiguait des cours de yoga qui tordaient son tatouage, sur l'omoplate, un papillon un peu raté. Chaque jour qui passait la transformait. La crasse, les nuits à même le bitume, la peur des descentes, le froid la minaient. Elle avait pris une décennie en quelques semaines. Sur Broadway, la voix cassée, elle était complètement déshydratée. Elle gisait à terre, faiblarde. Accroupi, Antoine lui tendait une bouteille d'eau quand les « forces de l'ordre » surgirent. Sans sommation, ils les prirent pour cible, les aspergeant de gaz lacrymogène en plein Manhattan. Les batailles du monde se résument à cela : forces de vie contre forces de mort, un duel au corps à corps. Les États-Unis, pays de zombies à l'économie et aux idéaux zombies, lâche déjà ses enfants. Bien plus folle qu'on le dit, l'Amérique se prépare à la guerre civile.

Toutes les quatre décennies, une génération s'éprend du besoin de reconquérir la démocratie. Antoine n'a la charge de personne. Religion, consommation, télévision, il ne croit en rien. Il tente de vivre sans chaîne, n'est bien que sur la Toile. Sans appartenance, il s'est construit les murs de sa propre prison. Il regarde cette ère finir. Avant cela, il veut parler à Clara. Antoine sort de son bain, enfile un tee-shirt et un pantalon propres pour la cérémonie de ce soir.

11

Pour la remise des insignes de chevalier de l'ordre des Arts et des Lettres de Clara, la salle du Conseil de l'Unesco est bondée. Ministres au bord de la mise en examen, PDG entre deux procès, éditorialistes à la plume amortie, c'est le 0,001 % qui fait et défait la France, un aréopage de chemises à monogrammes, de sacs Vuitton, d'étoles rouges ou blanches savamment posées sur les épaules. Ils s'invectivent par tribunes interposées, s'écharpent sur les plateaux TV. Micros fermés, ils s'invitent à dîner. Sous les lambris du siège mondial du Patrimoine de l'Humanité, ils prennent des nouvelles du petit dernier, s'interpellent en se donnant du « camarade ». L'élite connaît les siens, ses lieux, les cocktails, le golf, la chasse. Dans l'entre-soi, elle vit l'extase. Ici, un terroriste ferait un carnage.

Clara a le port de tête de Sissi, le corps sec planqué dans un tailleur sévère. Seule au pupitre devant des centaines d'yeux qui la dissèquent, elle vit ses quinze minutes de gloire à la Warhol. Intérieurement, elle peste contre cette veste Zara — achetée en chemin sans l'essayer, qui lui gratte le cou. Elle passe une main anxieuse sur sa nuque, n'est plus sûre d'en avoir retiré l'étiquette. Depuis combien de temps n'a-t-elle pas pris le temps d'entrer dans une cabine d'essayage ?

Elle déroule un discours convenu sur le rôle des femmes dans la presse, la confiance que lui porte sa rédaction. Une quinqua brune rachitique se tord les pieds dans des escarpins achetés le prix d'un SMIC. Les vraies femmes de pouvoir veulent faire oublier leur parcours de tueuses en jupons. Le sang de leurs victimes sur les marches de la gloire, elles forcent leur féminité : tailleurs Chanel sur silhouette émaciée si elles ne s'alimentent plus ; sautoir XXL en bavoir sur bourrelets coincés dans un chemisier trop ajusté si elles boulottent en douce. Leur « faim » s'évalue à la taille de leurs talons. Mines concernées, visages fermés, les invités pensent à leur fiscaliste en attendant les amuse-gueules.

En retrait, indifférents à la fresque de Dalí qui les surplombe, Bertrand et Jérémie discutent à voix basse, la main devant la bouche :

— Ça ne peut plus durer, souffle Bertrand.

— Bah, personne ici n'a intérêt à ce que ça change, tempère Jérémie en désignant l'assistance du menton. Les « *too big to fail* », c'est eux, mec ! Ils ne lâcheront rien. Appartenir à l'élite est une rente !

Leur carrière a démarré sur la même ligne de départ. Bertrand s'est étourdi dans les décrets, les querelles interministérielles, la supranationalité, les descentes en région. Au cœur du pouvoir politique, il a perdu dents et centimètres. Après une chute spectaculaire, Jérémie a navigué sur les vents ascendants de la finance, tracé sa route. Teint hâlé, cheveux mi-longs, il ne semble jamais devoir travailler. Il a le temps pour lui. Plus l'économie s'effondre, meilleur est son jeu. Il vit dans l'ombre, à proximité de la vraie puissance, sait que l'on se brûle de vouloir l'attraper.

— Ça va trop loin. Il va falloir que tu dises à tes copains des banques et des fonds de « prendre la paume », insiste Bertrand.

À Bercy, il est comme le patron de TEPCO après le tsunami. Il connaît l'ampleur de la catastrophe, n'a aucune solution à proposer. Endormir les foules est une question de sûreté nationale protégée par un complexe médiatico-pharmaceutique classé Secret Défense.

— Arrête de pleurer ! L'austérité, c'est du pain béni pour les technocrates dans ton genre ! Tu laisses le pays s'effondrer et après tu fais passer tout ce dont tu rêvais. Il paraît même que le gouvernement grec a gonflé les chiffres du déficit pour faire passer un max de réformes !

— Ça me surprendrait pas.

— Va falloir couper, mec, et lâcher la Grèce. Le pays ne vaut pas 460 milliards. Même si le nord est blindé de gaz de schiste et que ses îles sont paradisiaques. Faut qu'on arrête ça.

— On n'aurait jamais dû les prendre dans l'euro ! C'est comme Chypre, le Portugal, l'Irlande… la Slovénie, putain ! gémit Bertrand. On s'est fait enfumer comme des débutants.

— Joue pas à ta vierge effarouchée avec moi. Vous avez fermé les yeux quand ça vous arrangeait. T'oublies que je passe mon temps à rattraper vos combines.

— Mouais, concède Bertrand les yeux dans le vague. On a été naïfs et les marchés ont adoré.

— La BNP a-t-elle intérêt à ce que la Grèce s'écroule ou non ? Tout est là, mon pote.

Devant eux, Alison se retourne, excédée, et les foudroie du regard :

— *Shut up you two.* Bertrand, tu pourrais au moins faire un effort pour Clara ! C'est un grand jour.

Naissances, mariages, chagrins et petites victoires, elles ont toujours été là l'une pour l'autre. Alison adore jouer à la pom-pom girl.

— La faiblesse de la France inquiète tout le monde. Elle tire l'Europe vers le bas. Il y a dix ans, on voulait être l'Allemagne. On va être l'Espagne ou l'Italie ! reprend Jérémie plus bas. Il faut imposer la retraite à soixante-huit ans et transformer l'assurance-vie en rente sur trente ans.

— C'est compliqué, se protège Bertrand, pour cacher son exaspération.

— Compliqué ! On n'a pas de stratégie européenne, pas de politique économique et vous n'êtes même plus capables de bon sens ! Jusqu'à maintenant vous avez gratté des emplois par-ci, par-là, même sous Sarko. Maintenant, il faut fermer. Sans cela, les marchés castagneront et forceront le *spread*[1] à la hausse. Et le jour où les taux d'intérêt de la France augmenteront, tu n'auras plus qu'à apprendre à danser le sirtaki.

L'endettement de la nation reste soutenable grâce à des taux d'intérêt très faibles. Aucune gloire à cela : les marchés prêtent à la France parce qu'ils ne prêtent plus à l'Espagne, au Portugal, à l'Italie ou à la Grèce. Au bord de la perte de contrôle des finances publiques, le pays est un cauchemar de technocrate.

— Même Pitch va finir par vous lâcher, surenchérit Jérémie en désignant un homme dans l'assistance.

Le très discret patron de l'une des plus grosses agences de notation au monde est français. À part le gotha du pouvoir qui l'adule, personne ne le connaît, ne l'a élu. C'est l'homme le plus puissant du pays, il n'apparaît jamais dans les journaux. Bertrand l'appelle une fois par jour pour retarder l'échéance d'une dégradation de la note française. Cela fait partie de ses prérogatives : convaincre les patrons — que Bercy a nommés ou adoubés — de repousser les mauvaises nouvelles. Pressions sur les commandes publiques, résurrection de l'interdiction administrative de licencier, rappel de l'esprit de corps, il

1. Écart des taux d'intérêt.

flatte, supplie, ordonne, menace. Il gagne du temps, se corrompt à tout instant.

— Eh, oh, tu m'écoutes ? le relance Jérémie.

— Pitch ? Ouais, t'as raison, faut que je l'appelle, confirme-t-il en se tordant le cou pour reluquer Alison, tel un teckel flairant sa proie. Mais… qu'est-ce qu'elle a ta femme en ce moment ?

— Ben, je ne sais pas. Pourquoi ? s'étonne-t-il.

Posées sur des talons fins, ses jambes de publicité anticellulite sont surplombées d'une paire de fesses dessinée par un pantalon ajusté sur les hanches. Un pull chauve-souris en cachemire blanc souligne sa taille de jeune fille, dévoile un creux d'épaule doré. Les Seychelles sans doute.

— Tu lui trouves pas quelque chose de… je ne sais pas moi… changé ! En vingt ans je ne l'ai jamais vue comme ça, insiste Bertrand, gourmand.

Jérémie surprend son regard de clébard :

— Non, qu'est-ce que tu veux dire ? demande-t-il en l'entraînant à l'écart.

— On est copains… Je peux te parler franchement, hein ?

— Ben… oui…

Les yeux se gonflent d'appétit, ses traits s'animent, Montand ressuscite :

— Ta femme pue le sexe !

— Quoi ? Qui ? s'exclame Jérémie, perdant un peu de sa superbe.

— Elle a un amant, non ? Tu veux que je lui colle un mec de la DCRI ?

— Mais ça va pas, non !

— Je ne l'ai jamais vue comme ça. Chapeau mon gars…

— Mais, j'y suis pour… commence Jérémie en se passant la main dans les cheveux. Bon, mais dis-moi, revenons à des choses sérieuses : tu vas les trouver où, tes 60 milliards d'économie en cinq ans ? Laisse-moi deviner, tu vas taxer les transacs[1] !

À ce mot, Bertrand oublie Alison, retrouve son teint lavabo. Ayant repris la main, Jérémie enfonce le clou :

— Tu sais bien que tout se tient. Tant qu'on ne touchera pas aux paradis fiscaux, on ne s'en sortira pas. Et vous ne le ferez jamais parce que vous avez trop besoin des grandes lessiveuses ! Chypre, c'est de la gnognotte et vous n'avez même pas été foutus de vous mettre d'accord discrètement. Maintenant, tout le monde sait que cette histoire de ponction directe sur les dépôts bancaires va arriver. Sur la réforme de la finance, j'ai presque pleuré. C'était touchant cette sortie du Président sur les fonds qui torpillent l'euro. Quelle blague ! Vous nous faites la morale mais vous bavez devant nos jets !

— À ta place, je ne ferais pas trop le malin. Si ça continue, ton jet tournera bientôt au colza !

Jérémie calcule le nombre d'hectares nécessaires à un aller-retour Paris/New York. Dans l'assistance, Bertrand salue de la tête un homme qui pourrait être son père. Il incline le front, marque sa déférence. C'est le dirigeant de Prevoyo, le géant français de l'assurance, proche de la banqueroute. Son bilan est infesté de subprimes et de dettes européennes triple A vendues par le Crédit Général. Le plan de sauvetage de son groupe, élaboré à partir des recommandations de Jérémie, doit être discuté à la première heure demain matin à Bercy. Bertrand le voit murmurer à l'oreille d'un ex-PDG de banque lynché par la presse parce que lâché par l'Élysée. Il raconte sans doute son dernier parcours de golf, au Maroc, le week-end dernier.

1. Transactions.

— Si tu veux mon avis, commente Jérémie, l'État peut tout mais aujourd'hui il n'est plus rien. La défense, la santé, l'éducation, ça coûte une blinde. Il faut faire un gouvernement fédéral avec les pays européens qui tiennent la route et laisser tomber les autres. On va finir par s'intégrer à un prix monstre pour les populations. Et le grand débat, vois-tu, c'est : la France est-elle dedans ?

Las, Bertrand désigne Sébastien, perdu dans un costume sombre et trop grand pour lui.

— En tout cas, il y en a un ici qui a l'air de ne plus tenir la distance. Regarde Seb, il a pris dix ans en douze mois. Pauvre vieux ! Il est complètement cramé.

Smartphone greffé à chaque main, Sébastien fronce les sourcils, pianote, menace l'un, puis l'autre. Recroquevillé sur ses écrans, il jongle avec les informations, les chiffres, les graphes, les conversations. C'est la caricature du cadre sup' à l'heure de la « vie augmentée ». Stigmates des hautes sphères, ses traits de gamin affleurent encore sous son visage à la peau soufflée, attaquée par l'air froid et sec, vicié de la classe affaires. Plus vite que son ombre, il fait taire les rumeurs de conflit d'intérêts, de délit d'initié, de parjure, d'entente, d'immoralité, vingt-quatre heures sur vingt-quatre. À l'Unesco, teint d'endive, corps voûté, il a des airs de hibou à l'ascétisme souffreteux.

— On se ferait presque du souci… commence Jérémie.

— Du souci pour qui ? Pas pour moi, j'espère ! susurre Vanessa parvenue derrière eux comme une louve.

Veste Courrèges en skaï rouge sur jupe de dentelle noire et Doc Martens en croco, elle ressemble à un sapin de Noël.

— C'est ma cinquième remise en quinze jours ! Je vous jure, ce métier, quelle tannée ! soupire-t-elle. Mais tout de même, félicitations Bertrand, poursuit-elle, sarcastique, en observant Clara à son pupitre. Elle est vraiment très forte, ton épouse. Quelle belle paire vous formez !

Croqueuse d'hommes virant cougar, elle méprise les couples, n'y voit que sa solitude, son improductivité qu'elle oublie à coups de Prozac et de réunions urgentissimes.

— Vous avez vu Seb ? Il est tout maigre, enchaîne Bertrand pour détourner la conversation.

— Cancer ! diagnostique Jérémie, définitif. Il a déjà fait un ulcère et il a trompé sa femme qui l'a d'ailleurs quitté. Ulcère-adultère-cancer, le triptyque de l'homme postmoderne nous pend tous au nez. Et pour Seb, la prochaine étape, c'est le vrai pépin !

— Mais pas du tout, rétorque Vanessa, protectrice. Il s'est fait avoir par le régime Fucon, comme Hollande et les autres.

— Pourquoi tu dis ça ? s'inquiète Bertrand en rentrant le ventre. C'est quoi le problème ?

Acheté à son retour des vacances de Noël, un jour de bonnes résolutions, le best-seller du nutritionniste croupit sur son bureau, sous l'édition 2012 du *Who's Who.* À Bercy, moralement, il s'embourbe, physiquement, il s'empâte. Bertrand maudit les ramassis de graisse autour de sa ceinture, dommages collatéraux de la viande en sauce du ministère. À vingt ans, les hommes sont obsédés par le sexe ; à trente, par leur carrière ; à quarante, par leur poids. Les femmes font le chemin inverse. Les « problèmes de genre » se règlent à la pharmacie : les hommes se mettent aux sucrettes quand les femmes osent acheter des préservatifs.

— Ils maigrissent trop vite, explique Vanessa. Ils se ratatinent. Ouvre les yeux : on dirait des moineaux détrempés. Restent plus que les bajoues, même s'ils sont jeunes ! Rien qu'à l'haleine, je les repère.

— Non, rétorque Jérémie en passant les mains derrière le dos, comme un médecin pendant son diagnostic. C'est plus grave que ça. Seb m'a fait des plans bizarres, du style « états d'âme ».

— Humm, possible. Même les meilleurs danseurs de claquettes finissent par trébucher, pronostique Vanessa.

Elle passe sa langue sur les lèvres, conclut :

— Il faut que je fasse quelque chose pour lui. Entre amis, on s'aide non ?

Sur scène, Clara lit à peine ses notes. Elle remercie son mari, sans lequel elle ne peut rien, puis ses enfants, sans lesquels elle n'est rien. Les regards entendus convergent vers Bertrand qui sourit, faussement gêné. La salle applaudit poliment la fin de son discours. Vanessa mime Dalida à voix basse : « Paroles, paroles, paroles », puis se met en chasse. Ondulant des hanches, faisant traîner ses Doc Martens en croco, elle avance vers Sébastien qui s'est isolé pour ne parler qu'à ses téléphones :

— Ben alors, Seb, qu'est-ce qui t'arrive ?

— *Not now*, lui lance-t-il en se détournant.

— Tu devrais faire quelques UV, insiste-t-elle. Ce n'est jamais bon de s'afficher avec une mine pareille.

Elle remarque ses cernes violets :

— Tu devrais essayer la cure revitalisante visage de chez Cellmen. Une pipette par jour pendant un mois. Ça vous change un homme, explique-t-elle, attentionnée.

— *No comment*, souffle Sébastien entre ses dents, les yeux accrochés à ses téléphones.

Il lui parle comme il écrit ses textos : en abrégé. Avec la plupart de ses interlocuteurs, une phrase complète est une perte de temps, un signe de ringardise extrême. Un de ses appareils glisse de sa main. Il tombe au sol, ouvert sur un SMS en gras :

Deutsche prend 150 MOI. On top a 900. Com 0,25. Target ok. Pr tbc.

— Tout va bien ? s'enquiert-elle en lui tendant son téléphone après avoir lu le message affiché.

— Ras le bol de mentir.

Vanessa se remémore la dernière conférence du coach en négociation, organisée par l'agence. D'après lui l'individu moyen ment jusqu'à deux cents fois par jour, surtout la première minute. Pour une fois, la formation lui avait fait beaucoup de bien.

— Mais pourquoi ? Dans notre société, le mensonge est une stratégie de survie, le rassure-t-elle. Tu veux un petit truc ?

Sébastien relève la tête, scanne Vanessa de haut en bas, acquiesce intérieurement : rien qu'à la question « Comment ça va ? », il ment.

— Tu *bill*[1] ? la tacle-t-il.

Elle ignore le sarcasme :

— Pour voir si quelqu'un ment, quand il sourit, observe les yeux. S'il n'y a pas de pli, c'est que la personne triche.

Fière de sa démonstration, elle passe une main dans ses cheveux couleur Fukushima, un blond platine tirant sur le vert fluo.

— Qu'est-ce que tu leur conseilles, à tes Pinocchios ?

— De hausser les sourcils quand ils mentent, ça compense ! Ils ne t'ont jamais appris cela chez Folman ? Décidément, ils feraient mieux de faire appel à mes services !

Sébastien range ses appareils dans la poche intérieure de sa veste de costume. Le sigle Dior flotte

1. « Tu factures. »

comme un drapeau. Il fixe Vanessa et lâche d'un ton mauvais :

— Je n'avais pas imaginé à quel point tu me dégoûtais. Putain, regarde ce qu'on est devenus ! Non mais tu t'es vue : avec tes yeux circonflexes, tes fausses lèvres, ton faux sourire… ta fausse vie !

Pendant une attaque, ne jamais changer la position de son corps. Serrer les dents, attendre que cela passe. Si je ne réagis pas, c'est que cela n'existe pas, se dit Vanessa, fermant toutes les écoutilles. Impassible, sans un geste de recul, elle sourit aux personnes qui se sont retournées. Pendant qu'il déblatère, elle pense à un moment heureux, s'exfiltre : au bizutage de l'École, Sébastien l'avait tartinée de crème Chantilly. Elle venait d'être élue Miss Promo, avait surjoué l'offense. En fait, elle avait adoré cet assaut brutal et spontané. Ils n'en avaient jamais reparlé. Au sein de leur groupe « d'amis », ils s'étaient côtoyés sans jamais se toucher, d'une manière ou d'une autre. Sa voyante lui avait pourtant confirmé que Sébastien était bien « son âme sœur ». Cloîtrée dans son orgueil, sans broncher, elle l'avait vu tomber amoureux, se marier, se transformer en machine, comme elle. Elle avait feint l'indifférence sans jamais le quitter des yeux. Il lui hurle dessus. Elle a donc son attention. Mieux, analyse-t-elle : avec une rage si bien refoulée, il doit très bien faire l'amour.

— Tu n'en as pas marre de tromper ton monde, de tromper TOUT le monde ? vitupère-t-il en s'éloignant d'elle.

C'est sa plus longue tirade de la journée. Sans un mot, il passe devant Bertrand et Jérémie, médusés.

12

Clara se dirige vers le buffet, entourée par quelques lionnes du CAC 40 venues la féliciter. Dans la foule, un intrus a délaissé la tenue officielle des grands gagnants du jeu méritocratique. Un homme, en jean et Bomber, coupe militaire. Un militant d'extrême droite ? Un mec des RG ? Stupéfait, Bertrand reconnaît Antoine, disparu depuis plus de quinze ans. Qui l'a laissé entrer ? Que fait-il là ? Clara l'a-t-elle remarqué ?

Portée par son discours, elle discute à côté du buffet, une verrine à la main. Antoine l'observe à la dérobée. Son cœur bat comme celui d'un adolescent à sa première boum. Soudain il hésite : à quoi sert de déterrer les cadavres, de convoquer le passé ? Formidables alibis d'une vie ratée, n'ont-ils pas une précieuse utilité ? La dernière fois qu'il l'a vue, elle était folle de douleur contre lui. Depuis, des pattes d'oie adorables strient la commissure de ses yeux bleus. Corps, maquillage et garde-robe impeccables, sourire discret, gestuelle maîtrisée parachèvent son costume de bonne petite *business woman*. Tout sauf sa crinière rousse, coincée dans un chignon qui menace d'exploser. Elle a mis un masque sur son visage, un voile sur ses émotions. Elle ne peut rien contre ses cheveux, aussi torturés qu'elle. Dans l'échancrure de son timide décolleté, il aperçoit sa peau laiteuse, qu'il adorait caresser. Il la voit sourire, avaler quelques petits fours puis une pilule contre le mal de ventre. Joli cœur, elle n'a pas beaucoup d'estomac.

Il attrape alors son regard. Son masque d'impératrice s'assombrit d'un coup. La dernière fois qu'elle l'a vu, il tombait dans le vide, la nuit noire et glaciale du campus. Désolé au fond, il n'avait pas crié. Ils se sont adorés un temps, détraqués pour toujours. Il a chuté quelques secondes. Sur le campus, on avait appelé cela « l'accident ».

Ils se sont ignorés d'un bout à l'autre de la Terre. Elle s'est embourbée dans un semblant de normalité : un mariage, deux enfants, trois psychanalystes. Une vie de demi-choix et de petits accommodements qu'elle voit, pétrifiée, défiler en un flash. Elle triche depuis quinze ans, Antoine est là, le visage apaisé. Il n'a ni mal, ni peur, ni rien. Il est vivant, debout, apparemment solide. Devant elle. Joie profonde ou terreur, c'est une émotion du bout du monde qu'elle ne sait accueillir. Elle repose la verrine de guacamole. Elle lui tourne le dos, prend une inspiration, se jette sur Alison venue à sa rencontre.

— Ma chérie, mais comment vas-tu ? dit-elle en marquant l'étreinte, comme si elle voulait se cacher dans ses bras.

— Tu as vu qui est là ? lui souffle Alison à l'oreille, tout excitée.

— Je t'en supplie, fais comme si tu n'avais rien vu.

— Bien sûr… *You are sooo wonderful !*

Clara s'écarte et se retourne pour en avoir le cœur net. Elle ravale une déception abyssale. Antoine poursuit Sébastien, quittant la réception d'un pas rageur, et l'attrape par l'épaule. Son vieil ami se retourne en maugréant : « Quoi encore ? » Puis son visage s'illumine et sa voix s'envole :

— Tony ! Mais… mais, c'est toi mon vieux.

Sébastien flanque une main sur son épaule, pour y croire tout à fait. Il est surpris par le mauvais nylon de son Bomber.

— Ça fait un bail ! C'est incroyable… C'est quoi cette tenue : t'es flic ou quoi ?

— Et toi… tu grenouilles toujours avec la clique !

— T'as pas idée, répond Sébastien. Mais, mais…

Il croise le regard de supplications de Clara. Il pourrait jouer le médiateur, le juge de paix, forcer le *happy end.* Depuis l'accident sur le campus il y a quinze ans, c'est la première fois qu'ils sont réunis dans le même lieu. La vie n'a jamais autant ressemblé à une pièce de théâtre.

— Viens, on va prendre un verre, propose Antoine en lui empoignant le bras. Ça pue la racaille ici.

Derrière eux, lassé par un énième buffet gratuit, le Tout-Paris dégueule vers la sortie.

Sur le parvis du Palais de l'Unesco, Clara et Bertrand s'engouffrent à l'arrière de la 308 du ministère. Elle est bouleversée. Il se mord l'intérieur de la joue en claquant la porte. Les prophéties de Jérémie, la remarque de Vanessa sur Fukan, cette élite qui pavoise et ne sert à rien, le retour d'Antoine, son impuissance en tout le rendent fou furieux. Le chauffeur démarre, une Lamborghini Aventador leur barre la route :

— Désolé les amis, s'exclame Jérémie en passant une tête, je ne maîtrise pas encore bien mon nouvel engin.

— Excusez-le, insiste Alison, assise à ses côtés, il a toujours besoin de la ramener. *He is such a little boy !*

À l'arrière de la 308, Bertrand fulmine :

— Qu'est-ce qu'on a l'air débile dans ces nouvelles voitures de fonction. On coupe les budgets de l'État, on rend les bagnoles et lui, il roule dans la voiture de Batman !

— Bertrand ! crie Jérémie à travers sa fenêtre, couvrant à grand-peine le bruit des cylindrées. J'aurai un peu de retard demain. J'arrive dès que je peux. J'ai du nouveau pour toi.

— Quoi ?

— C'est que, prévient Jérémie, je n'ai pas beaucoup de temps, tu comprends, les Qataris sont à Paris. Je ne peux pas décliner. On a un problème à régler.

Il démarre en trombe.

— Un problème à régler ? Et moi, j'ai quoi ? Tricot ? Mais ils se prennent pour qui ces financiers ?

— Vous leur bouffez dans la main ! Et tu le sais mieux que personne, l'interpelle Clara. D'ailleurs, c'est quoi cette réunion demain au ministère ?

— Je ne peux pas te dire…

— Allez… Quels actifs pourris va-t-il encore tenter de te refiler ? Qui avez-vous sur le billot cette fois : Prevoyo, Crédit Général, Xenia le zombie, Banque Immobilière de France ? se moque-t-elle.

Le Champ-de-Mars défile, Bertrand enchaîne, presque lyrique :

— Mais enfin, Clara ! La période est juste hypercompliquée. C'est à se demander si tu lis les journaux. Je bosse vingt-quatre heures sur vingt-quatre pour essayer d'éviter que le système s'effondre. C'est la guerre !

— Une guerre, oui, mais contre qui ?

Pomme d'Adam collée aux amygdales, Bertrand dégaine sa mine d'éternel incompris :

— Épargne-moi tes salades s'il te plaît. C'est pas la peine. D'ailleurs, l'invité surprise de ce soir, c'est toi qui l'as laissé entrer ?

— Qui ? dit-elle, dissimulant mal son excitation.

— Tu sais très bien qui.

— Non, je ne vois pas, nie-t-elle, le cerveau bloqué sur l'image d'Antoine. Le zoo ne prend plus de nouveaux pensionnaires. Depuis, il empeste le renfermé.

Las, Bertrand défait sa cravate. En pleine forme, Clara reprend :

— D'ailleurs en parlant de zoo, tu as vu Vanessa ! Elle n'a peur de rien celle-là. Elle se croit dans *Millénium* ou quoi ?

— Tu ne serais pas un peu jalouse ? lance Bertrand, perfide.

— Jalouse ? De quoi ? fait-elle d'un rire qui sonne faux.

— Vanessa ! Rien ne l'entrave. Elle mène sa barque où elle veut.

— Mais dans sa barque, elle est seule à crever !

— Parce que tu as l'impression de mieux t'en tirer ? Franchement ? Et nous, on a quoi au juste ? s'exclame-t-il dans un éclair de lucidité.

Prise de court, Clara se retourne vers son mari, petit garçon perdu dans un costume de grand-père à l'arrière de sa 308 de fonction conduite par un chauffeur.

— Ben… on a… on a… nos enfants ! se rassure-t-elle.

Rattrapée par sa tendresse, elle lui caresse la tête, pose sa main sur sa nuque, s'y attarde. Bertrand se laisse convaincre cinq bonnes secondes puis s'écarte en maugréant :

— C'est bien ce que je pensais !

La main de Clara retombe sur ses genoux. Elle s'enfonce dans la banquette en laine bouillie bleu marine. Interdit, Bertrand s'arrache un peu de peau, suçote son propre sang en silence. Par-delà la vitre, Paris est une capitale de cire, figée dans ses certitudes, tétanisée par ses faux-fuyants. Comme Clara depuis quinze ans.

En cette nuit de novembre 1995, une nappe de brouillard s'était posée pour l'automne sur le plateau de Saclay. Le froid humide flattait l'odeur de purin d'ortie. Installé entre les champs d'orge et la forêt, le campus subissait, au gré des vents, des attaques d'effluves acides.

Chien battu sur le palier sans paillasson de la chambre de Clara, Antoine, la star de la promotion, était à terre. L'explosion en vol du gentil petit couple faisait déjà le tour du campus et rassurait tout le monde. Leur histoire était trop parfaite pour durer. Des rires, quelques grincements de lit puis *Lucky* de Radiohead s'échappèrent d'une porte, au bout du couloir. Antoine ferma les yeux.

La froideur du lino le réveilla une heure plus tard. Il colla son oreille à la porte, silence de mort. Fourbu, il descendit les escaliers, ne sachant que faire. Sa Swatch indiqua 1 h 42. Parvenu à l'extérieur du bâtiment, il observa le balcon de Clara, au quatrième étage. La lumière était éteinte. Le vent sifflait et le froid lui saisit la gorge. À 1 h 44, une chouette hulula. La nuit, la forêt reprenait ses droits. Il jaugea la façade, cette situation ridicule. Il déplaça la poubelle sous la corniche du premier balcon, se hissa le long du mur sans aucune difficulté jusqu'au quatrième étage. Il allait enfin pouvoir s'expliquer. Il enjamba la rambarde, se maudit : quel précipité chimique avait bien pu le faire bondir sur la professeure de compta ? Jeune associée d'un grand cabinet américain d'expertise comptable, elle n'avait pas trente ans, des tailleurs qui la moulaient. Ancienne élève de l'École, elle y dispensait quelques cours, ajoutant ainsi une mention sur son CV qui valait de l'or pour les cabinets de chasseurs de têtes parisiens : « Professeur à HEC ». Elle représentait la vie d'après, la séduction au bureau, l'éros du grand capital. Programmé tous les vendredis à 8 heures du matin, son cours battait des records d'assiduité. En polo propre, parfumés comme des cocottes pour masquer les vapeurs d'alcool englouti la veille durant la « soirée » bimensuelle, les types du campus se battaient pour une place au premier rang. Sur sa bouche vermillon mentholée par Hollywood Chewing-gum, ils découvraient les subtilités des comptes en T. L'École savait motiver ses troupes.

Les qualités pédagogiques de la jeune enseignante n'avaient eu jusque-là aucun effet sur Antoine. Tout à son expérience de petit couple charmant, il l'avait ignorée, fier de se distinguer de la meute. Au dernier rang avec Clara, ils étudiaient une carte, préparaient leur prochain voyage sac à dos, un tour du monde peut-être. Ils avaient écopé d'un « E » vengeur, les obligeant à reprendre l'intégralité du cours.

Quand les élèves n'étaient pas satisfaits de leur évaluation, l'École les encourageait à « négocier » avec l'enseignant. Ne jamais rien concéder, leçon pour l'avenir. Ce soir-là, Antoine était venu plaider seul leur cause. Sévère et belle à tomber, la prof l'attendait appuyée à son bureau dans une classe désertée. C'était une simple formalité, un « E » à éviter. Elle lui avait demandé pourquoi le cours ne l'intéressait pas. Il avait enfin posé ses yeux sur elle. Puis très vite, ses mains, sa bouche, son corps. Il avait oublié les comptes en T et Clara, venue l'attendre devant la porte-fenêtre, inquiète du résultat. Tony le roi de la promo, le gendre idéal, se tapait la prof de compta sur un bureau de petit amphithéâtre à l'heure du restau U. Les étreintes avec Clara étaient belles et romantiques. Ils jouissaient poliment. C'était tendre et chaste, bien élevé. Sans risque. Avec la professeur de compta, il s'était senti libéré. Retour du refoulé ? Il repensa à cette histoire de chewing-gum. La « fraîcheur de vivre » ? Sur le balcon, il eut un doute : n'était-ce pas plutôt un peu la mort ? Il se souvint alors de ce matin d'hiver dernier quand il avait embarqué Clara dans la BX du père de Bertrand pour une virée à Honfleur. Sur la plage, ils avaient dévoré un poulet grillé avec les doigts puis des choco BN à l'abricot. Au retour, ils s'étaient arrêtés en catastrophe sur la bande d'arrêt d'urgence de l'autoroute pour faire l'amour.

Clara fut réveillée par sa présence. D'un bond elle se leva et ouvrit la porte-fenêtre. Antoine s'avança d'un pas confiant. Sur sa lancée, elle le repoussa. Surpris, il heurta la rambarde. Fatigué, il bascula dans le vide. Son corps claqua sur le sol givré. Il vomit puis perdit connaissance.

Il revint à lui transi de froid, recouvert d'une couverture qui grattait. Une langue longue et râpeuse et lui léchait le visage. Était-ce l'une des biches qu'il croisait lors de ses footings dans les cent hectares du campus ? Clara ? Sidérée, elle se tenait muette à trois mètres de lui. Le vent s'était tu. Il se laissa embarquer dans l'ambulance, sentit les portes claquer. Il attrapa une dernière fois l'odeur de Clara, sa terreur, et quitta le campus les pieds devant. Avant de perdre connaissance, il saisit la main d'une infirmière, assise à côté de l'urgentiste. C'était une grosse femme aux traits vides et fatigués, corps inhabité dans une doudoune barrée SAMU. Confiant, Antoine bascula : cela ne pouvait être la mort, elle n'avait rien d'un ange.

13

Sur l'un des murs du Royal Cambronne, en face de l'Unesco, BFMTV tourne en boucle. Hollywood : Angelina Jolie et Brad Pitt vont se marier. New York : Apple atteint 1 000 milliards de capitalisation boursière. Athènes : Dimitri Christoulas, soixante-dix-sept ans, vient de se suicider. De la poche de son veston, il a sorti le pistolet acheté pour se prémunir des drogués qui dévalisaient sa pharmacie. À sa retraite, il avait conservé l'arme, par nostalgie ou intuition. Place Syntagma, il a regardé une dernière fois le Parlement. En pleurant, il a murmuré : « Vous ne me représentez pas, vous ne me représentez plus. » Il a hurlé : « Je ne veux pas laisser de dettes à mes enfants », mis le canon dans sa bouche, appuyé sur la gâchette. À l'intérieur du Parlement, les consultants de la Troïka[1] ont soulevé un sourcil, repris leurs calculs avec un haussement d'épaule. Dimitri Christoulas redoutait les barbares. Il ne s'y est pas trompé : ils ont changé de costumes.

Antoine s'avance vers une table près de la fenêtre.

— Non, non, surtout pas là, le retient Sébastien, inspectant la salle du regard. En fait… je préfère qu'on se mette au fond, là-bas.

Il s'avance vers une table mal éclairée, dans un recoin.

1. BCE, FMI, Commission européenne.

— Tu ne m'as pas l'air dans ton assiette toi, s'étonne Antoine en le suivant à l'écart. Tu es sûr que tout va bien ?

Sébastien repère les caméras de surveillance, cherche d'éventuels micros.

— Ouais, ouais, pas de problème.

Antoine pose son blouson de cuir. Sébastien garde son pardessus. Il commande un jus de tomate à une serveuse à l'étroit dans un jean délavé sous une chemise blanche entrouverte.

— T'as bien changé ! s'exclame Antoine en se décidant pour une Leffe.

— Bon, mais alors et toi ? Tu sors d'où ? Ça fait, ça fait…

— Quinze ans !

— Alors, qu'est-ce que t'as fait de toutes ces années ? s'anime Sébastien.

— Oh… trois bricoles, pas très intéressant.

Sur le grand écran au-dessus du bar, une femme grecque s'écrie, bouleversée : « Ne nous habituons pas à la mort. »

Antoine frissonne. La mort l'a happé par-derrière, fracassé sur le sol glacé. Le givre n'avait plus qu'à recouvrir son corps, l'enserrer de ses griffes, l'aspirer comme du sable mouvant.

— Allez… l'encourage Sébastien, que le récit d'une résurrection intéresse, tout à coup. Comment as-tu pu sortir de l'hôpital ? T'étais méchamment amoché. J'aurais jamais imaginé que tu puisses te relever. Et là, t'as l'air costaud comme un GI !

Antoine reprit en effet connaissance dans une chambre inconnue au crépi usé. Bassin fracassé, traumatisme crânien du second degré, trois côtes fracturées, genoux en charpie : il eut la sensation d'être passé dans un Sanibroyeur. À l'enquêteur de police débarqué à l'hôpital pour l'interroger, il affirma être tombé seul. C'était vrai, il s'était disputé avec Clara et il avait passé un bout de la nuit devant sa porte. Oui, il avait escaladé la façade sur un coup de tête. Mais il avait perdu l'équilibre en enjambant le balcon, juste après l'avoir aperçue, alors qu'elle dormait à poings fermés. Qu'est-ce qui l'avait réveillée ? Le choc, l'intuition féminine, comment aurait-il pu savoir ? Elle n'aurait jamais pu le pousser. Elle m'aime, justifia Antoine. Enserré dans son corset, prononçant ses mots, il manqua s'étrangler.

Quelques semaines plus tard, il fut transféré dans le service de réadaptation de Garches, un centre spécialisé pour accidentés de la route. Il croupissait en comptant les jours, comme un damné.

— C'était un vrai mouroir ce truc, je n'avais plus rien à faire. La seule stimulation de la journée, c'était « Des chiffres et des lettres ».

— L'horreur !

— Tu plaisantes ! À l'époque, j'aurais baisé les pieds de Maître Capello pour un « mot le plus long » de plus.

Le corps inerte, Antoine lut tout ce qui lui passait sous la main, pleura en regardant *Sailor et Lula*, se ragaillardit avec la série des *Rocky*. Il attendait Clara. Sébastien fut le seul à lui rendre visite.

— Je ne te l'ai jamais dit mais tu me saoulais avec tes histoires, avoue Antoine en le fixant dans les yeux.

Pensant le distraire, semaine après semaine, Sébastien lui racontait les péripéties de ses anciens copains de promotion : parader à la cantine de leur entreprise pendant leur stage ; acheter leur tout premier téléphone portable SACEM ; se lever aux aurores pour repasser leur chemise de bureau, se limitant à la face avant et au col, la veste couvrant le reste. Il lui décrivait les nuits à mouliner des chiffres, à préparer des présentations jamais lues, à traverser Paris pour apporter un document à un associé qui ne disait jamais merci.

— J'aurais donné cher pour un café au zinc, là, debout, à vous regarder jouer aux *business men*, poursuit Antoine désignant le bar. Mais j'avais raté le coche, la première marche. Alors, deux ans plus tard, quand je suis sorti, tout cela me dégoûtait. Et puis, de toute façon, je ne pouvais plus faire comme avant, genre prendre mon petit cartable, aller à la Défense le matin et travailler pour des types au bord de l'apoplexie. Passé une dernière fois la barrière du campus, soit tu embarques le tapis rouge…

— … Tu parles d'un tapis rouge. Des rails dont tu ne sors jamais, jusqu'à la mort ! ricane Sébastien, trop fort.

Mal à l'aise, il croise bras et jambes, baisse la tête. Double verrouillage. Antoine se sent obligé d'enchaîner :

— J'ai bouffé tous les journaux que tu laissais derrière toi à chaque visite. J'adorais les messages personnels de *Libé*. Dès que j'ai pu, j'en ai laissé pour Clara.

— Et…

— Rien, que dalle. Alors, je lui ai écrit. Comme un dingue, toutes les semaines. J'avais l'impression de m'arracher le poignet à chaque fois que je revenais à la ligne. Elle ne m'a jamais donné le moindre signe de vie. Pour elle c'est comme si j'étais mort. Comme si je n'avais jamais existé. Pour elle et la plupart de mes soi-disant copains de promo d'ailleurs. Tu parles d'un esprit de corps !

Sur le campus, Bertrand avait été son meilleur ami. Il ne daigna venir le voir à l'hôpital. Quand Antoine apprit son mariage avec Clara, il comprit mieux pourquoi. Ce jour-là, après sa séance de rééducation en piscine, de son fauteuil, il se jeta à l'eau. On augmenta sa dose d'antidépresseurs. Peu de temps après, il fut conduit dans une salle de trois cent cinquante mètres carrés. C'était un « service unique » en France, lui expliqua l'infirmière, extatique, cent cinquante modèles de fauteuils roulants manuels et électriques exposés dans un *show room*. Antoine toucha le fond de la piscine. Dès lors, ses progrès devinrent fulgurants.

— Et quand j'ai su qu'elle était en cloque, j'ai fait ce qu'elle m'avait demandé depuis cette nuit sur le campus. J'ai disparu.

Clara enceinte, un être chassait l'autre.

À la télévision, le Premier ministre grec fait une déclaration concernant le suicide du retraité. L'air sinistre, au naturel, cet ancien de Folman Pachs est expéditif : « C'est regrettable. Je n'ai rien d'autre à dire. »

— Mais vous êtes partout, c'est pas possible ! s'exclame Antoine.

Sur l'écran, Sébastien reconnaît l'ancien collaborateur de la firme.

— On n'a jamais vraiment compris pourquoi Clara s'était subitement prise de passion pour l'Amérique, soupire Sébastien pour détourner l'attention.

— Elle ne vous a jamais rien dit ?

— Non, pourquoi ? On a cru qu'elle pétait les plombs après ton accident.

Dans chaque promotion, trois ou quatre étudiants ne finissent pas l'année. Sur quatre cents personnes, c'est un bon score. Hôpital, maison de repos, élève excusé… Cette année-là, il y eut « l'accident », le crash du « couple charmant », l'un en rééducation, l'autre en exil universitaire de l'autre côté d'un océan.

— Mais son mariage avec Bertrand, c'était quand même bizarre, admet Sébastien.

— Quel traître celui-là !

— T'as pas idée ! lâche Sébastien, presque méchant. Mais quand même, tu sais, quand il l'a retrouvée, il paraît qu'elle faisait quarante-six kilos. Elle habitait un truc immonde dans Lower East Side, genre squat.

— Ne me raconte pas qu'il lui a sauvé la vie !

C'était pourtant le cas.

— Okay, okay, pardon. Bon, mais toi, dans quel trou à rats tu étais ?

— Ben j'ai voyagé, travaillé dans des bars, des petits boulots. Je voulais oublier ces deux années d'hosto, ces types coupés en deux par un accident de moto. Je voulais voir du monde, voir le monde. On s'était promis de faire ça avec Clara. Du coup, je l'ai fait en solo. Et je l'ai cherchée partout.

Clara achetait de la vaisselle chez Ikea pour son quatre-pièces du IXe. Antoine se perdait sur la Route de la Soie. À des milliers de kilomètres, deux caricatures de petit-bourgeois, faisant semblant d'y croire.

— Pourquoi tu ne m'as jamais appelé ? demande Sébastien.

— T'appeler ? Pour que tu me parles de ton bonus et de tes *deals* à l'autre bout de la Terre ? Du survol de la Sibérie en jet après la vente d'une partie de la Taïga à BP ? Que tu me racontes comment tu allais prendre la place de ton boss ? s'énerve Antoine. Que tu me regardes avec condescendance sous prétexte que je ne travaillais pas dans une boîte du CAC ? Que je ne palpais pas 200 K à vingt-sept ans ? Franchement !

En guise de réponse, Sébastien avale son jus de tomate d'une traite puis se lamente :

— J'ai tellement mal au crâne. Tu sais que je peux me déboîter l'épaule rien qu'avec le stress. Là tout de suite, tu veux que je te montre ? Regarde !

Tout à coup très excité, il lance son épaule en arrière, sa tête en sens opposé.

— Mais tu es complètement malade ! l'arrête Antoine en amortissant son geste d'une main ferme.

— Dis donc, tu es rapide pour un ancien handicapé ! s'exclame Sébastien, médusé. T'es entraîné au combat ou quoi ?

— Et toi ? Tu nous ferais pas un *burn-out* ?

Ils se regardent en silence, hésitent à se parler vraiment.

— J'ai six cents emails par jour, finit par avouer Sébastien, las. Des fois, je les supprime tous d'un coup, comme ça, paf… Suicide collectif d'emails. Écran noir, page blanche, on prend les mêmes et on ne recommence pas. Control-Alt-Delete. Il m'arrive même de les envier.

— Mais qu'est-ce que tu racontes ! Eh, oh, t'es sûr que ça va mon pote ?

Les mains à plat, épaules affaissées, Sébastien fixe la table :

— Et Clara ? Tu l'as vue ? demande-t-il pour tenter une énième diversion.

— J'étais venu pour elle, ce soir, à l'Unesco.

Antoine se revoit sur le campus, l'attendant à la fin des cours, refaisant le monde à la table du restau U, la soutenant, ivre morte, après une soirée dans la cafétéria.

— Tu sais, c'est la seule à tenir à peu près la route, confesse Sébastien. On est tous mouillés jusqu'au cou. Elle, cela s'arrête au mollet.

— Elle a le regard si triste.

— Ça, mon pote, on l'a toujours vue comme ça.

— Tu dis que vous êtes mouillés ? Mouillés dans quoi ?

— Bah… t'en mêle pas, va, minimise Sébastien, se ressaisissant. Tu as déjà foutu suffisamment d'années en l'air.

Sébastien se replie, bras et jambes à nouveau croisés. Il pourrait vider son sac, tout balancer sur le dossier Brandebourg, cette expérience inédite à venir : la découverte, par une population ultra-connectée, d'une escroquerie politico-financière trop énorme pour être crédible.

— Ben… raconte, insiste Antoine. C'est à cause de la crise tout ça ? C'est vrai que tu es le porte-parole du plus grand arnaqueur de tous les temps. Ça en achèverait plus d'un ! Tu es dans le secret des dieux !

— À voir, *man*. À voir…

Sébastien aimerait avouer sa culpabilité. Sa peur de tout révéler. Sa crainte que cela ne change rien. Sa détestation de tout et surtout de lui-même. Se confier le soulagerait cinq petites minutes mais ne lui serait d'aucune utilité. Antoine n'apparaît sur aucun radar, n'a accès à aucun état-major. Aucune justice.

— C'est l'Europe ?

— Bah, plus personne n'a envie d'Europe, sauf l'Amérique…

— Qu'est-ce que tu racontes…

Leurs yeux retombent sur l'écran TV. Rappel des résultats du Loto.

— 100 % des gagnants ont tenté leur chance, soupire Antoine. On y va, je te ramène ?

— Laisse tomber, une voiture m'attend.

— Quoi ?

— Elle me suit à la trace. Tu n'as pas remarqué, en venant ?

Troublé par Clara, Antoine n'a rien vu. Cela aurait dû lui sauter aux yeux. À ce niveau de responsabilité, les entreprises dégainent le grand jeu : voiture avec chauffeur ; coaches pour le poids, le cœur, le style, la gagne ; mais aussi conciergerie, tables réservées au Ritz, cotisation annuelle au Cercle de l'Interallié. Les cadres pensent être récompensés pour leurs efforts, leurs « mérites ». Ils croient se distinguer un peu plus, se prennent pour Beckham, considèrent même parfois être « aimés ». Ils sont verrouillés pour offrir leur meilleur rendement. Tout leur jus.

— Renvoie le gus chez lui. Je vais te faire respirer un peu. T'es tout vert.

— C'est que…

Sorti de la brasserie, Antoine s'avance vers une grosse berline, une Chrysler 300 C gris anthracite. La firme vampirise le monde mais, patriotisme vissé au corps, elle achète *Made in USA*. Il toque à la vitre avant, qui s'abaisse. Mains sur le volant, un homme à la mâchoire carrée apparaît.

— M. Costal rentre avec moi, lance Antoine.

— J'ai mission de le reconduire à son domicile, répond le chauffeur, poli mais ferme, les yeux bleus délavés, le cheveu ras. Je n'abandonne jamais mon client.

Kabyle, déduit Antoine. Discrets, efficaces, intelligents, ils sont très prisés par les services de sécurité privée.

— C'est là que je l'emmène.

— Alors, je vous suis.

— Comme vous préférez, rétorque Antoine en tournant les talons.

— M'a pas l'air commode, ton cerbère. Tu as la Mafia aux fesses ou quoi ? glisse Antoine, lui désignant, cinquante mètres devant eux, sa moto, ce monstre qu'il bichonne comme la maîtresse qu'il n'a pas mais dont il est fou.

— Mafia ? Ça dépend comment tu définis ça. Allez, sème-le pour voir, le défie Sébastien, plein d'espoir.

Il monte maladroitement. Le moteur vrombit, Antoine braque brutalement et démarre en trombe. Déséquilibré, Sébastien se rattrape comme il peut. Ils traversent le pont de l'Alma, basculent sur les quais de Seine. La berline tente de les prendre en filature, capitule quand Antoine zigzague entre les voitures. Derrière eux, la tour Eiffel étincelle. Sébastien crie comme s'il avait marqué un but en finale de coupe du monde de foot. Concorde, Louvre, Ménagerie… les yeux rivés sur ses KPI [1], cela fait des années qu'il n'a pas respiré Paris. L'air *véritable*.

1. *Key Performance Indicators*. Indicateurs clés de performance.

14

À Londres, à Fleet Street, au dernier étage de l'immeuble de Folman Pachs International, Michael Perblood se déploie de toute sa hauteur. Coupe en brosse, portail imposant, tempes blanches, le patron de l'antenne européenne ressemble de plus en plus à ses clients, des oligarques russes. Il a intégré la firme à la sortie de l'université d'Édimbourg, à vingt-deux ans. Alors champion de lutte gréco-romaine, il adorait le talc sur les mains, la surprise de l'adversaire quand il le lançait en l'air d'un coup d'épaule ; son angoisse quand il le plaquait au sol, le nez dans son oreille, à califourchon sur son ventre. Il se rêvait gladiateur, il est le dauphin de la Pieuvre, le successeur pressenti de Lloyd Kamflin, le CEO Monde. Assis sur une fortune personnelle estimée à 225 millions de livres, il est le plus gros donateur du British Museum. En bras de chemise, il observe un bus à impériale qui déboule dans la rue. Son père, VRP dans le dentifrice, lui en rapportait des versions miniatures de chacun de ses voyages dans la capitale. Des Alexander ALX 400, des Volvo B7TL et, ses préférés, les Routemaster RM 54, devenus collectors. Perblood s'en est séparé en 2005, après les attentats. Il avait appris la nouvelle en avalant un Alka Seltzer dissous dans un jus d'herbe. La veille, il avait fêté le choix de Londres comme ville olympique avec le nouveau maire. Il avait financé sa campagne. La fête s'était finie par un bain de sang, cinquante-six morts, sept cents blessés. Un cocktail à base d'acétone avait éventré la tôle d'un bus, pulvérisant quatorze personnes tranquillement assises à l'étage supérieur. Perblood actionne une touche de son téléphone.

— Sarah, s'il vous plaît, demandez à Ken Polach de venir immédiatement.

— Tout de suite, Président.

Il jette un œil aux écrans alignés sur l'un des murs, chacun branché sur une chaîne d'un pays européen différent, Al Jazeera, CNN et NHK World. La Bourse de Paris ouvre, Tokyo dévisse, Elsa Fornero, la ministre italienne du Travail, pleure en annonçant une réduction des pensions de retraite. Les têtes tombent, le monde chavire. Folman Pachs avance ses pions.

Sarah, son assistante taille mannequin, polyglotte, diplômée en littérature comparée à Cambridge, ouvre la porte. L'apercevoir le réconforte. Elle le couve comme une louve, s'occupe de ses commandes de chaussettes de laine bleu nuit, son abonnement à *Wrestling USA Magazine*, la bible des lutteurs. Surtout, elle veille à son approvisionnement en Narcissus ego narcissus 9 CH, ses pilules homéopathiques préférées, secrets de son mental d'acier.

Polach entre derrière elle, engoncé dans une veste de blaser en laine. Vestiges d'une adolescence ingrate, des petits cratères trouent son visage buriné. Centre de gravité au ras du sol et jambes en forme de poteaux électriques contraignent sa démarche. À force de frottements, les poils à l'intérieur de ses cuisses ont disparu. Polach n'a rien d'un James Bond.

Quand il est passé au privé, ses états de service au MI5 étaient impeccables. Il venait d'intervenir dans une affaire d'otages au Kirghizistan pour le groupe Shell. Il avait découvert le faste des multinationales. Sa retraite approchait : passé trente-huit ans, il allait être écarté du terrain, classer des comptes rendus d'écoutes sur l'empire Murdoch. En quinze ans de carrière, il avait vu le sort des nations changer de terrain d'affrontement, des Parlements aux salles feutrées de conseil d'administration. Riches comme des États, beaucoup plus rapides, les multinationales façonnent le monde. Incapables de faire confiance à quiconque, leurs patrons vivent dans un gouffre de solitude. Tout en haut, l'air est rare, les types secs, la pensée impossible. Croisant à Mach 3, ils ne s'appartiennent plus vraiment. Leur fonction pilonne leur cerveau. Ils réfléchissent comme des ânes, sombrent dans la manipulation, multiplient les erreurs. Barbouzes et officines de renseignement privé prospèrent sur cette élite en mode panique.

— On a un problème, dit Perblood, le regard glacé.

— Oui, Monsieur le Président.

— Organisez-moi une filature.

— Bien sûr, Président, s'exécute Polach en baissant la tête, comme s'il parlait à un monarque.

— Suivez-moi, Costal. Il est à Paris en ce moment. Je veux tout savoir sur son « environnement ».

Surpris, Polach ne peut retenir un mouvement de recul.

— Sébastien Costal, mais, Président… C'est notre meilleur allié. Dans l'affaire de la Libye, il…

— Je sais bien ce qu'il a fait pour nous mais là, nous le perdons. Je ne suis pas tranquille. Il a des choses pas nettes dans son sang, *totally fucked up*… Avec tout ce que l'on a à gérer, je ne peux pas me permettre un nouveau bug. Et comme vous le savez, Kamflin a encore fait une crise.

Malgré deux Valium, le PDG de Folman Pachs a aboyé comme un chien contre un journaliste qui l'interviewait dans son bureau de New York. Tapi derrière la porte, le service d'ordre a dû intervenir. Lucas Parker, le responsable de la communication Monde de la firme, a proposé une compensation au journaliste : pour ses enfants deux ans de scolarité gratuite dans la meilleure école privée de Manhattan. Perblood poursuit :

— Vivement que Kamflin se barre… D'ailleurs cette interview à New York, je suis sûr que c'est une idée de Costal, complètement débile. C'est une question d'heure avant qu'une vidéo filmée par un téléphone à la noix se retrouve sur YouTube. On ne va pas pouvoir étouffer cette histoire de Tourette très longtemps.

Polach peut imaginer le titre en une du *New York Post* : « Un zombie à la tête de Folman Pachs ».

— Le *board* se réunit dans une semaine, reprend Perblood. Ils vont virer Kamflin. Ce job est pour moi. Vingt-cinq ans que je bosse pour ça ! Je ne veux pas que Costal me le pourrisse. Dans un délire, Kamflin l'a mis dans la boucle d'une affaire top secret. Costal ne doit jamais s'en servir. Mettez les mecs de Strafor sur le coup. Ils se sont bien débrouillés dans l'affaire de la Libye. Qu'ils ne le lâchent pas d'un mètre. Je veux savoir ce que ses jumelles bouffent au petit déjeuner.

— Sébastien Costal a divorcé.

— Je m'en tape… Vous avez compris l'idée.

En tant que patron de Folman Pachs Europe, Michael Perblood a été de toutes les discussions avec les États de l'Union. L'affaire Brandebourg, c'est son plus beau tableau de chasse, totalement secret. Sarah entre avec le thé de 9 h 30, nuage de lait et deux sucrettes.

— Dites-moi, ma chère Sarah, vous avez mes billets ? demande-t-il, mielleux.

— Au premier rang, répond-elle, professionnelle. Un coursier vient de les apporter.

— L'avion part quand ?

— Vous avez six heures dix-huit devant vous. Mais n'oubliez pas votre *call* avec M. Pradi dans dix minutes. Il a beaucoup insisté.

— Je sais, je sais… réplique Perblood avec une pointe d'agacement, lassé de ses appels quotidiens avec le patron de la BCE.

Sarah s'éclipse. Il reprend sur le ton de la confidence :

— Je viens d'entrer au capital de l'UFC, l'Ultimate Fighting Championship. 10 millions d'euros, une paille par rapport à mon dernier Rothko.

Du menton, il désigne un tableau noir et mauve accroché sur l'un de ses murs. Il est riche à millions. Sur cette toile, il y a toute la liberté qu'il n'aura jamais. Polach a l'habitude que les patrons lui parlent, même si cela ne le concerne pas. À l'heure du « tout information », être une tombe a un prix. Il a augmenté ses honoraires. Professionnel, il le laisse poursuivre son monologue.

— Et ce soir, c'est la grande finale du Championnat, à Amsterdam. Que du combat libre ! Boxe thaïe, karaté, judo, jiu-jitsu brésilien, lutte… tous les coups sont permis ! s'exclame Perblood en salivant. Les athlètes se castagnent derrière un ring grillagé. Il paraît que c'est pour les protéger ! Tu parles !

Il se tourne vers la baie vitrée, indiquant la fin de l'entretien. Dans la rue, il reconnaît l'un de ses anciens employés posté sur le trottoir. Affublé d'un costume gris perle, il traîne une mallette à roulettes rose bonbon sur le devant de laquelle est écrit en lettres géantes au marqueur noir :

JESUS.

Il aperçoit Perblood, brandit une pancarte :

I am not your slave.

15

Février est caniculaire, une bonne nouvelle pour Folman Pachs et ses participations dans les *clean tech*[1]. Sébastien devrait se réjouir des quelques milliers de dollars de plus qui vont s'accumuler, mine de rien, sur son compte de stock-options lors de cette seule journée. À l'angle du boulevard de Bercy, il sort morose de la Chrysler.

— Je n'en ai pas pour longtemps, prévient-il, sec et concentré.

— Je serai là. Vous ne prenez pas vos dossiers, Monsieur ? propose le chauffeur, voix maternelle et regard de tueur.

Des documents s'étalent en désordre sur la banquette arrière en cuir fauve.

— Non, pas besoin, répond Sébastien en avalant un cachet.

Pressé, il s'avance vers le blockhaus du ministère de l'Économie et des Finances. Sorti de nulle part, un huissier l'intercepte dès l'entrée et lui propose de le suivre. Les politiques n'aiment pas s'afficher avec les banquiers. Cela devient de plus en plus difficile.

Pour Sébastien, le marathon démarre. Pensé comme le symbole de l'administration française, Bercy est un labyrinthe, le paradis du comptable et de la circulaire.

1. Technologies vertes.

Œuvres d'art, plantes vertes, mobilier Le Corbusier et lumière indirecte tentent d'égayer quarante-deux kilomètres de couloirs. Ils desservent des bureaux identiques, peuplés de technocrates identiques, aux idées identiques. Sombres, à l'heure des pauses, ils avancent comme des fourmis dans un dédale de marbre improductif. Essoufflé, la démarche heurtée, Sébastien a du mal à suivre. Son cerveau résiste aux mensonges, aux clivages. Son corps somatise, se détraque : digestion et respiration achoppent, ses gestes se dé-coordonnent. Chez lui, plus rien n'est fluide. Ils pénètrent enfin dans l'aile menant au bureau du ministre, au silence de chiffres. L'huissier s'arrête devant une porte désignée par une suite de numéros. Il frappe, ouvre en annonçant Sébastien. Le bureau de Bertrand est mieux caché que les coffres-forts de la Barings.

— Pourquoi vous vous planquez autant ? Vous avez peur qu'on vous braque ou quoi ? s'exclame-t-il en entrant.

— Venant d'un cadre de Folman Pachs, c'est vrai qu'on pourrait se poser la question ! répond Bertrand, du tac au tac.

Interdit, l'huissier s'éclipse et referme la lourde porte en acajou. Sébastien n'avait jamais remarqué : c'est la même que celle du bureau de Kamflin. Ils s'embrassent sur les deux joues.

— Merci d'avoir dégagé un peu de temps pour que l'on se voie, commence-t-il.

— Pas de problème. Je n'en ai pas beaucoup mais pour les amis, je trouve toujours ! Qu'est-ce que je peux faire pour toi ? triche Bertrand.

Mal à l'aise, il lui désigne l'un des fauteuils visiteurs en cuir taupe. La venue inopinée d'un moine soldat de Folman Pachs n'est jamais de bon augure, fût-il le parrain de son fils. Bertrand vient s'asseoir sur le fauteuil qui lui fait face. Son pied en équilibre sur le bureau signifie qu'il ne s'attardera pas. Son pantalon en flanelle remonte, laissant apercevoir un bout de chaussette noire et un mollet de coq.

— Bon, je ne vais pas tourner autour du pot. J'ai besoin qu'on parle de l'affaire Brandebourg.

— Brandebourg ? esquive-t-il en se levant.

— Putain, fais pas semblant ! Pas avec moi. Tu sais très bien ! s'impatiente Sébastien.

Tous ces mois, ils s'étaient doutés que l'un comme l'autre *savait*. Tenus à la confidentialité, ils n'avaient jamais évoqué le sujet ensemble. Brisant le tabou, Sébastien lâche la bombe au milieu de la table.

— Ne t'inquiète pas. Tout va très bien se passer, tempère Bertrand.

— Les contrats vont sortir, quelqu'un va bien finir par déterrer la manip'. Les journalistes de Bloomberg multiplient les demandes d'accès aux archives d'Eurostat [1]. C'est remonté jusqu'à la Cour de justice européenne ! insiste Sébastien.

La requête du leader mondial de l'information financière avait été déposée en août 2010. Au nom du droit à l'information des citoyens, il demandait l'accès aux documents officiels liant la Grèce à Folman Pachs. Les journalistes voulaient comprendre les détails du *swap* de devises qui avait permis de dégonfler la dette grecque et de satisfaire provisoirement aux critères d'adhésion à l'euro, avec la bénédiction d'Eurostat. Une fois la manipulation établie, il serait facile de comprendre le rôle de chacun et de vérifier si d'autres pays y avaient recouru. Il avait fallu deux ans à la Cour de justice européenne pour botter en touche, arguant que « la divulgation de ces

1. Office statistique de l'Union européenne, chargé de la collecte et de l'analyse des principales données des pays de l'Union, leurs comptes nationaux notamment.

documents aurait porté atteinte à la protection de l'intérêt public puisqu'ils concernaient les politiques économiques de l'Union européenne [1] ». Entre-temps, Mario Pradi, l'ancien VP Europe de Folman Pachs, qui ne pouvait avoir été écarté des discussions sur l'euro, avait pris la tête de la BCE. L'Europe se voulait le chantre de la transparence. Pradi aux commandes, rien ne sortirait. Depuis l'arrêt de la Cour de justice européenne, le jeu des banques d'affaires autour de l'adhésion à l'euro et les interventions de Folman Pachs en Grèce sont classés Secret Défense.

— Oui, la Commission a bordé le truc, *no stress*, relativise Bertrand en mâchouillant une petite protubérance à l'intérieur de sa bouche. C'est sous contrôle. Les médias restent obsédés par la Grèce et Chypre. Pas de souci. Et, au *finish*, tant que tu ne touches pas aux comptes en banque…

— Même ça, c'est en train de sauter. Vous êtes vraiment trop nuls. S'ils mettent le nez dans les docs et commencent à extrapoler, on est cuit, pronostique Sébastien.

Dépassé, Bertrand se tourne vers la Seine. Les journalistes de Bloomberg n'ont pas réussi à faire plier la BCE mais ils ont déjà eu la Fed, révélant le scandale des fonds secrets (13 milliards de dollars) alloués aux banques, dont des européennes, en plus des sauvetages publics. L'information a fait des vagues aux États-Unis. Elles n'ont pas passé l'Atlantique. Clara a évoqué le sujet en conférence de rédaction. Son rédacteur en chef l'a traitée de conspirationniste. Cette presse au bord du gouffre est le dernier atout des pouvoirs en place.

— Ça va mal tourner, prédit Sébastien. Les mecs ouvriront tout et ce sera le pugilat. Ils rétabliront l'arme

1. Arrêt de la Cour de justice européenne du 29 novembre 2012.

pénale. Il y aura une cour internationale des crimes économiques, et on y passera tous. Le piège va se refermer sur nous.

— Mais non, les gens sont tétanisés. Il y a une démission de ministre par semaine, un plan de sauvetage tous les quinze jours, un scandale par mois. Un vrai feuilleton ! Est-ce que cela peut être pire ? Les gens sont persuadés que, s'ils bougent, ça va les détruire complètement. Plus rien ne les choque parce qu'ils sont lobotomisés. S'ils comprennent un peu, ils ne sont pas capables d'encaisser. Changer, c'est quand même l'un des trucs les plus angoissants au monde !

Paniqué par les débordements potentiels, le gouvernement prend régulièrement conseil auprès de spécialistes de la psychologie des foules. L'un de ces « visiteurs du soir » a mis un nom sur cet état de paralysie consternante qui foudroie la population française : la catatonie, la peur de ne plus « être », une pathologie de l'identité.

— Non, je te le dis, l'affaire Brandebourg, si elle sort, ce sera comme une lettre à la poste. Et toi comme moi, de toute façon, on n'est pas en première ligne.

Il ment comme il peut, de dos. Sur la Seine, un bateau-mouche effectue un demi-tour poussif. Des Russes en short se font prendre en photo à l'arrière de l'embarcation.

— Ah ouais ! et qu'est-ce que tu vas faire, hein ? l'interpelle Sébastien. Brûler les documents comme pendant la guerre froide ? Ouvre les yeux ! Ce n'est pas ton chauffeur dans sa Peugeot 308 qui va te tirer de là.

Sur le bureau de Bertrand, à côté du coupe-papier, la capsule de Régilait allégé bascule dans la soucoupe d'un café froid.

— Je pense qu'on devrait tout balancer sur les réseaux. Ou refiler les docs à WikiLeaks.

— Et finir comme Manning par croupir en prison, à poil, avec une heure d'obscurité par jour ? Ou comme Assange avec bracelet électronique à la cheville et scandale aux fesses ? se retourne Bertrand. Je te le redis : les populations sont incapables de se rebeller. Elles ont trop peur de perdre. Elles voteront Le Pen ou Hollande repassera et il nommera un banquier à Bercy.

— Matignon, précise Sébastien, par réflexe. Matignon. Folman Pachs visera Matignon.

— Une bonne petite dictature et ça repartira. Mais nous, on s'en sortira toujours. Il n'y a pas de peuple, encore moins de conscience européenne. On n'a rien à craindre.

Sébastien scrute la pièce, du luxe à la française sur le point d'être vandalisé. Du chic et beaucoup de toc. Derrière le bureau, une photo encadrée sur une console jonchée de dossiers attrape son regard.

— Qu'est-ce qu'il a grandi mon filleul ! Tu n'as rien de plus récent ? s'étonne-t-il sur le ton du reproche.

— Euh… non, pourquoi ? Laisse-moi voir, dit Bertrand en s'approchant de la console.

Il saisit le cadre, s'affale dans son fauteuil de direction. Sur le cliché, il enlace son fils par l'épaule. Théo arbore un sourire glorieux amputé de deux incisives. Alourdi par un casque de ski trop grand, il tend une médaille, sa deuxième étoile. Clara porte leur fille en écharpe, lovée comme un chat. Tous sourient. Le grain épais du tirage noir et blanc gomme cernes, rides, agacement.

— Je n'ai rien vu passer, confie Bertrand, rattrapé par sa culpabilité.

Il se souvient avoir maudit le photographe qui draguait les clients aux abords du club Piou Piou. Sans lui, il n'aurait aucun souvenir de leurs dernières vacances au ski, trois ans auparavant. Trois ans au cœur d'un réacteur nucléaire en fusion, à éviter la panique, le *bank run*, les faillites en cascade, une révolution sociale. La vérité. L'aveu.

Mâchonner l'intérieur de sa joue gauche l'apaise un peu. Un huissier entre, lui apporte une note : la situation de trésorerie de l'assureur Prevoyo. Il parcourt les premières lignes : l'écroulement est imminent. Il se lève d'un coup, comme si cela pouvait arrêter quoi que ce soit :

— Tu m'excuses... une urgence.

— C'est ça, c'est ça... Tu dois encore te débrouiller pour sauver ta boss. Qu'est-ce qu'elle a fait cette fois ? Elle a triché sur ses diplômes, sa déclaration de patrimoine, ses comptes offshore ?

Il passe la note au broyeur, sous son bureau. Le bruit du papier déchiqueté le rassure : encore quelque chose que le grand public ne saura pas. Depuis sa nomination, la ministre a perdu huit kilos. Crise de l'Europe, explosion de la pauvreté, pression médiatique... Elle se trouve trop grosse sur les photos. Le matin, il l'embrasse sur les deux joues, chaque jour plus dures et sèches.

— Allez, prends soin de toi mec, ajoute Bertrand en mettant de la chaleur dans sa voix. Je ne sais pas... pars te changer les idées. Tu es en train de perdre le contrôle.

Si je quitte Folman, pense Sébastien, je suis mort. Si je reste, je deviens fou. Et si Sébastien parle, se dit Bertrand, je perds mon job, ma carrière, et Clara. Il arrache un peu de peau de sa joue. Il n'aura plus qu'à aller vendre des frites sur les bords de la mer de Chine.

— D'ailleurs, qu'est-ce qui t'a pris de t'attaquer à Vanessa, réattaque-t-il, comme ça devant tout le monde à l'Unesco ?

— Il fallait que quelqu'un lui dise.

— Mais quoi ?

— Qu'elle devient effrayante, un vrai Gremlins blond !

— T'exagères ! Et puis, c'était pas sympa pour Clara... le culpabilise Bertrand.

— Te moque pas de moi. T'as même pas écouté son discours ! Comme aucun de nous d'ailleurs.

Ils n'ont pas besoin de se le confirmer : bientôt rois soleil, ils se sont foutus de tout. Du sang apparaît au coin de la bouche de Bertrand.

— Qu'est-ce que t'as, tu saignes putain ? On t'a pas dit que la cocaïne, ça ne s'avalait pas ?

Bertrand tourne autour de son bureau pour attraper un mouchoir.

— Allez, va faire un tour à Dubaï, amuse-toi un peu, t'es tout gris, tente-t-il en s'épongeant à la commissure des lèvres.

— C'est toi l'homme gris ! lance Sébastien, toujours assis.

— Pardon ?

— Tu crois que tu m'impressionnes avec ton marbre, ta vue de prince qatari et ton huissier en livrée ? rugit-il en se levant. C'est de la poudre aux yeux. Ce monde est mort.

Ses paroles rebondissent sur les parois, impassibles, qui amortissent colères et défaites depuis vingt-six ans. Du pont supérieur du bateau-mouche, une Japonaise vomit. Son jet atterrit sur la baie vitrée de l'étage inférieur, devant une famille en plein festin MacDo. Cela fait plus de quinze ans que Bertrand a embarqué sur le paquebot de Bercy. Il est presque capitaine. Il voit tellement l'iceberg qu'il a foncé dedans.

— Mais Seb, personne ne t'a forcé à gravir les échelons de Folman Pachs, dit-il, méchant, en plantant ses yeux dans les siens.

— Je vais sortir du jeu. Je me taille !

Il se lève d'un coup, s'emporte en s'avançant vers Bertrand :

— C'est de l'embrigadement, de l'aliénation. On est les SS de la finance et toi et Vanessa, vous êtes des collabos !

Les yeux de Bertrand s'attardent sur les drapeaux français et européen, se touchant à peine, en appui contre le mur, derrière Sébastien. Il ne sait comment le maîtriser, n'est même plus sûr d'en avoir envie. Il faut qu'il le sorte.

— S'il te plaît... vas voir quelqu'un. L'héroïsme, ça ne sert à rien. Personne ne te donnera de médaille à la fin. Sauve ta peau, pense à tes enfants. C'est juste une sale période à passer.

— On se voit en enfer, prévient Sébastien en poussant la porte. Heureusement pour Théo, sa mère a plus de courage que toi. Fais gaffe à ne pas totalement la transformer en mort-vivante !

Bertrand ne s'attendait pas à une attaque personnelle. Sur les talons de l'huissier, Sébastien entame l'enchaînement de couloirs de marbre, les yeux rivés au sol. Le pouvoir en place, à droite comme à gauche, mise sur la haine des autres construite à coups de programmes TV, de projets de loi iniques. Le pourrissement, la diversion, faute d'idées. Bertrand sautera avec les autres. Ce temple de la technocratie sera un jour renversé, pillé, comme en Grèce ou en Libye.

16

Cloîtrée dans son bureau vitré avec vue sur la salle de rédaction, Clara tente d'écluser les articles à corriger. Depuis qu'elle est chef de service, elle passe ses journées à reprendre les feuillets des autres, lisser le ton, éviter les révélations qui pourraient gêner l'actionnaire, un vendeur de munitions se targuant de faire « œuvre utile » en sauvant le journal de la faillite. Elle voulait enquêter, produire, créer. Elle n'écrit plus. Maîtresse d'école, elle corrige à même l'ordinateur, question de rendement. Elle est en pleine relecture d'un énième article sur les Français qui fuient à l'étranger quand son téléphone sonne, annonçant Sébastien. Elle s'attend à une explication sur son esclandre de la veille, avec Vanessa. Il veut la voir, très vite.

— Et pourquoi, tiens ? Tu me siffles et tu veux que j'accoure ? dit-elle, agacée, en se redressant dans son siège en cuir de vachette et PVC.

— Je crois que toi seule peux m'aider, dit-il d'une voix cassée.

— J'en ai assez de la tambouille de ta banque, Monsieur le Roi de la Folman Pachs International ! Tu veux encore que je brode autour d'une manip' qu'il faudrait planquer. Ne compte pas sur moi cette fois !

Pour protéger Sébastien, elle n'a jamais démérité. Depuis 2008, elle édulcore les papiers concernant la firme, rejette les tribunes à charge. Au printemps 2011, elle a même « laissé au marbre », enterré, une enquête relatant les déboires de Folman en Libye. Sébastien était en première ligne.

Lors de la visite de Kadhafi à Paris en décembre 2007, grâce à Bertrand, il avait réussi à s'immiscer dans un déjeuner organisé par Bercy pour faciliter les liens entre entreprises françaises et État libyen. Tripoli était riche, Kadhafi réintégré à l'Assemblée générale de l'ONU. À Paris, il était venu faire son shopping. Les capitaines du CAC l'attendaient au garde à vous, la main sur le stylo. L'Élysée annonçait « une dizaine de milliards » en contrats signés, un début de mandat en forme de jackpot à la sauce orientale. Quelques semaines plus tard, Sébastien s'était rendu à Tripoli avec le responsable de la région Moyen-Orient de Folman Pachs. Ils étaient sortis du palais présidentiel avec un mandat de 1,3 milliard de dollars prélevés sur le Libyan Investment Authority (LIA), le fonds souverain du pays. La firme partageait le bas de laine à 40 milliards du colonel avec le Crédit Général, HBSC, JR Rolan, Narlye Group. En transit à Dubaï, dans une chambre d'hôtel de la marina, pour fêter cela, Sébastien et son collègue avaient aspergé quelques prostituées russes de champagne Cristal à 500 dollars la bouteille. Au même moment à Londres et New York, la firme avait placé l'ensemble de la mise, « le papier », sur les valeurs bancaires américaines et européennes, données pour moribondes. Les analystes croyaient en un rebond, une dépression passagère. En pleine crise des subprimes, c'était suicidaire : les valeurs bancaires avaient été massacrées par les marchés. Aucun des « partenaires » du fonds libyen n'avait essuyé la paume de Folman. Un an plus tard, le responsable Moyen-Orient et Sébastien avaient dû expliquer au calife qu'il ne restait plus que 25,1 millions, soit 2 % de la somme initiale. D'après Sébastien, Kadhafi, ivre de cocaïne, avait mugi, frappant le directeur du fonds souverain devant eux, le limogeant sur-le-champ. Ils avaient eu la peur de leur vie. Ils avaient fui jusqu'à l'aéroport dans une voiture blindée, pris le premier vol qui quittait le pays, peu importait la destination. Ils s'étaient retrouvés à Addis-Abeba. Quelques jours avant le rendez-vous, la firme avait rapatrié en urgence l'essentiel du personnel, fermé son bureau de Tripoli. De New York, les avocats s'étaient mis au travail. Pour acheter son silence, sa clémence, Kamflin avait proposé au colonel d'entrer au capital de Folman Pachs : par compensation, le LIA se verrait remettre 5 milliards en action. La firme avait dégainé un montage de filiales aux îles Caïmans. La négociation avait duré près de deux ans. Kamflin gagnait du temps. Kadhafi ne décolérait pas. À Londres, Saïf al-Islam, son fils, docteur en philosophie de la London School of Economics, faisait le siège du bureau de Perblood. Certains cadres, comme Sébastien, très exposés, bénéficiaient de gardes du corps. Au siège de Folman, on avait fêté comme personne la crise libyenne, la mort du père et l'arrestation de son fils le plus influent.

— C'est bien plus grave, annonce Sébastien.

— Tu dis ça à chaque fois.

— Non, cette fois, c'est trop tard, s'énerve-t-il. Retrouve-moi au rond-point.

— Quel rond-point ? De quoi tu me parles ? Le théâtre ?

— Non. Là où on se retrouvait… avant.

— Avant ? Mais pourquoi tu fais tous ces mystères, Seb ?

— Ta ligne est vérolée.

— Quoi ? Ma ligne ? T'as la Folman parano !

— Le rond-point… avant… il y a quinze ans.

— Mais… réfléchit Clara.

Sébastien n'avait jamais laissé transparaître la moindre émotion.

— Fais un effort !

— Avant ? Ah oui !... tu veux dire le café de...

Clara se revoit étudiante au café des Fontaines, porte de Saint-Cloud, entrelacée à Antoine sur une banquette moutarde en skaï, Sébastien, Jérémie et Alison terminant un café. C'était leur point de rendez-vous « pour rentrer » sur le campus. Bertrand klaxonnait, se garait en double file. Ils s'entassaient dans la BX customisée. À la radio, Blur chantait *Girl and Boy*.

— Tu m'as très bien compris. Demain, 7 heures.

— Hein... Du matin ?

— Tu veux l'exclu ou tu préfères que j'appelle quelqu'un d'autre ?

— OK, OK. T'as vraiment intérêt à avoir quelque chose pour moi, finit-elle, mécaniquement.

— Je suis pas sûr que tu sois à la hauteur, la torpille-t-il.

Captivée par une boule chinoise anti-stress rapportée par Bertrand de son dernier voyage officiel à Pékin, elle ignore le sous-entendu. Son bureau croule sous les babioles exotiques. Bertrand lui donne les cadeaux qu'on lui offre, au pire des souvenirs d'aéroport. Elle se met à faire tourner la boule dans sa main gauche.

— Et au fait, dis-moi... reprend-elle tout à coup, mielleuse.

— Quoi ?

— Je me demandais...

— Quoi ?

Une bouffée de chaleur saisit Clara.

— Je sais pas... j'ai cru voir Antoine hier soir... à l'Unesco...

— Ah bon ?

— Enfin, je crois, dit-elle en gloussant.

Elle se maudit.

— Et tu veux que je joue les rabibocheurs ? Tu crois vraiment que je n'ai que ça à faire ? se désespère-t-il.

Clara se racle la gorge. Dans sa main gauche, la boule chinoise tourne comme une toupie :

— Non… C'est que…

— Écoute, la coupe-t-il, tu es une grande fille, non ? Alors, tu te débrouilles. Tu ne vas pas me dire que tu as peur des fantômes ? À demain !

La boule chinoise tombe. Clara se retrouve face à son téléphone. Elle se redresse, se tourne vers son écran. Sur Google, elle tape le nom de famille d'Antoine, « Mayo ». L'algorithme recrache une série de liens. Elle clique sur le premier, une fiche Wikipédia.

« Antoine Mayo : peintre grec de culture française (naturalisé français dans les dernières années de sa vie), né le 15 février 1905 à Port-Saïd et mort le 1er octobre 1990 à Seine-Port. »

— Tu parles d'un fantôme, maugrée-t-elle. Même ma femme de ménage a un lien sur Google !

Sur l'écran, une publicité ciblée s'accole à la page de résultat :

L'amour à quarante ans.

Perplexe, elle ramasse la boule, s'enfonce dans son fauteuil. Elle bascule vers l'article à corriger en attente sur son écran. Elle en démarre la lecture, s'arrête, incapable de se concentrer. Elle saisit une page blanche, jette quelques idées. Elle a hérité d'une chronique à la radio suite à « un échange marchandise ». Pour survivre en kiosque, son journal cherche à imposer ses journalistes dans les médias, développer leur notoriété. La radio, le partenaire en question, veut capter de nouveaux auditeurs par de la publicité dans la presse. Trois minutes de Clara équivalent à un huitième de page dans le journal sous forme d'encart avec logo couleur. Personne ne paie, tout s'échange, se recycle. Chacun — journal, radio, journaliste — essaie de survivre dans le PAF.

Cette chronique pourrait être de l'adrénaline pure, une prise de liberté, un rendez-vous avec des auditeurs. Enfermée dans un rôle convenu, Clara est coincée entre la ligne éditoriale de son journal (ne pas perdre d'annonceur) et celle de la radio (passer la barre des 2 % d'auditeurs sur Nielsen ratings). Elle déteste l'exercice, ce moment de solitude, en direct devant cinq cent mille personnes. Il l'obsède avant, la torture pendant, la désespère après. Consciencieuse, elle lit un texte écrit à la virgule près, soigne les relances de l'animateur. La direction aime véhiculer l'idée d'une radio chaleureuse, complice, celle des « sachants humanistes ». Sa chronique consiste en une mise en perspective des différents articles parus dans ses pages, avec parfois une idée en plus. Ne pas faire de vague, occuper la place. Personne n'y trouve rien à redire. La directrice d'antenne brigue un mandat politique. Sa stratégie de partenariat, ses « échanges marchandises » ne visent qu'elle-même : recruter de l'auditeur grâce à la publicité, baisser les coûts grâce à des chroniques gratuites. Le *cost killing* et le marketing de soi appliqué aux idées, ce qu'il advient de la machine à penser française. Les « sachants humanistes », écrabouillés sous le dictat du chiffre. Clara participe à la danse. Les places sont chères. Sa pensée ne vaut que parce qu'elle est sans risque, estampillée *Bizness Day.*

Sur sa feuille blanche, sans s'en rendre vraiment compte, elle écrit : *Qui tient mes chaînes* ?

17

Bertrand parcourt le dernier article du *New York Times* consacré à Folman Pachs et son infiltration des gouvernements européens. Depuis trente ans, les banques d'affaires rassurent les politiques quand tout est mort. Elles apportent des solutions de financement quand il n'y en a plus, inventent des produits financiers quand tout a déjà été créé, déguisent les dettes, promettent les gains futurs. Le pouvoir politique doit avancer, les chiffres tenir ; Folman a forcément la solution. La firme a été le partenaire providentiel — et non le seul — d'une caste politique obsédée par le court terme et la perspective de sa réélection. Pour Folman, rien n'est jamais un problème, tout est opportunité d'affaires, surtout les dettes publiques. Depuis 2008, les hommes de la firme profitent du désarroi des gouvernements pour sortir de l'ombre. Sous prétexte d'« urgence absolue », ils accèdent à des postes politiques. Mario Pradi (directeur de la BCE), Lucas Papoudamos (Premier ministre grec), Petra Chistaloudou (responsable de l'agence de gestion de la dette grecque), Ganz Pasleitner (conseiller du directeur général du Fonds européen de stabilité financière [FESF]) sont nommés, jamais élus. Ils sont « vendus » çà et là comme les « hommes de la situation ». Absurde pour absurde, on confie l'avenir des nations aux personnes les plus allergiques à la notion d'intérêt général. Se méfiant par nature des Anglo-Saxons, jusqu'ici les Français ont plutôt bien résisté.

Bertrand n'aurait jamais pensé devoir un jour rassurer un type de Folman, qui plus est le parrain de son fils. S'il y réfléchit bien, il s'est toujours senti un peu méprisé par Sébastien, comme s'il ne l'intéressait pas ou plus. De fait, ils se fréquentent très peu professionnellement. Sébastien passe la plupart de son temps auprès des membres de la Commission européenne. La presse s'excite sur les débats nationaux quand tout se joue à Bruxelles, qu'elle ignore. En pleine crise de l'Europe, elle entretient — s'accroche à — l'idée qu'un gouvernement national a encore un pouvoir d'influence.

Jérémie a déjà deux heures de retard. Quand il appelle pour dire qu'il ne viendra pas, il ne s'excuse même pas :

— Je viens de voir Seb, l'alerte Bertrand. Ça va pas fort.

— Écoute, je n'ai pas le temps, abrège Jérémie.

Il sort d'un des sept cabinets de toilette de son hôtel particulier, une large bâtisse en pierre de taille de quatre cents mètres carrés posée dans un parc privatif de trois hectares. Avec Alison, à leur retour en France, ils avaient craqué pour cette propriété d'un autre âge, un hôtel particulier à Saint-Cloud. À trente-cinq ans, c'était une folie. Les honoraires monstres perçus à chacune de ses opérations de sauvetage ont permis de rembourser le prêt de façon anticipée.

— Mais… se lève Bertrand comme s'il voulait le retenir.

— J'ai une offre du fonds Arum, le coupe Jérémie pour couvrir le bruit de la chasse d'eau. Ils sont d'accord pour récupérer Shift Ambassador, la branche pourrie de Prevoyo.

— Enfin une bonne nouvelle… je ne sais pas combien de temps j'allais pouvoir tenir les journalistes.

Soulagé, Bertrand s'effondre dans son siège de bureau.

— Mais ils mettent une condition… s'arrête Jérémie, face au miroir de sa chambre, la « suite parentale ».

— Balance, marmonne Bertrand, dépité, en sortant un bloc-notes à son nom succédé de la mention « Cabinet du ministre » et un stylo Mont Blanc offert par JP Morgan.

— 2 % du capital.

— Quoi ?

À l'abri dans son bureau, il ne fait plus l'effort de contrôler ses mordillements buccaux. Il reprend son travail de sape intérieur.

— Il n'y a bien que l'État pour renflouer des entreprises sans jamais les racheter ! s'exclame Jérémie. Pourquoi vous n'avez pas nationalisé les banques en 2008 ? On n'en serait pas là !

— On n'avait pas les moyens. Alors, on a placé nos gars.

— Des inspecteurs des finances qui ne comprennent rien. L'idée géniale !

En retard à sa leçon de pilotage, Jérémie ramasse son sac, et entame la descente des escaliers.

— On ne sait pas faire, justifie Bertrand.

— Parce que sauver l'euro, tu sais ? La bonne blague…

De sommets européens et réunions-éclair à Berlin en plans de sauvetage aux milliards improbables, les gouvernements s'assoient sur leurs principes, tentent de cacher l'essentiel : Maastricht a phagocyté le politique, l'Union monétaire est un échec économique et social. La classe politique actuelle est née avec le projet de construction européenne. Incapables de se défaire du mythe, elle retarde sa propre implosion, s'enfonçant chaque jour un peu plus dans le n'importe quoi.

— Mais… Prevoyo, c'est un fleuron de l'économie française, justifie Bertrand. Racheté par des Chinois ? En pleine hécatombe dans les sondages ? T'imagines la tête du PR[1] ?

— Reviens sur terre. Ton fleuron, si tu ne fais rien, tu peux l'oublier.

— Mais comment on en est arrivé là, bordel ? soupire Bertrand, abattu.

Jérémie s'arrête au pied des marches, lance :

— Chacun veut défendre son bout de gras. Et vous avez lâché sur tout. Le problème, c'est que vous ne voyez que votre élection.

— Et toi et tes copains des *hedge funds*, vous ne voyez que votre propre pognon, rétorque Bertrand, agacé.

En silence, il crache un lambeau de muqueuse dans un mouchoir. À la vue de sa chair sanguinolente, il refrène une profonde envie de vomir.

— Chacun sa carotte, mon pote ! On se couvre mutuellement. Tu vois, la démocratie ne fonctionne pas. Pour que cela change, elle doit se casser complètement la gueule. On doit faire faillite. La République ne résistera pas à cette élite de merde. Comment veux-tu que les élus ou même les hauts fonctionnaires dans ton genre remettent en cause un système qui les a faits rois ? Regarde Merckel et sa dernière sortie : « Il nous faut une démocratie conforme au marché ! »

— T'es totalement dingue ! lâche Bertrand, à court d'arguments.

Remarque de pure forme, pour tenir son rôle. Les politiques répètent aux populations qu'il faut être « responsables ». Ils sont les seuls à ne pas l'être. Depuis

1. Président de la République.

trois décennies, les banquiers débarquent avec leurs courbes de croissance dans des cabinets cernés d'énarques à dossier, d'armoires remplies d'archives papier, circulaires, décrets, notes. Ils agitent toujours plus fort la peur de rater le coche, d'être déclassés. De ne plus être populaires. Il faut rester dans le coup de la satisfaction de l'électeur : la paix durable, le bonheur à portée de main, l'écran plat pour tous. Grâce aux politiques et aux technocrates les conseillant, la finance est devenue une industrie et non un moyen de financer l'activité. Élection après élection, les politiques ont lâché la bride pour quelques points de PIB, se sont fait intoxiquer par le dogme néolibéral. Jusqu'à l'effet ciseaux, aujourd'hui, avec les populations entre les deux lames. Depuis les années quatre-vingt, le politique s'est imposé des régulations supra-étatiques, celles de l'Europe au pas de course. Elles ont grignoté la souveraineté nationale (sur la politique étrangère, la sécurité, la monnaie), créé des contraintes : l'orthodoxie monétaire et fiscale. Ces contraintes auto-infligées, impossibles à tenir, se sont juxtaposées à une dérégulation, par le même politique, de la finance vendue comme nec plus ultra d'un monde libéré de ses démons. En progrès constant, sans entrave depuis la chute du Mur. Elle était la locomotive de l'économie, donc de la société, donc du politique. Il a gobé sans le moindre doute ce fantasme d'une industrie financière ultra-sophistiquée et parfaitement sûre. Magique, elle avait d'ailleurs tout prévu : les assurances, les dérivés, les CDO, sous couvert d'acronymes de plus en plus incompréhensibles, l'innovation perpétuelle. Et moins le politique comprend, moins il régule. Couple infernal, erreur fatale : les banquiers se rémunèrent à la transaction et aux conseils, pas sur l'amélioration de l'intérêt général. Ils ne sont pas payés pour dire la vérité, faire avancer l'humanité, mais pour vendre. Le politique s'est passé les menottes. Il a donné les clés à la finance. Depuis, elle en fait ce qu'elle veut, le tient en laisse, toujours à distance. À ce jeu-là, il n'y a que des coupables. Projet politique qui se voulait grandiose, faute de courage, l'Europe est un produit financier pourri. Pas mieux que les subprimes.

— T'as une autre solution que l'effondrement peut-être ? insiste Jérémie. Tu crois que ça va tenir longtemps cette histoire de planche à billets ? Vous comptez aller jusqu'où comme ça ? Quand les gens réaliseront que sur leurs comptes il n'y a plus que des vignettes Panini qui ne leur appartiennent même pas et que leur appartement acheté à prix d'or grâce à des emprunts sur trente ans ne vaut rien…

Il traverse l'énorme vestibule de l'entrée, passe sans sourciller devant sa bonne, une Philippine recrutée lors de leur tour du monde après Hong Kong et qui vit avec eux depuis.

— Je sais, je sais, le coupe Bertrand. Les cadres sup' finiront au minimum vieillesse et les nounous seront toutes Bac + 5 !

— C'est bien pire que les années trente ! À l'époque, il y avait au moins l'agriculture. Et on raconte n'importe quoi. Ce n'est pas l'inflation qui a fait Hitler. Mais les deux années d'austérité de Brüning ! Faut arrêter le massacre.

— Si même toi tu dis ça… soupire Bertrand en s'effondrant dans son fauteuil.

Pour ses ministres comme pour son camp, il est obsédé par les sondages, les petites phrases, les bons mots. Il assassine ses concurrents sur Twitter, balance infos et rumeurs au *Canard enchaîné*. Il ne manque sous aucun prétexte le cocktail de l'hebdomadaire palmé fin mai, à la Maison de l'Amérique latine. Son unique objectif est de rester dans le sérail, pas trop loin du soleil, de garder son rôle de porte-flingue au prochain G20. Même si cela ne sert à rien. Il ne saurait être autre chose, quelqu'un d'autre.

— Vous essayez juste de gagner du temps, pour refiler le bébé à plus nuls que vous. Après moi le déluge... juge Jérémie. Tu sais quoi, le politique cache la réalité jusqu'à ce qu'elle devienne évidente. Les marchés l'anticipent jusqu'à ce qu'elle s'impose. Le système est tellement vérolé qu'il n'y a même plus besoin de virus pour le faire sauter. C'est lui le virus. Et toi t'es dedans, en plein cœur.

Entre cynisme et soulagement d'être enfin compris, Bertrand esquisse un rictus. Au volant d'un trente-huit tonnes chargé de nitroglycérine, il roule à tombeau ouvert sur une route minée.

— Justement... tempère-t-il, très calme, je me demandais...

Clara n'y comprend rien. Sébastien est à quelques heures du *burn out*. Vanessa, au fond, le méprise. Seul Jérémie peut l'aider vraiment.

— Oui...

— Tu sais... Dir' cab', c'est quand même vachement... précaire.

Jérémie éclate de rire en se dirigeant vers sa porte d'entrée :

— T'as décidé de te payer ma tête ou quoi ? Précaire ? Pourquoi tu ne retournes pas chez Rothschild ? Tu prends deux mandats d'administrateur, histoire de te faire la main et quelques relations et hop ! dans trois ans tu récupères la tête d'Air France. En bon petit technocrate remercié pour ses loyaux services !

— Non... je serai bientôt grillé, confesse Bertrand.

Il a cru tirer les ficelles. Il passe son temps à rassurer, composer. Il est rarement écouté. C'est l'homme de l'ombre, des coups, des petites morts. Un gardien du temple.

— C'est que… tu comprends… c'est infesté d'énarques ! J'en peux plus de ces mecs ! Je te donne un exemple, c'est pas compliqué ! Je viens de me faire la dir' cab' des affaires sociales. Je lui ai proposé un plan d'économie pour les achats des hôpitaux publics. 950 millions sur trois ans pour un truc qui en perd 450 par année. Pas mal, non ?

— Laisse-moi deviner, elle t'a dit que c'était trop compliqué.

— Ouais ! Elle ne veut pas le faire car elle n'a pas les vingt-six gus pour coordonner ça en région ! Donc c'est *niet*. Pas d'économie parce que pas de personnel. Tu vois, le monde des affaires est bourrin, mesquin mais hautement prévisible. C'est à qui pisse le plus loin. La haute fonction publique, tu crois que c'est plus noble ? En fait, c'est pareil, le discours condescendant sur l'âme du service public en plus. Des hypocrites.

Bertrand saisit la photo de son fils au ski sur la console de son bureau, s'émeut de son sourire :

— J'en peux plus. Je ne ferai jamais une belle carrière en France. Je ne sors pas des Grands Corps, on me le fera toujours payer. Et puis les types ne sont là que pour eux-mêmes. Au moins, dans les affaires vous êtes plus francs : c'est qui bouffe l'autre mais il y a un peu de place pour l'inconnu. Dans l'administration, en rentrant tu sais où tu vas finir. Et c'est qui emmerde le plus l'autre.

Amusé, Jérémie repense à quinze ans d'empoignades plus ou moins amicales, quand Bertrand le prenait de haut, lui, le charognard de la finance, le traitant de crapule en surveillant son langage comme s'il passait l'agrégation de lettres classiques.

— Alors, moi ce que je veux maintenant, c'est me faire de la putain de thune ! Comme toi, lâche Bertrand malgré lui.

— Mouais… Bon… Tu me rencardes sur le prochain plan de sauvetage et je t'arrange le coup avec des Ricains, propose Jérémie en actionnant l'ouverture de sa Lamborghini. Pour toi, l'idéal serait que l'on trouve un fonds qui veuille placer quelques billes en France et racheter des boîtes, hein ?

— Un fonds… « vautour » ? se redresse Bertrand.

Le mot lui brûle les lèvres.

— Appelle ça *distressed*, comme en anglais, ça atténue le côté barbaque. Donc, les Ricains, tu pourrais leur ouvrir les bonnes portes, leur préparer le terrain, réfléchit Jérémie. Ça te dirait de retourner t'installer à New York ?

— On n'en a jamais eu autant besoin, confesse Bertrand, s'attardant sur le visage de Clara sur la photo.

— Bon, abrège Jérémie en lançant le moteur. Qu'est-ce que je dis aux Chinois pour Prevoyo ? C'est OK ?

— *Done deal.* Mais tu me planques l'aspect *Made in China* derrière des filiales européennes, hein ?

Bertrand raccroche, des étoiles plein les yeux. Il imagine s'échapper de Bercy par le toit, sauter en parachute dans le ciel de Paris, attraper Clara par la main, courir hilares jusqu'à un jet. Redevenir amoureux et libres. Il se voit déjeuner d'égal à égal avec les types du Norlyle Group. Fini courbettes et supplications, énarques à chevalière. Repartir à New York, c'est tout recommencer, le train de vie de bankster en plus. Manhattan, cette île où tout le monde est un peu bandit.

18

Porte de Saint-Cloud, les marteaux-piqueurs défoncent la chaussée sous un ciel de ouate déchirée. Les ouvriers balancent les gravats dans une beine de chantier. Clara remonte la place en se bouchant les oreilles. La poussière de béton se dépose sur sa parka H & M. La ville lui entre par les pores. Elle n'en mourra pas tout à fait. Il est 6 h 55. Paris ouvre un œil, c'est un champ de bataille. À force, sa population se courbe, se fond dans le béton, grise et fissurée. Comme tout le monde ici, Clara a mis cœur et cerveau au réfrigérateur. Un pigeon s'envole avec une frite récupérée sur un trottoir. Clara n'en a jamais vu de jeunes. Les pigeons parisiens ne sont pas assez stupides pour y avoir des petits.

Le café des Fontaines est désert. Elle attrape *Bizness Day* au comptoir, commande un thé Twinnings à 4,80 euros, un jus amer qui lui noircit les dents. Elle s'installe sur la banquette, à une table pour deux personnes. Elle ne prend plus le temps de lire son propre journal. Le titre s'étale en une : « L'armée suisse se prépare au chaos social en Europe ». En chapeau : « Les États en faillite n'auront bientôt plus les moyens d'assurer leur propre sécurité. » Clara râle devant le choix éditorial tapageur. Elle vérifie que personne ne la regarde, dévore l'article d'une traite, s'affaisse en découvrant un encadré : une chômeuse espagnole de quarante-quatre ans a mis ses organes en vente sur Internet ; en Grèce, des parents ruinés déposent leurs enfants à l'orphelinat : au moins ils mangeront à leur faim ; en Italie, les entrepreneurs de la région de Turin se suicident en nombre. Elle frissonne un peu. Sébastien s'est assis sans qu'elle l'entende :

— T'as appris quelque chose ? démarre-t-il d'une voix rocailleuse.

Il la fixe sans la voir. Elle le découvre yeux laiteux et visage bouffi, comme quelqu'un qui prendrait trop de médicaments. Avec son short de course à pied, un coupe-vent en fibres de titane, des baskets Asics vert fluo équipées du système de Propulsion Trusstic qui relance la foulée, il est déguisé en athlète. C'est un hamster tombé de sa roue.

Il a toujours caché son jeu, à coups de treks impossibles au bout du monde et d'UV en hiver. Boit-il ? L'alcool est interdit à ce niveau de la hiérarchie, sauf exception et après accord avec la direction. Chaque trimestre, elle ordonne des analyses sanguines à ses plus hauts collaborateurs. Jusqu'à présent, Sébastien a été irréprochable. Il a traité son divorce comme un dommage collatéral de la crise des subprimes. Battant, souriant, gagnant tout, on l'appelait le Lance Armstrong de la communication financière. C'était avant que le champion cycliste ne passe aux aveux : les surhommes n'existent pas, il n'y a que des tricheurs.

Il joue avec un sucre sur la table. Clara remarque ses ongles, jadis manucurés, là entaillés. Il glisse ses mains sous la table.

— Alors, c'est quoi, ton scoop ? Qu'est-ce que vous avez encore traficoté ? demande Clara, rompant le silence.

Il cligne des yeux et son visage s'anime enfin :

— Ça !

Il tend un morceau de papier, plié. Il se penche pour refaire son lacet puis se lève d'un bond :

— Détruis quand tu as lu. 22 h 30, ce soir. Ne pose pas de question. Salut.

Elle déplie le papier à en-tête de la firme. À la main, il a inscrit le nom d'un cybercafé dans le Xe, une adresse html, l'identifiant et le mot de passe d'une boîte mail qu'elle ne connaît pas.

— Pourquoi tous ces mystères ? T'es dingue, la Stasi, c'est fini tu sais ! s'exclame-t-elle, un peu fort.

Sébastien revient sur ses pas. Il se penche et murmure à son oreille, d'une voix d'outre-tombe :

— À ta place, je m'économiserais. Tu vas en avoir besoin.

— Mais pourquoi un cybercafé ?

— C'est pire que je ne le pensais ! Ça fait combien de temps que tu n'enquêtes plus ?

Il remarque quelques racines blanches qui apparaissent sous sa chevelure luxuriante. Ils se sont toujours crus invincibles, au-dessus de tout, là pour toujours. La roue tourne plus vite que prévu. Il se penche à nouveau, l'œil fou :

— Parce que ce que j'ai à te communiquer est dangereux. Parce que je n'y serai pas et que dans ses endroits on ne cherche que des agents d'Al Qaeda et des voleurs de cartes bleues. Et Folman Pachs, quoi qu'on en dise, n'en est pas encore là !

— T'es malade… Ça ne peut pas être pire que Khadafi !

— C'est l'Europe, lâche Sébastien.

— Quoi ? Mais personne n'en a rien à f…

Il la foudroie du regard. Après son intervention pour bloquer l'enquête sur les tribulations de la firme en Libye, Sébastien l'avait couverte de fleurs de chez Lachaume avec une carte : « Tu m'as sauvé la vie. »

— Ne sois pas en retard, ordonne-t-il. Je compte sur toi.

Il ne sait pas ce qui le décourage le plus : savoir que cette manipulation a existé ou si, selon toute vraisemblance, personne ne s'en offusquera. De dépit, il enfile un bonnet *wind breaker*, traverse le café en vérifiant du coin de l'œil que personne ne bouge. Il démarre son jogging à un rythme de sprint dès le pas de la porte, faisant dos à Polach qui entre dans le café. Sur le rond-point, la Chrysler noire de Folman Pachs freine en catastrophe devant le café, comme si ses occupants s'apprêtaient à braquer la caisse. Clara remarque un homme magnifique en complet sombre et aux yeux bleus, prêt à dégainer. Sébastien tourne la tête en sa direction, croise son regard. Rien ne se passe. L'armée suisse se prépare à refouler des afflux de réfugiés économiques ? Clara repense à cette phrase lue la semaine dernière dans un livre de sa fille, une vague histoire de poulaillers attaqués par des fouines : « La peur donne des ailes… aux poules. » Mais qui est la fouine ?

L'entrevue avec Sébastien a duré trente secondes. Clara a l'habitude de ces phrases lapidaires et de ces rendez-vous en forme de *speed dating*. Les hommes de vrai pouvoir n'ont jamais mieux à offrir.

Elle a une bonne demi-heure avant l'arrivée d'Alison pour leur petit déjeuner hebdomadaire. C'est leur piqûre de rappel, leur moment à elles. Elles vont pouvoir dire n'importe quoi, surtout l'essentiel. Clara manœuvre au travail, triche dans son couple, court derrière ses enfants. Face à Alison, elle trouve un peu de répit.

De son deux-pièces de Sarcelles, Antoine accède à distance à son smartphone. Il déclenche la caméra embarquée : l'image est noire. Elle a dû laisser son appareil dans son sac. Il active le GPS. Sur un écran de son ordinateur, la carte de Paris s'affiche. Un petit point rouge clignote, indiquant la position de Clara. Il vérifie deux fois : que fait-elle au café des Fontaines, le point de ralliement de la « bande » durant leurs années étudiantes ?

Pour passer l'attente, elle ouvre un cahier, format scolaire, gros carreaux : ses brouillons professionnels. Trente minutes, se motive-t-elle, c'est exactement le temps qu'il faut pour poser les bases d'une bonne chronique : thème, angles, idées clés. Elle n'y est jamais parvenue en moins d'un jour entier, souvent la veille de l'antenne. Elle note : « Fouine », « Suisse », « Peur », « Soleil », « Paris », « Pigeons ». Elle trace des flèches. Elle barre le tout d'un énorme ANTOINE !

Le café se remplit, elle ouvre un carnet plus chic avec une couverture en cuir rouge : ses notes personnelles. Elle démarre une page. Tout en haut, elle écrit : « Revoir Antoine ». Elle tire un trait au milieu, séparant l'espace en deux colonnes pour « GO » puis « NO GO ». Elle liste les arguments, remplit sa feuille, l'évalue. Sous les colonnes, elle note en conclusion : « Nous sommes vides et la mort est partout. »

Elle redresse son buste, étonnée par sa propre phrase. Elle la contemple, y renonce : dans un soupir, elle arrache la feuille de son cahier. Seule au monde dans ce café parisien qui s'anime, elle s'applique à la déchirer, la transforme en miettes. Au zinc, de biais, Polach l'observe s'énerver toute seule. Elle s'empare du *Parisien* sur une table voisine, ouvre les pages « Économie ». En entrefilet, au parlement, la reprise de la discussion sur l'exonération fiscale des propriétaires de yacht.

Alison se faufile entre les clients, les mamans libérées, les cadres débarqués, les ouvriers en pause.

— *Sorry Darling*. Tu m'attends depuis longtemps ? lance-t-elle en se penchant vers elle pour l'étreindre, un *hug* à l'américaine long et généreux.

Clara retient l'étreinte : Alison est bien la seule personne à la prendre dans ses bras.

— Non, non, ne t'inquiète pas. Je m'avançais.

La table est jonchée de petits morceaux de feuille, de cahiers et de journaux. Elle range le tout, fait un petit tas avec les bouts de papier déchirés. Ses résolutions en miettes, ses pensées en vrac, sa déprime larvée. À la vue d'Alison, reposée, bronzée, bien habillée, elle réalise qu'elle n'a pas pris le temps de se maquiller.

— C'est trop sympa de se retrouver dans ce café. Tu te souviens ? C'est parce que tu as vu Antoine ? Tu te fais une petite séquence nostalgie ?

— Dis pas n'importe quoi, répond Clara en rougissant. Non, non, j'avais rendez-vous ici avec Seb.

Elle se mord les lèvres, réalise qu'elle va devoir mentir. A-t-elle aussi déchiré les instructions de Sébastien ?

— Seb, dans un bar pareil ? s'étonne Alison avec un regard de mépris pour le thé Lipton dans la tasse de son amie.

— Oui, c'est... c'est sur sa route de footing, invente-t-elle. Il voulait s'excuser pour l'Unesco. Tu sais... son engueulade avec Vanessa.

Sébastien ne lui en avait même pas parlé.

— Ah oui ! je peux pas la voir celle-là, décrète Alison.

— Tu m'étonnes, quand elle m'embrasse, j'ai l'impression qu'elle a un couteau dans le dos.

— *She is a witch*, le serpent à sonnette des corporations. Jérémie bosse toujours avec elle, il dit qu'il n'a pas le choix, soupire Alison.

— C'est ça d'approcher les puissants : tu tournes forcément mal.

— En tout cas, c'était une super-fête, ma chérie. Et quel discours...

De tous ses « amis » venus à sa remise de décoration, Alison est la seule à la féliciter.

— Tes enfants doivent être tellement fiers de toi, *you know* ! Toi au moins, tu as vraiment fait quelque chose de ta vie, ajoute-t-elle d'une traite.

Major de promotion, Alison tient un agenda de ministre dédié à la stimulation de son corps et de sa progéniture. Elle est intarissable sur les joies de sa vie libérée des mesquineries du salariat. Souvent, son amertume de *desesperate housewife* de luxe la prend de court.

— Allons, allons, Ali. Tu sais bien que tout cela n'est qu'une vaste blague.

Alison déglutit, détourne le regard à la recherche d'un garçon de café. Soit positive, pense-t-elle tout bas, et le monde le sera pour toi. À moins qu'il n'ait peur.

— Tu crois qu'ils ont des jus de fruits frais ici ? *So*… Mais, et Antoine, c'est incroyable cette histoire. Qu'est-ce que tu vas faire ?

Clara regarde en silence les petits bouts de papier. La réponse est par là.

— Il est très bien conservé en tout cas… Il a un côté pas comme les autres, un peu *rough*… je sais pas… brut, pur. *Bad boy*, pas abîmé par le système, tout ça, *you know.*

Clara acquiesce, une pensée déprimée pour la silhouette de son mari qui se transforme en bouteille de Perrier.

— Je ne comprends pas pourquoi il est revenu comme ça, maintenant…

— C'est *so romantic* ! s'exclame Alison. Je suis tellement contente pour toi.

— Ah bon ? Tu sais, Antoine appartient à mon passé, affirme Clara, catégorique.

— Cela veut dire qu'il sera toujours là. Et c'est la chance de ta vie !

— Quoi ! Antoine ? se défend-elle en reculant sur son siège.

— Pas avec moi, ma chérie. *You did it all,* tu as enquillé les étapes… mais tu n'as rien réglé.

Le coup est parti tout seul. Alison redoute une blessure. Tout émeut Clara : la franchise de son amie, sa tendresse pour elle, la tristesse de son propos. À son tour, elle se détourne pour cacher ses yeux au bord des larmes. Elle se sent vivante et cela lui fait un bien fou :

— Il est où, le serveur ?

— T'inquiète pas, la rassure Alison en lui prenant la main, la voix ronde. On en est toutes là…

— C'est-à-dire ?

— *Honey*, on a tellement rogné sur ce que nous sommes qu'on ne respire plus ! *Guess what* : on est des jolis petits bonzaïs !

Encouragée par le sourire de Clara, elle ajoute :

— Et un bonzaï, c'est mignon, mais qu'est-ce que c'est con !

À la table voisine, deux cadres sup' devant un café-verre d'eau ne peuvent s'empêcher d'acquiescer intérieurement.

— T'as jamais eu d'amant ? demande Clara, cherchant à percer le secret de la joie de vivre et de la beauté d'Alison. T'es trop belle en ce moment.

— Un amant ? Alison éclate de rire. Avec *tous* les hommes que je rencontre dans mes *multiples* activités ! Tu plaisantes ! Mon meilleur espoir, c'est de me taper mon prof de tennis !

Clara retrouve des couleurs, son regard s'adoucit, elle adore son amie. Depuis quand la vie est-elle devenue si terne ?

— Non, franchement, s'emporte Alison un peu trop fort, moi ce qui me désespère, c'est de me dire que ça fait quinze ans que je vois la même bite ! Je ne la vois même plus beaucoup d'ailleurs.

Les clients des tables voisines se retournent, Clara pique un fard. Au bar, Polach règle ses trois cafés et quitte les lieux. Ce n'est pas inintéressant mais pour Folman Pachs, c'est inexploitable. Depuis Sarcelles, Antoine n'en perd pas une miette. Il se souvient bien d'Alison, saine et solaire, presque trop. Clara reprend plus bas :

— On est tous des enfants de divorcés. Alors, on s'accroche pour faire mieux que nos parents. Mais ça veut dire quoi ? Entre se forcer à rester fidèle par convenance et se haïr pour de vrai ou s'autoriser des aventures et être rassurée de savoir qu'ailleurs l'herbe n'est pas plus verte, il faut faire quoi ?

— Faut faire rien du tout, répond Alison tout à coup très sérieuse, c'est la voie facile ton histoire. Le couple se détruit dans le quotidien. L'adultère s'illusionne dans la rareté. Mais c'est finalement assez *petit-bourgeois* tout ça, voué à l'échec. Non, ma chérie, le vrai challenge, le *big one,* déclame-t-elle péremptoire, c'est de récupérer son mec ! Et de te récupérer dans la manip'.

— Tu plaisantes ?

— *No fucking way !* Appelle cela la décroissance, *darling* !

Des sirènes les interrompent. Dans le café, les clients relèvent la tête et regardent comme un seul homme, à travers la vitrine. Précédée de deux motards de la Garde républicaine, une 609 officielle déboule à toute vitesse, traverse en trombe la place de la Porte-de-Saint-Cloud et s'enfonce dans l'avenue de Versailles, écartant passants et voitures.

— Encore un ministre qui va bosser et il faut qu'il la ramène, commente Clara. Passer devant tout le monde et griller les feux rouges. C'est tout ce qu'il reste de l'homme politique.

Elle songe à Bertrand qui se ratatine à force de ne plus y croire et surtout de ne pas l'admettre. Il sera le dernier des Mohicans. Le récupérer ?

— C'est pour ça que t'es aussi belle ? Pour Jérémie ! Tu t'es fait gonfler les seins ou quoi ?

— Non, je fais une sorte de muscu. Ça te remonte tout, incroyable, sourit Alison, malicieuse. *I will tell you*, si t'es sage. Bon, il arrive ce serveur ? Les trente minutes réglementaires que t'autorise ton boulot sont bientôt terminées. Et je sens que tu vas bientôt devoir filer pour ton job hyper-important…

— Attends… Qu'est-ce que tu fais pour ton anniversaire ? la relance Clara.

— Une fête surprise, tu vas bientôt être prévenue. Bon, mais Antoine alors, contente ou pas ?

— J'en sais rien. Je sais juste que tout remonte à la surface. Tu connais cette phrase : quand il y a du vent, même les dindes savent voler. Et c'était nous ça, à vingt, trente ans. Là, le vent faiblit, on s'essouffle. Et moi, je vais m'écraser en piqué.

— Quoi que tu décides, dit Alison en saisissant sa main, je serai là et Jérémie aussi. Il est hyper-inquiet pour Bertrand.

— Je n'arrive plus à lui parler, avoue Clara, la mine triste.

— Ma chérie, personne n'arrive plus à lui parler.

À Sarcelles, dans son deux-pièces aux volets tirés, le visage d'Antoine s'illumine. Il voulait hacker le cerveau de Clara. Il a trouvé la *back door*, la porte dérobée. Ce sera une formalité. Peut-être même atteindra-t-il son cœur ?

19

Pour se remettre de ses nuits blanches au chevet des banques, Jérémie se réfugie au sous-sol aménagé de son hôtel particulier. C'est sa tanière, entre pièce télé et bibliothèque à la déco très *british*. Affalé dans son canapé en cuir, devant un livre et un écran plat allumé, il attend le verdict du tribunal spécial islandais envers Peir Gaarde. L'ancien Premier ministre est le seul politique au monde à être jugé pour négligence et responsabilité dans la crise financière.

L'Islande avait été un paradis pour les investisseurs. Docile, sa population avait encaissé sans broncher les politiques ultralibérales de son gouvernement conservateur. Jusqu'alors, la région avait vécu de pêche, de géothermie et d'aluminium. Le miracle islandais, dix années de croissance ininterrompue, reposait sur l'industrie de la finance. Sa valeur représentait dix fois le PIB. Trois banques avaient distribué des prêts dans des pochettes surprises. Maisons d'architectes, 4 × 4 de luxe avaient pullulé. Les investisseurs étrangers s'étaient jetés sur la nouvelle poule aux œufs d'or estampillée triple A par des agences de notation sous lithium. Le marché des subprimes avait explosé aux États-Unis, la petite île avait été soufflée. Rincée par l'inflation, la couronne islandaise avait perdu 40 % de sa valeur en quelques mois.

Endettée sur plusieurs générations, la population ne pourrait rembourser ses dettes. Les cartes de crédit ne fonctionnaient plus à l'étranger ni sur Internet. L'Union européenne, peu concernée, n'avait pas bougé, laissant le pays tanguer. Trois cent cinquante mille personnes ? Un mini-*Titanic* pour Bruxelles, bien plus préoccupé par l'Irlande, l'Espagne, le Portugal et la Grèce. Aux manœuvres, le chef du gouvernement islandais paniquait. Marropo [1] avait fini par lui transmettre l'adresse électronique sécurisée de Jérémie. Il venait de s'illustrer en mettant sur pied le plan de sauvetage de la banque Fexia.

Jérémie débarqua à Reykjavík une après-midi d'octobre 2008. La ville était plongée dans un brouillard absolu. Déséquilibré, ne parvenant à se repérer, Jérémie tâtonna jusqu'à la station de taxis. Le chauffeur théorisa sur la sensibilité du prix de la morue au cours du pétrole, comme un trader en matières premières. Des files se formaient au pied de l'ambassade du Canada, aux lois d'immigration souples et au froid familier. Devant le Parlement, il entendit des hommes et des femmes taper sur des ustensiles de cuisine : prémices de « la révolution des casseroles ». Jérémie fut persuadé d'avoir atterri sur la planète Mars. Le conseiller économique du Premier ministre le briefa dès son arrivée dans le lobby du Hilton. Posé sur le bord d'un fauteuil en cuir fauve, affolé, il détailla liste des institutions impliquées, niveau de liquidités, accords avec la Banque centrale, portefeuille de crédits. Frank fit semblant de noter quelques informations essentielles. Le conseiller le conduisit ensuite au siège du gouvernement, une

1. Le président de la Commission européenne.

sorte de grosse ferme blanche à trois étages et aux tuiles d'ardoise. Ce pays ne faisait décidément rien comme les autres. Cela l'inspira. Il eut envie de tenter quelque chose d'inédit. Une sorte de triple saut périlleux du politique. Une reprise en main.

Ils se rendirent dans la salle à manger, une pièce cossue pleine de livres anciens et dominée par un tableau magistral de Ásgrimur Jónsson. Avec sa tête de nounours à lunettes, le Premier ministre était assis devant un plat de boudin au sang de mouton. Il ne se leva point. Son plat se mangeait bouillant. Sinon l'odeur du sang devenait insoutenable.

— Il paraît que vous êtes visionnaire. Alors, que me conseillez-vous ?

— La nuit va être là d'ici une dizaine de jours. Les caisses sont vides. Vous n'allez pas vendre les maisons aux pingouins. Et vous ne pouvez pas laisser les gens mourir de faim.

— Non, bien sûr que non, affirma le chef du gouvernement, agacé, enfournant sa fourchette.

Jérémie crut tourner de l'œil.

— Alors, vous avez deux options, asséna-t-il pour se venger. Soit vous ajustez par la monnaie. Soit vous ajustez par la population.

— Vous plaisantez ? Revenons au plan.

Le mouton sanguinolent se reflétait dans le verre de ses lunettes. Jérémie s'attarda sur l'élément principal du tableau, un volcan sous la neige, dans un ciel d'aurore boréale.

— Il faut décrocher la monnaie, couper les banques en deux, sauver ce qui est islandais. Il faut faire vite, foncer dans le tas.

— Ça veut dire ?

— Protégez votre économie. Il y a trois ou quatre industries qui exportent. Soutenez-les, vous allez en avoir besoin pour attirer des liquidités et relancer. Faites défaut sur tout ce qui n'est pas islandais.

À ces mots, le Premier ministre recracha un peu de sang de mouton dans sa cravate, qu'il confondit avec sa serviette. Jérémie enfonça le clou :

— Nationalisez les banques. Personne ne vous aidera. Lâchez la Landsbanki, sauvez votre peuple. Et laissez-lui le quota sur la morue. La pêche, c'est votre avenir ! Il faut revenir au *hard asset*, au dur, au vrai.

— Mais... et la finance ? s'enquit l'Islandais, néo-con de la première heure, en enlevant ses lunettes aux verres mouchetés de sang de mouton.

— Voyez ce que cela a donné ! Laissez tomber.

— Si je relance la pêche, je renonce à toute chance d'entrer dans l'euro.

— C'est un zombie ! On fait de l'acharnement thérapeutique mais la bête est morte. Ne le signifiez pas frontalement. Vous passeriez pour un traître, voire un terroriste. Non, faites traîner le processus d'adhésion. L'Europe s'effondrera d'ici là.

— Vous me demandez de faire un défaut international et de renoncer à l'euro ! se leva-t-il, exaspéré.

— Et alors ? Vos contreparties vont hurler, peut-être même qu'elles vont vous menacer mais elles n'auront pas le choix. Vous avez une position moralement et politiquement solide. Un jour, dans pas longtemps, le pays fera école.

— Vous êtes... vous êtes un banquier qui œuvre pour les populations... je ne comprends plus rien...

— Considérez que je représente la nouvelle vague. Et vous, l'Islande, vous ne représentez rien. Une aubaine ! Considérez que vous pouvez tout.

Peu ou prou, le chef du gouvernement suivit ces préconisations. Il dévalua la monnaie pour relancer les exportations, augmenta les prestations sociales afin de maintenir la consommation à flot, contrôla les capitaux. Surtout, il laissa les banques cupides faire faillite. Moins par idéologie que par pragmatisme : il n'avait pas d'autres solutions. Il aida les clients ruinés en renégociant leurs crédits immobiliers. La Landsbanki coula, entraînant sa filiale Internet, très prisée par les petits épargnants anglais. Leurs comptes en ligne n'alignaient plus que des zéros. Le Premier ministre britannique Jordan Grown s'en mêla. Il exigea un remboursement total. Dans une colère noire, il usa de la loi antiterroriste pour geler les avoirs du pays. Peir Gaarde quitta son bureau sous des jets d'œufs pourris et de fromage rance.

Quelques mois plus tard, la population marquait le coup, refusant par deux référendums de payer pour les banques et de rembourser les clients anglais. Jérémie avait recommandé d'affronter la crise économique et politique en pleine face au lieu de bricoler. Acculée, l'Islande a sanctionné les banques plutôt que les populations. Elle a envoyé la finance en cure de désintoxication. Folman Pachs n'avait pas eu le temps de s'installer. Purgé de ses actifs toxiques et de son élite fascinée par l'argent, le pays a renoué avec la croissance. Il a fallu une réalité plus dure que les dénégations de la classe politique et une population qui s'en mêle vraiment. Et peut-être Jérémie, resté six heures sur le sol islandais.

À la mémoire de cette mission, Jérémie note dans la marge de son manuel de pilotage d'hélicoptère :

Qui prend la paume ? Question à 30 000 000 000 000 !

Trente mille milliards, c'est le montant cumulé des plans de relance et de sauvetage de 2008 à 2011, le dernier chiffre connu. La masse monétaire mondiale a été multipliée par trois en quatre ans. Les politiques gagnent du temps en injectant massivement de l'argent, de la monnaie de singe. L'inflation arrange tout le monde ; elle masque l'appauvrissement général, une humanité en plein déclassement.

Son portable interrompt le flot de ses pensées. Numéro inconnu. Un chef d'État paniqué ? Un fonds vautour flairant le bon *deal* ?

— On n'est jamais tranquille, soupire Jérémie en décrochant.

— Monsieur Belfont ? demande une voix terne. Docteur Catran de l'hôpital Bichat.

L'hôpital ? Persuadé d'avoir une prédisposition au cancer, Jérémie tressaille. Cela doit être le résultat de ses dernières analyses. Il subit un toucher rectal tous les ans depuis son trente-cinquième anniversaire.

— C'est ma prostate, c'est ça ? Vous m'appelez pour me donner le résultat de mon PSA [1] ?

Une part de lui jubile. Il a toujours raison, sait qu'il y passera. Il jouit de la très courte extase de l'hypocondriaque.

— Monsieur, ce sont les urgences cérébro-vasculaires, poursuit la voix au téléphone. Je vous appelle au sujet de votre père. Il vient d'être admis dans notre service.

— Mon père ?... Vous plaisantez ? insiste Jérémie, presque déçu.

— Son état est préoccupant, reprend le médecin.

— Écoutez, je n'ai pas le temps là. Faites vite, je suis au milieu d'une réunion importante. Qu'est-ce qu'il a encore ?

À la télévision, CNBC zoome sur la dernière acquisition de Paul Allen, le patron de Microsoft : un MIG 29, le mirage russe.

— Il a fait un accident vasculaire relativement grave.

1. *Prostate-specific antigen.*

— Ça veut dire quoi « relativement » ? Et d'ailleurs, pourquoi vous m'appelez moi ?

— Vous êtes son fils, non ? Il a indiqué votre nom dans son portefeuille, comme contact d'urgence.

— Dans… son portefeuille, vous dites, répète Jérémie, s'affaissant sur lui-même.

— Le mieux serait que vous veniez au plus vite pour qu'on en parle, conseille le médecin avant de raccrocher.

Éberlué, il fixe son écran plat. CNBC confirme la nouvelle : Peir Gaarde est reconnu coupable de l'un des quatre chefs d'accusation mais s'en tire sans sanction. Coupable mais pas responsable. Vieille histoire.

Le père de Jérémie dirige l'un des plus gros cabinets de chasseurs de têtes de Paris. Il a consacré sa vie à nourrir la guerre « des talents », dégoter de bonnes âmes prêtes au sacrifice pour l'unique satisfaction de l'actionnaire. La soixantaine bien tassée mais athlétique, il travaille pour prouver qu'il n'a rien d'un retraité. Les entreprises occidentales virent les quadras en Europe, recrutent du Chinois à tour de bras. Il a senti le filon, s'est mis au mandarin, a scellé une alliance avec un cabinet de Shanghai. « Il faut profiter de ce marché inexploité », répète-t-il à ses clients. Son carnet de chasse ne désemplit pas. Jérémie se tient à bonne distance, au-delà d'une sorte de cordon sanitaire. L'appel pour son anniversaire en 2010 a duré cinquante-trois secondes. Record battu. Tout ce qui touche à son père lui fait perdre pied.

Leur dernière conversation s'est mal terminée. Lors d'un dîner avec Alison chez Thiou, cantine des quinquas de la finance et de la politique, il leur a présenté une Chinoise qui semblait à peine pubère, ramenée de l'un de ses voyages en Asie. Elle a des allures de petit garçon, un corps sans formes perdu dans un chandail trop grand. Le bras enroulé autour de ses épaules pointues, des trémolos dans la voix, son père raconta leur rencontre sur le campus de la Tsinghua University, à Pékin. Il intervenait dans un forum de recrutement organisé par des multinationales européennes. Gao était assise au premier rang, un peu sur la droite. Elle avait levé les yeux de son cahier, leurs regards s'étaient croisés. Il en avait bégayé. Elle avait posé sa candidature pour un poste. Affolé, il avait laissé son client mener l'entretien. Malgré ses efforts, elle n'avait pas été retenue. Pour la revoir, il avait prétexté souhaiter lui « transmettre son retour », lui communiquer des « axes de progrès ». Il l'avait séduite avec un chinois rudimentaire et une galanterie d'une autre planète, la France. Écoutant l'histoire de leur rencontre, Gao rit en cachant ses dents derrière sa main. Ses yeux pétillaient de jeunesse. Écœuré, sans attendre le dénouement, Jérémie traita son père de vieux pervers rongé par Alzheimer et Gao d'espionne à la solde du Parti. Il attrapa Alison par le bras, lui intimant de se lever. Tirée par son mari, cramoisie, Alison traversa le restaurant la tête dans les épaules. Sur son passage, elle murmura une série de « *It's OK, no problem. We are so sorry* » à l'attention des clients blasés. Jérémie et Alison reçurent un faire-part de mariage quelques mois plus tard.

Jérémie rappelle l'hôpital Bichat. Le service vocal d'accueil propose :

Pour les Urgences, tapez 1 ; pour le service Urologie, tapez 2 ; pour la Maternité, tapez 3 ; pour le service Oncologie, tapez 4 ; pour le service Diabétologie-Endocrinologie-Nutrition…

— Et si vous préférez crever tout de suite, tapez 0, rage Jérémie en raccrochant.

20

Bertrand vérifie chacune des déclarations de sa ministre, prépare les dossiers, l'accompagne partout. Selon l'heure de la journée, il lui sert de conseil, nègre, punching-ball, nounou. Dévoué, il se met en travers de la route. Les attaques les plus redoutables ne viennent jamais de l'extérieur. La guerre est larvée, intrinsèque à l'administration. Bertrand s'épuise dans des réunions interministérielles sans fin ni fond, cerné d'énarques étriqués par des costumes bleu nuit avec boutons de manchettes en or assortis aux lambris de leur bureau. Port de tête altier, démarche contrite, absence totale de sens pratique, ils avancent alourdis de gros dossiers dans des chemises en carton. Le soir, ils récitent la liste des départements à l'envers pour s'endormir. Ils ne doutent jamais d'eux-mêmes ni de leur avenir. Ils dévorent la gazette de l'Assemblée pour vérifier que l'on parle bien de l'alinéa 18 du projet de loi sur lequel ils planchent depuis sept mois. En réunion, ils discourent sans notes, droits comme des I, les deux mains posées devant eux, les doigts jouant du piano. Ils parlent d'eux-mêmes à la première personne du pluriel, signifient qu'ils représentent quelque chose de bien plus important qu'eux. Ils se sentent investis d'une mission : préserver l'État. Inépuisables, ils bataillent par ellipse, comme s'ils jouaient à Puissance 4. Leur raisonnement, quand ils sont compréhensibles, s'avèrent aussi brillants qu'inutiles. L'objectif n'est jamais d'aboutir à une action, de faire avancer un projet, mais de mettre un pion, de défendre les prérogatives de leur administration. Vérifier que rien ne change. À force de les détester, Bertrand est devenu le meilleur d'entre eux.

Seul à son bureau, la tête dans les mains, il relit un mémo officiel de sa ministre, sa position sur la situation chypriote. À la réunion de l'Eurogroup, elle n'avait eu qu'un strapontin. Dépassée, elle n'avait rien trouvé à redire à l'idée d'une ponction des dépôts bancaires. Bertrand raye quelques mentions, maugrée pour lui-même :

— On gagne du temps, on gagne du temps. Mais on a combien de temps, bordel ?

Un café refroidit devant lui, la capsule Régilait entaillée, une mare de lait s'est répandue dans la soucoupe. Comme d'habitude, tout fuit. La sonnerie de son téléphone personnel, celui qui ne le dérange jamais, se met en branle : *I want your sex* de George Michael résonne dans la pièce. Furieux, Bertrand empoigne l'appareil pour le faire taire. Théo adore lui faucher ses portables pour télécharger des sonneries à son insu. L'œil mauvais, il scrute la porte, espérant que l'huissier qui campe devant n'a rien entendu. Une voix nasillarde le tire de ses pensées. Il ânonne :

— Oui, Sébastien Costal est venu me voir hier... Non, on n'en a pas parlé. Ça va aller. Il va se reprendre... Je le connais bien... Bien sûr, je le garantis.

Il reprend le taillage en pièces de l'intérieur de sa bouche. Quelqu'un frappe. Il sursaute.

— Je dois vous laisser... enchaîne-t-il, blême. Oui je vous rappelle dès que j'ai du nouveau. Ne vous inquiétez pas.

Bertrand renverse sa tasse en raccrochant. Lait et café giclent sur les dossiers barrés « Confidentiel », une note catastrophique sur l'Espagne (immobilier : – 70 % ;

chômage des jeunes : 50 %) et sur sa chemise en coton et fils de soie.

— C'est pas vrai, c'est pas vrai ! Je suis maudit ou quoi ? râle-t-il en cherchant des Kleenex dans le tiroir de son bureau. Entrez !

Pull à col roulé noir et pantalon de flanelle grise, un conseiller s'avance. Trapu, il marche le corps penché en avant pour aller plus vite, la mine sombre pour se donner de l'importance. Énarque, major de l'ENSAE [1], il doit avoir vingt-cinq ans. Son alliance, toute neuve, brille à sa main gauche.

— Tu ne vois pas que je suis occupé ? lui lance Bertrand. Qu'est-ce qui se passe encore ?

Il tend un dossier.

— Les derniers chiffres de l'Insee, tout chauds !

— Déjà ? s'étonne Bertrand.

— Je me suis débrouillé pour récupérer le fichier source, commente le conseiller, fier de sa trouvaille. C'est pas tout à fait bouclé mais j'ai un copain à l'Insee et j'ai pensé que…

— Bon, ben, vas-y, accouche. On ne va pas y passer la nuit. Qu'est-ce que ça dit ? demande Bertrand.

Il se dirige vers un placard dont il sort une chemise propre. Il se déshabille, laissant apparaître quelques bourrelets échappés de sa ceinture en cuir Hermès.

— Ben, vas-y, j'te dis, s'impatiente Bertrand.

Gêné, le conseiller se gratte la gorge :

— On dévisse…

— Ça nous fait « plus combien » ? dit Bertrand en jetant sa chemise sale à côté de la poubelle.

— Trente mille, annonce-t-il d'une voix mal assurée.

— Plus trente mille chômeurs ? En un mois ? éclate Bertrand en se retournant. Mais tu veux ma mort !

1. École nationale de statistiques.

— Et encore, on a nettoyé en virant un maximum de chômeurs en fin de droits, se targue le conseiller, plutôt fier.

— Et les chiffres de la Dares [1] du « cab' Travail » ?

— C'est pire.

— On ne peut pas annoncer une augmentation du chômage pareille ! L'opposition va nous massacrer. Dégages-en encore ! conclut Bertrand.

— Mais… on ne peut pas tricher comme ça ! s'exclame le conseiller en prenant son courage à deux mains.

— Mais d'où tu sors toi ?

La France a fait le choix politique du chômage. C'est une bombe. Le traficotage des chiffres est une spécialité héritée des années 2000.

— Surtout, tu ne parles pas des résultats sur l'année. Tu n'as qu'à ne parler que de pourcentage et jouer sur la taille de la population active. T'as ton BEPC, au moins ? Et puis appelle les régions, qu'elles me foutent un maximum de *gus* au RSA.

— Mais… ce n'est pas la vérité. Et on n'arrive plus à payer le RSA !

Défier un directeur de cabinet, c'est se condamner au rétropédalage, deux ans de placard en préfecture à Saint-Étienne.

— La vérité, quelle vérité ? La vérité pour qui ? Il faut vraiment tout te dire, toi, le tacle Bertrand, excédé. Bidouille le truc. On ne t'a pas appris ça dans ton cours de pilotage des finances publiques à l'ENA ? Les chiffres, c'est fait pour être manipulés. Allez, au boulot !

À son poste, Bertrand obéit aux ordres. Quand il a l'occasion de taper sur plus petit que lui, il s'en donne à cœur joie.

1. Direction de l'animation de la recherche, des études et des statistiques, sous l'autorité du ministère du Travail.

— T'as vu les Amerloques ? Le chômage crève le plafond des 20 %, c'est dans toutes les statistiques officielles mais le staff d'Obama fait un communiqué en annonçant un chiffre à 12,5.

— Et ? répond le conseiller, de plus en plus mal à l'aise.

Il joue avec son alliance. Bertrand remarque ce tic, qu'il avait aussi. Jeune marié, elle n'a pas fini de le gêner.

— Tout le monde croit Obama ! Personne ne vérifie ! Encore moins les journaleux. Et je m'y connais. Magique, formidable ! Regarde tes copains banquiers, ils ont de l'avance ! Oui, c'est sur eux qu'il faut se caler. C'est les rois de la planque !

— Pardon ? s'offusque le conseiller qui se demande si son supérieur n'est pas en train de tester sa probité.

— Ici, tu appartiens à une figure tutélaire. On parle, ils écoutent et ils recrachent. Pas le temps de vérifier, jamais de *fact checking*. Tant pis pour eux. Ça marche encore, profites-en !

À ces mots, ses yeux tombent sur la photo de Clara et des enfants au ski.

— Allez, la médiocrité ambiante nous préserve un peu.

— Pardon ?

— Faut vraiment que je te bizute toi ! En France, les francs-maçons font les *deals*, les familles régnantes mettent des billes, les banques financent et nous, on cautionne et on place nos mecs. C'est ça la septième puissance mondiale, un capitalisme d'État déguisé dont l'unique modèle économique est la consommation, donc la TVA. C'est pour ça qu'on a toujours poussé le crédit et qu'on s'est fait bouffer par la finance. Personne n'a réalisé que le bilan de la BNP, c'est le PIB de la France ! Tu m'étonnes qu'on se casse la gueule ! Qu'est-ce que tu croyais ? Qu'on avait une politique industrielle peut-être ?

Bertrand se mord furieusement la joue. Si le conseiller reste un peu plus longtemps avec ses yeux de merlan frit et son alliance toute neuve, il va se mettre à hurler.

— Tu me prépares des éléments de langage avec une croissance du chômage en net ralentissement. La presse ne verra que ça : « chômage en net ralentissement ».

Assommé, le conseiller se dirige vers la porte. Dans l'échange, il a laissé quelques centimètres.

— Et je veux voir le patron de l'Insee au plus vite. Organise-moi un déjeuner. Il faut qu'on le recadre. Et maintenant, je te vire !

— Par… pardon, balbutie le conseiller, tétanisé.

— Nan… pas tout de suite. Je veux dire : et maintenant, tu sors de mon bureau.

— Mais, se ressaisit-il… on déjeune avec le lobby du Cheval.

— Quoi ! Qu'est-ce qu'ils veulent ?

— Comme le lobby du Yatching, préserver leurs niches fiscales, rappelle le conseiller.

Il pose la main sur la poignée de la porte, aimerait fuir.

— Abrège, s'agace Bertrand. Quelle disposition particulière ?

— Le maintien de l'exonération de TVA pour la location de luxe. Ils ont un bon dossier. On m'a dit que Public, Vanessa Dumoulin, était derrière.

— Ils ont peur de rien, fulmine Bertrand.

À Bercy, Bertrand sert d'arbitre à des corporatismes parfaitement organisés qui ont totalement perdu le sens de l'intérêt général. Chacun trouve des excuses à ses faiblesses, des arguments à ses revendications. Il voulait réformer la finance, faire rayonner la France. Il redistribue, accommode les restes.

21

Au volant de sa Mini Roadster rouge, Alison remonte l'allée de son hôtel particulier. En s'enfonçant dans le parc, elle remarque des boutons à l'extrémité des branches des trois magnolias. Elle en a fait planter pour chacun de ses enfants. À la floraison, début avril, elle aligne sa famille devant le plus glorieux. Un photographe professionnel vient prendre le cliché, pièce maîtresse de la sacro-sainte carte de vœux envoyée à l'américaine, dès fin novembre. Elle l'accompagne d'une lettre, sorte de mémo sur les multiples aventures de la famille : les vacances à Courchevel, la maison en Corse, les résultats scolaires, les dents cassées, la couleur de la ceinture de judo. Elle s'est lancée dans cette tradition anglo-saxonne avec enthousiasme, ravie d'avoir son projet, d'écrire elle-même les détails de leur « légende personnelle ». Dans des carnets Hermès au papier délicat, elle consigne les premiers mots, chagrins, sourires. Avoir un fils, planter un arbre, écrire un livre : les trois piliers d'une existence bien remplie selon l'un de ses poètes préférés, le Cubain José Marti. Elle était sûre de faire quelque chose de ses notes, une grande œuvre. Naissances, vacances, coups de chance. L'exercice est une tyrannie. Sa vie s'est lissée. Garder la main sur l'histoire est devenu inutile ; l'écrire, difficile : il n'y a plus rien à raconter. Jérémie ne la touche plus. Elle a calé la vie de ses enfants au millimètre, ils n'ont plus besoin d'elle. Mère parfaite, elle s'est transformée en taxi.

Jérémie déboule dans sa Lamborghini Aventador en sens inverse. Surpris, il cale devant la Mini d'Alison. Il s'énerve, elle s'étonne : il ne perd jamais son calme. Arrivée à sa hauteur, alors qu'il tente de redémarrer, elle colle sa Mini contre le flanc de la Lamborghini et baisse sa fenêtre.

— Hello, *Darling*. Où tu vas comme ça ? l'accueille-t-elle d'un grand sourire californien.

— J'ai un truc à régler, grommelle-t-il.

— Mais je croyais que tu ne travaillais pas aujourd'hui. Qu'est-ce qu'il se passe ?

— Un truc à régler, répète-t-il, impatient.

— Quoi encore ? dit-elle en se moquant. Qui, mon mari, le superman de la dette, va-t-il sauver aujourd'hui ?

— Arrête, s'agace-t-il en essayant de redémarrer son bolide. Je n'ai pas le temps.

— Allez, dis-moi…

— C'est mon père ! Il est à l'hosto. AVC. Tu percutes ?

Alison cale à son tour, bouleversée.

— *A stroke… Jesus Christ !* Je viens avec toi, propose-t-elle, blême.

— Hors de question.

— *Please, honey…* supplie-t-elle.

— Je veux juste voir où il est. Ne t'en mêle pas. De toute façon, je n'ai pas le temps de m'arrêter.

Jérémie enclenche la première. L'Aventador bondit, rayant la Mini d'Alison sur toute la longueur, puis cale à nouveau. Il sort en trombe, jette les clés dans les graviers, revient vers Alison.

— Passe-moi ta caisse, ordonne-t-il.

— Quoi ?

— Descends ! Je te la ramène.

Alison attrape ses affaires. Jérémie s'installe, enclenche la marche arrière, la voiture répond parfaitement.

— Enfin une qui tient la route, fait-il entre ses dents.

— *Tell him we love him*, lui crie Alison.

Jérémie a déjà tourné dans la rue.

À l'accueil de l'hôpital Bichat, il écoute les instructions de l'hôtesse en sautillant d'un pied sur l'autre. Elle s'embrouille un peu, voit rarement des hommes aussi beaux. Il court vers les ascenseurs, se précipite hors de la cabine au premier arrêt. Sûr de lui, il s'engouffre dans une chambre, pile, médusé. Un grand rayon de soleil s'est posé sur le lit d'une jeune accouchée en train d'allaiter. Il bafouille une excuse, cavale jusqu'à l'accueil en se rappelant qu'Alison avait voulu « préserver ses seins ». Du poing, il tape sur le bouton RDC : pour ce qu'il en fait.

Persuadée qu'il est revenu pour elle, l'hôtesse d'accueil lui réexplique en minaudant l'enchevêtrement des étages, des services. Elle l'agace. Jérémie s'accroche à ses lèvres, incapable de se concentrer. Sa capacité d'extrapolation, son sang-froid rassurent la Commission européenne. Nuits blanches, échéances impossibles, pressions politiques, Jérémie résiste à tous les tests de stress. Il est écouté comme le messie. Son père à l'hôpital, seul face à une hôtesse en BTS services et prestations des secteurs sanitaire et social, il navigue en plein pôle Nord. Ses instruments de contrôle ne répondent plus.

Il finit par le trouver comateux dans une chambre où le temps a été débranché. Ses mains reposent de part et d'autre de son corps couleur hôpital, un blanc presque bleu, assorti au drap de coton javellisé qui le recouvre jusqu'au torse. La bête sommeille. Jérémie approche.

Sous le masque à oxygène, la respiration est souple, rythmée. Il se penche. Il ne l'a jamais observé de si près. Sous les poils frisottés, les taches de vieillesse remontent jusqu'aux coudes. La dernière fois qu'il l'a vu dans une telle position d'abandon, il devait avoir huit ans. Son père avait passé l'été dans les Landes sur un transat, les yeux rivés sur l'océan. Une après-midi, prenant son courage à deux mains, Jérémie s'était approché. Il était inquiet d'avoir peut-être mal agi, d'être à l'origine des tourments de son père, qu'il avait toujours vu rigoler. Le tirant par une manche, Jérémie lui avait demandé de l'emmener nager. Il lui avait répondu en hurlant, écrasant une larme. Jérémie avait fui dans le jardin. Sa grand-mère, une belle femme aux yeux vert délavé, toujours impeccable, amoureuse de ses fleurs, l'avait trouvé perché dans un pin. Elle lui avait fait un sandwich au chocolat blanc Galac, s'était servi un porto dans l'un de ses innombrables verres apéritif. Ensemble ils avaient joué au jeu des Mille Bornes puis au Mikado. Elle l'avait laissé gagner. À la rentrée, Jérémie avait emménagé dans un petit appartement de banlieue avec sa maman. Elle s'était remise à travailler. Pendant l'été, elle avait suivi en accéléré une formation de visiteuse médicale. Divorcé, le père de Jérémie menait la grande vie. Il envoyait un chèque tous les mois, un cadeau à Noël, des cartes postales aux photos exotiques dont Jérémie découpait les timbres. Il l'emmenait au restaurant pour son anniversaire. Jérémie n'avait jamais revu sa grand-mère aux yeux tendres. Il réalise pour la première fois qu'Alison a les mêmes, quand un jeune type qui semble étrenner sa blouse blanche de docteur entre :

— Monsieur Belfont, je suppose ?

— Oui, répond Jérémie à côté du lit, en se redressant.

Un tee-shirt noir dépasse des manches. Des lettres s'étalent en transparence, au niveau du torse : AC/DC. Jérémie remarque la grosse gourmette de communion à son poignet, avec son prénom, Romain.

— On s'est parlé tout à l'heure.

— Ah ? s'étonne Jérémie. Je pourrais parler au médecin ?

— C'est moi.

— Le chef de service ?

— Idem.

Jérémie se morfond : depuis quand les médecins sont-ils plus jeunes que lui ?

— Alors, que s'est-il passé ? enchaîne Jérémie, enfilant ses mains dans les poches pour masquer sa nervosité.

— AVC hémorragique de l'hémisphère droit. Il était chez lui, il devait travailler. Quand sa femme l'a récupéré…

Jérémie a envie de le frapper. Son père a accumulé fortune et conquêtes. Mais il n'a eu qu'une seule femme, sa maman. Il avait vécu seul avec elle jusqu'à son départ pour le campus. Elle avait eu des amants mais aucun n'avait pu s'installer vraiment, entre eux. Avait-elle attendu le retour de son mari, protégé son fils adoré ? Elle lui manque tellement maintenant. Il refrène son chagrin, le transforme en colère. Chinoise aux allures d'adolescent neurasthénique, Gao ne peut évoluer dans la même division.

— Il ne l'a pas appelée avant ? Qu'est-ce qu'elle faisait encore ?

— Il s'était effondré sous sa table de travail, incapable de bouger et de parler. Monsieur, saviez-vous que votre père prenait des excitants ?

— Bah… du café, comme tout le monde, dit-il en se tournant vers l'unique fenêtre de la pièce.

— Non, je parle simplement de Viagra qu'il mélangeait à du Poppers. Ça conduit à une augmentation brutale de monoxyde d'azote. Le cerveau sature. On a de plus en plus d'accidents.

— Mon père ? Sacrifié sur l'autel de la baise et du grand capital ! Blessé au combat, s'emporte Jérémie.

Il se choque lui-même. Le chef de service le contemple d'une mine attristée. Mortifié, Jérémie se tourne vers la fenêtre qui donne sur l'une des cours intérieures du complexe hospitalier.

— Monsieur, reprend le médecin, je ne vous cache pas que cela va être difficile. Les résultats de l'IRM cérébrale ne sont pas bons. On a une thrombose vasculaire au niveau du lobe occipital.

— Vous ne pouvez pas parler français ?

— Ne vous faites pas d'illusion, l'homme que vous avez devant vous n'est plus celui qu'il était.

— Ce qu'il était, ce qu'il était… se retourne Jérémie, dépité. Ces derniers temps, je ne le reconnaissais plus. Il prenait des décisions sans queue ni tête.

— C'est-à-dire ?

— Il y a un an, il a donné sa montre à un type qui passait dans la rue. Comme ça. Pour faire plaisir, explique Jérémie, en contournant le lit pour rejoindre le médecin.

Côte à côte, ils observent le gisant.

— Intéressant. Il a eu d'autres comportements de ce genre, des décisions qui vous ont surpris ?

— Je n'ai jamais vraiment connu mon… cet homme. Non, surtout, poursuit-il plus bas, comme s'il ne voulait pas que son père entende, je ne l'ai jamais vraiment compris. Il vient de se marier avec une fille qui pourrait être la mienne, je veux dire, euh… de fille… enfin de femme. Vous comprenez quoi !

Jérémie recule. Entrée sans bruit dans la chambre, à petits pas, Gao s'est glissée entre eux, les yeux rivés au sol. Bijoux, vêtements de luxe, roses par kilo, son père a toujours gâté ses conquêtes. À défaut de les aimer, il entretenait une horde de poules suréquipées. Gao est vêtue d'un jean gris et d'une doudoune de supermarché. Son père lui donne quelque chose d'autre. Sincère, cette histoire le hérisse.

— Ah ben, la voilà, sa femme ! Regardez-moi ça ! vocifère Jérémie.

Gao étouffe un pleur en fuyant vers la porte.

— Monsieur Belfont, reprenez-vous, tempère le médecin. Sans son épouse, votre père serait probablement mort.

— Et qu'est-ce que vous voulez que ça me fasse !

— Il va falloir vous préparer.

— J'en ai rien à faire ! crie Jérémie en sortant à son tour.

— Les prochaines quarante-huit heures sont critiques, a juste le temps de préciser le jeune médecin.

Gao attend dans le couloir, le nez dans son mouchoir. Jérémie se penche vers son visage, lui souffle à la figure :

— Et qu'est-ce que tu vas faire maintenant que ton *sugar daddy* n'est bon qu'à sucrer les fraises ? Tu comptes sauver ton village avec l'héritage peut-être ?

22

Alison tourne comme une toupie dans sa maison silencieuse. Tons naturels coupés par quelques touches couleur terre de Sienne, meubles épurés, toiles et objets de créateurs disposés stratégiquement. L'intérieur de leur hôtel particulier a fait le ravissement de la rédaction de *Madame Figaro* qui lui avait consacré un dossier avec article et photos : « Palm Springs débarque à Saint-Cloud ».

Alison a rangé ses affaires de tennis, calé ses rendez-vous avec l'esthéticienne, refait ses ongles de pieds. Elle vit dans un décor de rêve dont on a coupé le son.

Elle a troqué un destin de surfeuse professionnelle dans les multinationales du globe pour une vie de compagne puis de mère acquise à la cause du bonheur familial. Elle cuisine à merveille, pousse, sans broncher, sa progéniture jusqu'aux sommets, se délecte de la moindre expo. À défaut de travail, elle a aligné les grossesses. Une tous les deux ans, pendant six années. Il fallait être productive, d'une manière ou d'une autre. Elle n'a eu que des garçons, se persuade qu'elle sera ainsi aimée jusqu'à la fin de ses jours.

Dans cette demeure, tout le monde a son planning, avec objectifs et récompenses. Elle élève ses enfants en leur répétant qu'ils sont des champions. L'ennui pointe, elle se fixe de nouveaux défis, dresse une énième liste de choses à faire. *No worries.*

Seule dans sa cuisine aux lignes parfaites, Alison récure l'évier impeccable. Accolé au logo enfantin, le portrait d'une navigatrice hilare, grande défenseuse des océans, figure sur la bouteille de produit vaisselle. Il « protège la nature », l'aventurière est une femme-sandwich. « Vouloir être dans le vent, c'est l'ambition des feuilles mortes », se rassure Alison. Elle a lu cela dans un livre de Kundera. Elle caresse de la main son « piano de cuisson » La Cornue modèle Grand Palais à 30 000 euros. Elle s'installe sur un tabouret de bar, face à l'îlot central, préposé à la découpe et aux dîners « en cuisine ». Quand le rituel du repas dans la salle à manger lui devient insupportable.

Elle ouvre un livre de recettes, *Osez Bali : Trente plats au goût de l'île du Paradis.* Elle choisit le mets le plus compliqué. En épousant Jérémie, l'amour de ses années étudiantes, elle espérait entrer dans une nouvelle famille, trouver des parents de substitution. Sa belle-mère a disparu brutalement l'année de leur mariage. Le cœur brisé, Jérémie avait travaillé deux fois plus. Son beau-père ne s'est jamais lié avec ses petits-enfants, prétextant des difficultés relationnelles avec son propre fils. En bonne Américaine, elle a toujours pensé que cela s'arrangerait. Elle admire sa force vitale qu'elle retrouve dans les yeux de son petit dernier, Tom. Si le père de Jérémie disparaissait, ils seraient tous orphelins.

Une petite bonne philippine entre. Un tablier enserre sa blouse bleue au niveau de la taille. Des gouttes de sueur perlent sur le duvet de ses tempes. Ses cheveux noirs et raides sont ramassés par une queue-de-cheval fatiguée.

— Voilà, Madame, j'ai fini. Vous avez besoin d'autre chose ?

— Humm, *let's see*. Le linge ?

— Repassé.

— La salle de bains du haut ?

— Nettoyée.

— Les toilettes à l'étage ?

— Javellisées, comme vous aimez.

Alison saute du tabouret, dévisage sa bonne. Elle la dépasse d'un bon trente centimètres, la jauge :

— Mes vêtements ?

— Triés.

— Les placards des enfants ?

— Rangés.

— Leurs jouets ?

— Dépoussiérés.

Un doigt sur la bouche, avec un ton de maîtresse d'école, Alison ordonne :

— *Well… Do it again !*

— Pardon ?

— Recommencez ! J'ai vu les livres des enfants. Ils sont mal rangés ! Par langue *puis* par ordre alphabétique. Anglais, français. Comment voulez-vous qu'ils s'en sortent sinon ? Recommencez !

— Bien patronne, répond la petite femme en baissant la tête.

— Et ne m'appelez pas comme ça ! Je vous l'ai déjà dit !

La bonne file. Agacée, Alison sort une casserole du placard et la place dans le lave-vaisselle. Elle déclenche un cycle de lavage pour ce seul ustensile, mal rincé. Son téléphone vibre. Sa mère l'appelle de San Francisco. Elle répond par une voix de jeune fille enthousiaste :

— Oui, tout va très bien Maman, *Great !…* Les enfants ? Tom a gagné le tournoi au Racing… oui, chez les poussins première année !… La maison ? Tu sais que j'ai trouvé un canapé, comment te dire… je pense que tu ne peux pas imaginer. *Unbelievable !*

Alison se perche sur le tabouret pour poursuivre la conversation :

— Jérémie, son boulot ? *On top, as always*… S'il a peur pour son job ? Oh, Maman… ça fait longtemps que j'ai arrêté d'essayer de comprendre. Mais il n'a pas l'air inquiet du tout.

Pour passer le temps, Alison parcourt les images du livre de recettes, en s'interrogeant intérieurement : comment se débrouillent-ils pour que la feuille de coriandre tombe exactement au milieu du morceau de bœuf grillé. Assaillie par son ennui, elle a oublié le père de Jérémie.

— Et puis, faut pas croire les journaux. La finance va super-bien !…

Avec gourmandise, elle remarque un dessert à base de noix de coco et de gingembre, évalue le nombre de calories.

— Si j'ai peur des émeutes en Europe ? Non, pourquoi ? Maman, il faut arrêter de regarder CNN, je te l'ai toujours dit…

Par-delà la baie vitrée de la cuisine, le vent caresse les branches des magnolias. La pelouse est domptée comme un practice de golf.

— Et moi… comment je vais ? répète Alison, décontenancée.

Elle s'arrête net, cherche sa réponse dans son livre de recettes.

— Comment je vais, tu dis ? répète-t-elle, levant les yeux au ciel.

Elle regarde autour d'elle : sa cuisine briquée, sa baie vitrée sans traces, sa maison sans âme. Sa vie sans joie. Depuis quand n'a-t-elle pas vu sa mère ? Vraiment parlé avec elle ? Loin, elle lui manque. Proche, elle l'agace. Et si elle disparaissait demain, qu'auraient-elles vécu ensemble ? Qu'a-t-elle vécu *toute seule* ? Alison ravale un sanglot qu'elle n'attendait pas :

— Comment je vais, tu dis, mais… *Super great !* D'ailleurs, il faut que je file, j'ai un cours. Oui, un cours… de… de… de tennis ! *Yeah…* je progresse. Je suis à 83 % de réussite au service… oui… *Incredible !*

Alison se balance sur son tabouret, manque de tomber. Le téléphone se manifeste à nouveau.

— Il faut que je file, Maman, d'ailleurs j'ai un double appel… Oui, je dois raccrocher, Maman, tu comprends ? C'est forcément important. On se programme un Skype avec les enfants tout bientôt. *Have to go. Love you !*

Soulagée, Alison prend l'autre appel, décroche, professionnelle :

— Alison Belfont ?

— Allô, bonjour Madame, permettez-moi de me présenter. C'est Ahmed du service client Orange, je vous appelle pour parler de notre nouvelle offr……

Alison jette son BlackBerry Pearl à travers la pièce. La domestique déboule, ramasse l'appareil :

— Tout va bien, tout va bien, dit Alison en lui arrachant l'appareil des mains.

Comme une adolescente désœuvrée, elle file dans sa chambre et claque la porte. Elle s'assoit sur le lit *king size* à la garniture en laine naturelle. Elle baisse son pantalon, ouvre les cuisses. Elle arrache deux patchs anti-inflammatoires Flector posés de part et d'autre de l'aine. Elle gémit en apercevant les bleus. Elle retire le dernier cachet d'une plaquette de Prozac, s'allonge en fixant le plafond. Elle se relève peu de temps après, se dirige, décidée, jusqu'à son dressing. Elle passe devant les chemises de Jérémie rangées par couleur, ses jeans alignés par marque. Sous l'un d'eux, elle extirpe d'une boîte cachée un mini-short bleu électrique, une brassière rouge et des Stiletto à paillettes. Elle enfourne le tout dans un sac Vanessa Bruno puis dévale l'escalier. Légère comme une plume, elle lance à la bonne :

— Dites aux enfants et à mon mari que je suis à une réunion de l'école.

23

Clara a déjà rencontré des informateurs dans un café, sur un banc de quai de gare ou à la buvette d'un aéroport. Elle a reçu des rapports confidentiels par email, des plis dans sa boîte à lettre ou glissés sous sa porte. Mais personne ne lui a jamais donné rendez-vous de façon virtuelle, dans un cybercafé. Elle se souvient des angoisses de Sébastien lorsque Kadhafi voulait la peau du management européen de Folman Pachs. Elle voit mal son journal se lancer dans la couverture d'une véritable « affaire ». Entre ses annonceurs banquiers et son actionnaire industriel, il y a bien trop de personnes à ne pas gêner. Et « l'Europe fait fuir le lecteur » répète le rédacteur en chef à chaque fois qu'un journaliste tente de proposer un sujet.

Elle avance dans la bruine rue du Faubourg-Saint-Denis, se motive : peut-être parviendra-t-elle à lui soutirer une information sur Antoine ? Est-il marié, père de famille ? Sa chevelure gonfle avec l'humidité. De dos, on dirait une rasta en tailleur Monoprix. Elle ressort le papier que lui a donné Sébastien, ce matin, au café des Fontaines. Au sein de sa rédaction, elle l'a toujours défendu. Parrain de Théo, il a brillé par son absence. Elle a du mal à lui en vouloir : il ne s'occupe pas de ses filles. Comme pour la plupart des hommes qu'elle côtoie — des cadres supérieurs, surdiplômés, approchant la quarantaine et le cénacle des grandes entreprises —, la vie de Sébastien est une succession d'emails, de réunions et de mémos à produire. Ils portent beau. Souvent, ils s'effondrent en larmes après leur entretien annuel d'évaluation. À poste équivalent, les femmes râlent, gémissent devant la difficulté de gérer vie professionnelle et privée. Elles veulent percer le « plafond de verre », être traitées en égales. Elles oublient : les enfants sont le dernier rempart avant la banquise, l'aliénation. Vouloir le pouvoir rend fou. L'avoir tue à petit feu.

Rue du Paradis, Clara pénètre dans le cybercafé, auberge espagnole de l'humanité globalisée : Russes, Kurdes, Indiens, Marocains, *gameurs*, où nostalgiques sont aimantés par leur écran. Un quadra vérifie le cours de l'or. Une punkette à la crête rose fluo glousse devant Facebook. Au mur, un paquebot file glorieusement sur une mer de rêve, vantant la douceur des croisières Costa en mer Égée. Tous baignent dans l'odeur de mouton grillé et d'oignons frits du vendeur de kébabs voisin, meilleur restaurant « World » du guide *Fooding 2011*. Elle achète un forfait « Liberté » pour trente minutes d'accès à 5 euros. Elle cherche un poste, à l'écart. Une lumière bleue, celle d'une voiture de police en patrouille, envahit le cybercafé. La punkette grommelle :

— Qu'est-ce qu'ils ont les keufs ce soir ? C'est la rage ou quoi ?

Clara suit précisément les instructions de Sébastien : sur TOR, un navigateur dit sécurisé, elle entre l'URL indiquée, un webmail inconnu, puis les identifiant et mot de passe. Neuf messages, postés de bradenbourg@yahoo.com, attendent d'être lus. Chacun a pour objet un nom de pays de la zone euro. Elle ouvre le premier au hasard. Pas de message, juste deux pièces attachées : un document Adobe (de l'anglais juridique, incompréhensible, à première vue un contrat) ; une feuille Excel avec, sur quatre colonnes, des listings de noms et chiffres. Le tout estampillé « *EU Restricted Access* ». Utilisant l'avatar transmis, elle ouvre une fenêtre de *chat*. Un premier message s'affiche immédiatement :

— Enquête et ne dis rien à B.

Sébastien ne devrait avoir aucune inquiétude. Clara et Bertrand ne parlent que logistique. De peur de vider leur sac et d'en rester là.

— Marre d'avaler des couleuvres ? tapote-t-elle en soupirant.

Des lettres clignotent.

— Fais ton boulot. Jusqu'au bout pour une fois.

Elle s'énerve :

— Depuis quand tu me donnes des leçons, toi *le bankster* ?

La fenêtre de dialogue disparaît d'un coup. À l'autre bout de Paris, Sébastien s'est déconnecté. Elle tente de le joindre sur son portable. Messagerie. Le temps que le téléchargement des pièces attachées de chaque email soit terminé, elle jette un œil par la baie vitrée du cybercafé. Une Chinoise fait le trottoir. Elle appartient à « l'équipe de nuit », les filles débarquées vers 20 heures par camion à la porte Saint-Denis, un peu avant l'arche. On leur a promis un emploi de secrétaire en Europe, confisqué leur passeport. Elles auraient tout aussi bien pu être mariées de force. On les appelle les « marcheuses ». Pour ne pas être accusées de racolage, elles ne doivent jamais s'immobiliser. La fille déambule comme un lion en cage, en regardant ses chaussures, sur un périmètre de dix mètres carrés. Clara la voit grelotter. Un type arrive, aussi mal à l'aise qu'elle. Elle se cherche une contenance, donne son prix. Ils partent à la recherche d'un recoin mal éclairé. Tout se passe à même le bitume. Quel âge a la fille ? Les vrais journalistes restent dans la pénombre. Ce rendez-vous virtuel, expéditif et impersonnel avec Sébastien ressemble à une mauvaise passe. Clara commence à ramasser ses affaires, déçue de ne pas avoir pu lui parler d'Antoine. Une voix juvénile à l'accent méditerranéen l'interrompt :

— Salut Mademoiselle ! Alors, on squatte les cybers pour se rencarder incognito !

Du duvet sur les joues, les yeux pétillants, le garçon est en pleine mue. À quelques années près, il pourrait être un copain de Théo.

— Je vous demande pardon ?

— Ben ouais, tu cherches un mec ? T'oses pas consulter les sites d'annonces de chez toi de peur de te faire coincer par ton Gérard ?

— Mais…

— Mais attends… j'te connais, toi. Laisse-moi cogiter…

Il se penche sur son visage, l'inspecte de profil :

— Ça y est, j'y suis. Tu présentais la météo sur M6. Waouh… Tu rends mieux en vrai qu'à la télé !

Clara n'a jamais travaillé à la TV, qu'elle méprise. Son visage apparaît çà et là dans les journaux, au gré de ses éditos. Elle n'a jamais percé. Elle veut abréger.

— Bon, alors, qu'est-ce que tu nous mijotes ? Fais voir !

Le garçon tourne l'écran de Clara, ouvert sur l'un des fichiers Excel transmis par Sébastien.

— Eh, oh ! Faut pas laisser traîner ce genre de trucs, Mademoiselle. J'ai rien vu moi, hein ! s'exclame-t-il avec un pas de recul.

Clara sort de sa torpeur, ferme les documents et les enregistre sur une clé USB. Il rabat la capuche de son sweat-shirt, comme à chaque fois qu'il croise une caméra de surveillance. Tout le temps.

— Pour ce que ça vaut ! maugrée-t-elle.

Elle efface les copies de sauvegarde enregistrées automatiquement par l'ordinateur du cybercafé.

— T'as raison, Mademoiselle, commente le garçon en continuant à jouer d'un œil à StarCraft en réseau. On n'est jamais trop prudent.

Sur le trottoir, elle tente de rappeler Sébastien. Messagerie. Elle a l'habitude. Les vrais hommes et femmes de pouvoir ne décrochent jamais quand on les sonne. Ils rappellent, exigent une disponibilité totale.

Clara remonte la rue du Faubourg-Saint-Denis, grasse et décatie. Des cartons dépassent des poubelles : mangues du Pakistan, tonneaux de riz, sachets éventrés de clous de girofle. Elle cherche la Chinoise, se demande si elle aussi a déjà terminé, si elle s'en sortira. La voiture de police croise plus bas, au coin de la rue de l'Échiquier, là où Sarkozy avait installé son QG de campagne en 2007. Bertrand détestait y venir. Il s'était acheté une bombe lacrymogène pour traverser le quartier. Il a toujours eu peur de tout. Quand il prend l'avion, il met un cadenas sur sa valise et un petit nœud de couleur, pour la reconnaître.

Devant Chez Jeannette, haut lieu du boboland, des échoués de la loi Évin discutent, verre et cigarette à la main. Ils triment dans la publicité, veulent se démarquer, se faire repérer. Borsalino, cheveux mi-longs rabattus sur le visage style « décoiffés », cartons de dessin sous le bras, ce sont des « mêmes ». Ils se saignent pour s'acheter la dernière veste Kooples et ressembler à Beigbeder. La société accède à chacun de leurs désirs. Jamais ils n'ont été si malheureux. Ils appartiennent à une génération qui va au casse-pipe armée de son smartphone. De l'intérieur du bar, Deezer crache une musique numérisée : Placebo, *You don't care about us.* Brian Molko entame le deuxième couplet. Sur le trottoir une fille se trémousse. Son tee-shirt ondule : *Originality is dead.*

Clara plonge dans ses souvenirs. En rythme avec la batterie, nu au pied de son lit une place, Antoine mime le bassiste en transe. Depuis combien de temps n'écoute-t-elle plus de rock ? Bertrand l'a mise à Cesaria Evora ; Anne Sylvestre et les comptines ont écrasé la trip hop. Mais où sont passés ses souvenirs ? Clara est prise d'une envie de textes sans enjeu, de bons gros sons. D'amour. Elle veut lâcher son sac, son portable, Sébastien, ses fichiers à la Clearstream dont elle se fout. Elle tente de lisser ses cheveux, remet du gloss. Elle entre dans le bar bondé resté dans son jus depuis les années soixante. Moulures, chaises en formica, patine et miroirs usés, son décor est copié jusqu'à Shanghai.

Elle commande un verre de Merlot à un serveur tout en sourire. Elle se sent un peu cougar dans cette meute de « culturels créatifs » qui cartonnent au SMIC. Elle n'a rien mangé de la journée, s'autorise trois cacahuètes, puis toute la soucoupe, a de plus en plus soif. Au bout du troisième verre, elle dit d'une traite au serveur au regard rieur qui l'abreuve aussi en chips :

— J'ai un mari, deux enfants, trois téléphones et pas d'amant. Je suis une bête de cirque, une bête de ce cirque. Les forces de mort ont gagné. La vie a déserté. Antoine est revenu. Il va tout changer.

Joueur, le serveur la ressert :

— Eh bien, ça, c'est la tournée d'Antoine !

Il aurait pu la détruire cent fois, la faire enfermer pour homicide involontaire. Il avait menti à l'enquêteur, ne l'a pas oubliée. Et si c'était cela, être aimée : ne jamais croire en la fin ? Soudain très forte, affamée, elle se redresse. Ses yeux s'attardent sur le serveur à la dégaine de footballeur argentin après le match. Elle aime ses cheveux noirs épais jusqu'aux épaules, son teint mat, ses traits grossiers, sa poitrine rebondie coincée sous un tee-shirt Puma bleu pétant. Elle a envie de l'embrasser à pleine bouche. Disparaître. Elle y pense un instant. Son portable vibre. Un SMS de Bertrand la rappelle à l'ordre.

— Où es-tu ?

« Au bord de l'implosion », répond-elle intérieurement. Elle appuie sur la touche « Supprimer ». Elle avale son verre, cul sec, adresse un clin d'œil au serveur, laisse un billet de 20 euros sur le zinc. Elle se réjouit du lendemain, a retrouvé l'appétit. Cela fait un siècle qu'elle n'a pas senti cela.

Prête à déterrer ses fantômes, elle rejoint la station Bonne-Nouvelle avec une impression rare de légèreté. Elle ne remarque ni la prostituée chinoise, celle qui était devant le cybercafé, qui tapine à la bouche du métro, ni Polach qui monte dans la rame voisine et la suit jusqu'à chez elle. À l'intérieur de son sac, la clé USB rebondit.

24

Au volant de la voiture de sa femme, Jérémie remonte l'allée. L'éclairage automatique anticipe sa trajectoire. Il contourne la Lamborghini indomptable plantée devant le portail. Alison n'y a pas touché : les hommes n'aiment pas prêter leurs jouets. Jérémie traverse sans sourciller le nouveau paillasson acheté par Alison cette après-midi, sous l'effet du Prozac :

A desesperate housewife lives here.

Il repousse lentement la lourde porte d'entrée de son hôtel particulier. Il traverse le corridor en damier, ignore l'immense échelle dogon qu'il s'est offerte, chez Sotheby's. Il voulait se rapprocher des dieux. Il s'est acheté son ciel contre un gros chèque. Il s'affale mécaniquement dans le salon, baigné par l'obscurité. Il tente de reconstruire sa journée, l'hôpital Bichat, son père, la gourmette, Gao. Les appliques Ingo Maurer s'allument d'un coup. Des anges sur un fil de fer le tirent de sa torpeur. Selon l'ombre projetée, ils se transforment en chauve-souris.

— Ah ?... tiens... t'es là ? balbutie Alison, le doigt sur l'interrupteur.

— Ben oui, c'est encore mon salon, non ?

À cette heure-là, ils ne se croisent plus. Ils font chambre à part depuis des mois. Alison aurait besoin de ses huit heures de sommeil pour être en forme. Jérémie ronflerait. Ou comment excuser le désir quand il a disparu.

— Quoique… reprend-il, dubitatif, balayant la pièce du regard. Tu n'aurais pas encore changé le canapé ?

— Tu as remarqué ! répond Alison, triomphante.

Elle tourne autour de sa dernière acquisition, s'approche de son mari.

— Il est dans toutes les revues de déco depuis le dernier Salon de Milan ! Je l'ai commandé dans ta couleur préférée. Ils appellent cela « miel des cimes ». Il est beau, non ? Tu ne trouves pas ?

— Écoute, il est deux heures du matin, j'ai eu une journée un peu compliquée, alors la couleur de ton canapé, franchement, ciel des mines…

— Miel des cimes !

— Oh, écoute, gémit-il. Avec toi, j'ai à peine le temps de m'habituer. Encore un de tes TOC.

— *What ?*

— Tout changer, là, tout le temps ! Et d'ailleurs, qu'est-ce que tu fais debout à cette heure-ci ? Et c'est quoi ces chaussures ? Tu les as trouvées à Pigalle ou quoi ?

Sa paire de Stiletto rose pailletée de douze centimètres à semelles compensées pend au bout de son bras droit, Alison pique un fard.

— Oh, ça… c'est rien, juste un déguisement. Je t'en parlerai un jour. C'est pour une fête surprise… *you know*… je n'ai rien le droit de dire, invente-t-elle, dissimulant les « chaussures de danse » dans son dos.

— Encore un trip avec tes copines du Racing ! Tu devrais surveiller tes fréquentations, la raille-t-il. Remarque, cela me change de vos compét' de cannelés.

Après leur départ de Hong Kong et leur tour du monde, ils avaient atterri à Paris, de guerre lasse. Alison avait décroché du monde du travail. Un bilan de compétences avait conclu à une erreur d'orientation, lui conseillant une reconversion dans les métiers du soin. Elle s'était mise à la cuisine avec acharnement.

Passé les préliminaires d'usage, Alison se rappelle soudain :

— Comment va ton père ? Qu'ont dit les médecins ?

— Cerveau inondé. On verra quel légume il sera à son réveil.

— *Jesus !* Dès qu'il sort, on le prend avec nous quelques jours, ça lui fera du bien. Tiens ! On pourrait l'emmener à Deauville. Il adore voir la mer !

— N'y pense pas une seconde. Il ne s'est jamais occupé de moi. C'est l'heure de passer à la caisse.

— Allez, tente Alison en s'approchant, ce doit être dur pour toi de le savoir là-bas.

— Tout se paye dans la vie. *End of the story*, comme on dit chez toi.

— Comme tu voudras, dit-elle en s'asseyant. Mais au fait, tu n'es pas resté à l'hôpital jusqu'à maintenant ?

— Euh non… j'ai traîné.

À la sortie de l'hôpital Bichat, Jérémie a fait trois tours de périphérique. Calé sur l'une des files du milieu, il a tourné autour de Paris sans réfléchir, le régulateur de vitesse sur 90. Incapable de se résoudre à rentrer chez lui, rassuré par une voiture qui lui obéissait enfin, Jérémie a fini la boîte de mouchoirs de la Mini en conduisant, les yeux et le cerveau embués. Allait-il devenir orphelin ? Cela changerait-il quelque chose ? Sa mère était partie en vingt-quatre heures, juste après leur mariage. Elle avait caché sa maladie, ne voulant pas lui gâcher son bonheur. Elle était morte seule dans son appartement de Chatou, où elle l'avait élevé depuis le divorce. Obnubilé par sa vie à l'autre bout de la Terre, ses week-ends en jonque avec Alison, il n'avait pas vu sa mère sombrer. Depuis, il refuse sa condition de fils, pense ainsi dompter son chagrin. Son père vivant, il l'évite. Mort, il lui manquera pour toujours.

— Tu te rends compte que le toubib de mon père porte un tee-shirt d'AC/DC sous sa blouse et une gourmette de communion ! J'ai cru que c'était l'interne. C'est le putain de chef de service ! Mon père, se lamente-t-il, entre la vie et la mort dans les mains d'un gamin !

Attendrie, Alison pose une main sur son genou droit qu'il agite nerveusement.

— Tu as reçu mon SMS ? Je voulais des nouvelles…

Femme de rêve, vie de château, enfants si parfaits qu'ils semblent s'élever tout seuls, job au-dessus de la mêlée et souvent des lois, Jérémie plane, dégagé de toute gravité. Chaque opération est un saut périlleux, Saint-Cloud l'ennuie, il passe à côté de son rôle de père. Tout cela est trop grand pour lui, il s'en remet à Alison, solide, intelligente. Inébranlable. Il méconnaît sa chance, ignore ce que cela lui coûte, à elle.

— Excuse-moi, chérie… J'ai décroché, j'avais besoin d'être un peu seul. Et puis Seb m'avait donné RDV au Winston. Soi-disant il avait un truc hyper-important à me dire. Soi-disant, attends… comment il a dit ça déjà… « J'étais le seul à pouvoir l'aider. »

— Et ?

Avec sa décoration de club anglais, le Sir Winston est le point de ralliement des jeunes loups de la finance et de la politique. Jérémie avait poireauté au bar, épuisant seul la carte des whiskies comme un vieux beau à la recherche d'une proie à la tête et aux journées bien pleines.

— Sébastien n'est pas venu. J'te jure, ces mecs de Folman... Mais Seb, il est sur les dents en ce moment.

— Avec un job pareil, franchement... commente Alison. Et tu sais ce qu'on dit ? fait-elle, malicieuse.

— Non, répond Jérémie en caressant le canapé.

— « Ce n'est pas un signe de bonne santé mentale que d'être bien adapté à une société malade [1]. »

— Tu dis ça pour moi ? Encore un de tes trucs de yogi ! se renfrogne-t-il. Non... Seb, je ne l'ai jamais vu dans cet état. Et des gens au bord du précipice, tu peux me croire, j'en vois tous les jours. Je ne sais pas encore dans quelle affaire il a fichu son nez...

— *I am so tired*, le coupe Alison en se levant. *Darling,* franchement, si c'est une sale affaire, tu es forcément au courant.

Folman Pachs croule sous les procès. La justice n'a réussi qu'à infliger des amendes ridicules. Des auditions potentiellement explosives sont annulées au dernier moment. La firme veut éviter le grand déballage de la couscoussière. Elle préfère négocier à huis clos, acheter un silence, même quelques centaines de millions, plutôt que d'expliquer son concept d'« information partielle » : travailler contre l'intérêt de ses clients. Aucun patron de Wall Street n'a été jugé depuis 2008. Mais un jour quelqu'un devra « opérer » Folman, débarrasser la firme de tous ses corps nécrosés, la rafistoler pour la rendre présentable. Jusqu'à la prochaine révélation. Il faudra alors réopérer. Sébastien a probablement voulu le prévenir. Jérémie est de plus en plus souvent « la seule personne à pouvoir aider ». Et au fond de lui, cela l'effraie. Il a assuré ses arrières, investi dans les nanotechnologies, acheté des terres en Argentine, quarante-trois appartements aux enchères, à

1. Jiddu Krishnamurti.

même la rue, à Miami et Chicago, en 2008. Il a mis sa famille à l'abri, est de moins en moins sûr de savoir ce que cela veut dire. C'est l'effet pervers de la mondialisation, l'incroyable interconnexion des destins. Le 0,001 % peut retourner le problème dans tous les sens. Sur cette terre, riche ou pas, personne n'a vraiment de plan B.

25

Clara rentre sur un nuage de sa virée dans le Xe arrondissement. Grisée par ses quatre verres de vin et les yeux rieurs du serveur argentin, elle pense à Antoine en poussant la porte de l'appartement. À la vue des photos pendues au mur de l'entrée, elle retombe sur terre. Les trophées de la vie familiale sont plongés dans le noir. Elle s'y attarde un peu : avec Bertrand, aux Bahamas ; avec Théo, à Shanghai ; avec Lucie, à Séville : deux puis trois puis quatre personnes, sa famille. Papiers, sourires et peinture se fanent. Clara et Bertrand n'ont rien accroché depuis le siècle dernier. Si elle ne réagit pas, elle sera bientôt comme elles : une nature morte, un peu jaunâtre.

— Mamaaaaan, pleurniche sa fille.

Clara lâche ses affaires dans un soupir de découragement. À moitié endormie, Lucie est étendue sur le parquet. Elle la guettait, comme à chaque fois que Clara rate les retrouvailles de 19 heures. Au journal, elle consulte en cachette les photos de ses enfants stockées par centaines dans son smartphone. Elles la consolent, lui rappellent qu'elle a une autre vie. Les retrouver le soir devrait être une libération, le sens de ce destin absurde. Elle aimerait enfiler illico le costume de la mère parfaite, être totalement à eux. Elle débarque harassée. Elle s'énerve, juge, culpabilise. Elle « gère » ses enfants, évite les devoirs, redoute ses maigres heures avec eux, le « tunnel du soir », bain-dîner-histoire. Tapie dans un coin si elle est encore là, la nounou tente de se faire oublier. Elle assiste à la scène, affligée. Payer une inconnue en mode survie pour avoir le privilège de passer sa journée loin de ses enfants et rentrer le soir pour leur hurler dessus : c'est donc cela l'émancipation féminine ?

Clara recouche sa fille et s'allonge à ses côtés. Lucie s'accroche à elle comme à une bouée en pleins quarantièmes rugissants. Elle pourrait dormir là, prétextant les cauchemars de son enfant pour éviter le lit conjugal. Lucie desserre peu à peu sa prise. Rassurée, elle s'abandonne. Clara referme la porte. Elle longe le couloir pour éviter le double salon-salle à manger éclairé.

— Tu rentres tard, t'étais où ? s'exclame Bertrand.

Ils ont acquis les pièces maîtresses de leur mobilier sur leur liste de mariage chez Pottery Barn, une chaîne de magasins que Clara adorait quand elle habitait à New York. Canapés cosy, fauteuils clubs, bibliothèque en acier, du solide prêt à résister à toute épreuve, parés pour « le pire et le meilleur ». Bertrand a ramené quelques objets de ses voyages, comme le tapis de montagne pakistanais sur lequel elle le trouve installé. Il est pieds nus, en bermuda de toile sous l'une de ses vingt-cinq chemises bleues Alain Figaret. Les yeux rivés sur un document, il travaille à même le sol, des dossiers éparpillés autour de lui, un plateau ravagé du Sushi Shop sur la table basse en teck indonésien et la radio branchée sur Nostalgie.

— Pourquoi tu ne m'as pas rappelé ?

— Plus de batterie… désolée, répond Clara.

— Pas mal, le coup de la batterie ! J'ai appelé au journal. Personne ne savait où tu étais.

À la radio, Eric Carmen entame *All by myself*, guimauve indigeste au succès planétaire : « Quand j'étais jeune, je n'avais pas vraiment besoin de quelqu'un, je faisais l'amour pour m'amuser, mais ce temps est terminé. »

— J'avais un article à finir. Je n'y arrivais pas à la rédac', improvise Clara. J'avais besoin de changer d'air, je suis allée dans un café.

— Dans un café, toi ? Quel café ?

« Maintenant seul, je pense à tous mes amis perdus, et quand je les appelle, il n'y a jamais personne au téléphone... »

— Celui... là... en bas du bureau. Tu me fliques ou quoi ? s'agace-t-elle alors que sur Nostalgie Eric Carmen attaque le refrain, insupportable : *All by myself, don't wanna be...*

— T'as raison : je n'ai que ça à faire, se moque-t-il en fermant l'un de ses dossiers.

Les oreilles au supplice, Clara pourrait hurler.

— C'est quoi cette musique ! Et pourquoi pas Dick Rivers tant que tu y es ?

Excédée, elle coupe la radio.

— Et dans ton café, dis-moi, tu n'aurais pas croisé Antoine par hasard ?

— Tu vas être déçu mais non, pas d'Antoine ce soir.

Elle a prononcé son prénom simplement. En quinze ans de vie commune, ils n'ont jamais abordé le sujet. Elle se cherche une contenance. Ce sera des reproches :

— Tu pourrais faire un effort : Lucie était allongée sur le parquet !

— Ah bon ? Ils étaient dans leur lit quand je suis rentré.

— Et la nounou ne t'a rien dit ?

— Je n'ai pas demandé. Pourquoi ? J'aurais dû ?

— Laisse tomber. Je vais me coucher, je suis morte.

Elle se dit que le couple est une désillusion qu'on partage jusqu'à la mort. À moins d'en faire le deuil. Elle s'accroche en pensant à Antoine : par ici la sortie ? Bertrand relève la tête, la dévisage, plisse les yeux. Il s'est réveillé avec l'envie de bien faire, d'y croire encore. Le soir, il n'a plus rien à dire à sa femme, ne peut que l'agresser. Il est tellement exaspéré qu'il ne se mordille pas la bouche. Pas l'once d'un remords. Les jours de mauvaise foi, il lui reproche ses humiliations quotidiennes au ministère. Si Clara ne s'était pas accrochée à cette première grossesse juste après leur mariage, ils auraient pu partir voyager, tenter une autre expérience à l'étranger. Il aurait pu alors passer le concours du Quai d'Orsay et non intégrer Bercy, devenir diplomate et non croupion d'un mauvais casino. Il serait alors planqué dans une ambassade et pourrait se consacrer à l'écriture d'un roman d'espionnage sur fond de France-Afrique. Là, tout de suite, il la rend responsable de tout, veut la démolir.

— Attends, j'allais oublier.

— Quoi encore ?

— Je crois qu'elle a donné sa dém'.

— Qui ?

— La nounou.

Clara se retient à l'embrasure de la porte. Ses rêves de retrouvailles s'effondrent.

— Mais… tout de suite, là… ce soir ?

— Oui, elle a laissé ses clés sur la commode de l'entrée. Il y a une lettre pour toi, tu verras, c'est assez drôle.

Elle remonte le couloir en maugréant, repasse devant ses photos trophées qui ne veulent plus rien dire.

— Une lettre ? Tu te moques de moi. C'est pas possible… c'est pas possible. Pas maintenant…

Un petit mot est posé sous un trousseau de clés :

Madame, je dois d'urgence rentrer dans mon pays. Et en plus, je vous aime pas. Vous êtes raciste.

— Raciste ! s'exclame Clara.

— Ouais, pas mal envoyé, hein ? la raille Bertrand venu derrière elle.

Depuis la naissance de Théo, douze nounous se sont succédé. Clara a tenté de comprendre l'itinéraire de chacune, leur motivation. Elles commençaient toutes par dire qu'elles « adoraient les bouts de chou ». Pour la plupart, c'était la dernière alternative au trottoir. Clara connaît les avantages compétitifs des unes et des autres par pays d'origine. Les Marocaines, gaies et volubiles. Les Chinoises, conciliantes, très prisées par les accrocs à la performance : apprennent aux enfants le mandarin dès le berceau. Les Philippines, des perles, stars de la profession : dociles, appliquées, laissent une maison impeccable et cuisinent léger. Les Ivoiriennes, chaleureuses mais mystérieuses, écorchées vives : vous explosent à la figure sans prévenir. Elle pourrait établir un guide, une sorte d'index anthropologique des nounous. Ou une série TV aux multiples rebondissements avec tout ce qui a pu lui arriver : récupérer ses enfants au poste, dans une cabine téléphonique, au bar du coin accoudés devant des Vodka Orange, au Lavomatic faisant leurs devoirs. Ou encore surprendre sa nounou dans son lit à elle avec un inconnu, en transe devant une bougie, en larmes parce qu'elle s'est fait taper dessus. Clara a tout essayé : l'empathie, les cadeaux, les avertissements. Chacun de ses contrats s'est soldé par un drame. L'une a les enfants, l'autre l'argent. Jeu à somme nulle qui finit toujours mal.

— J'ai plein de boulot, gémit Clara

— T'as surtout Antoine à voir, non ?

— Mais comment on va faire ?

— Comment « tu » vas faire ! s'exclame Bertrand en replongeant dans ses dossiers. La nounou, c'est un truc de « mère ». C'est pour que tu puisses bosser qu'elle est là d'ailleurs. Demain, j'ai les sbires du ministre de l'Économie sud-africain. On doit verrouiller la feuille de route du PR dans trois jours. D'ailleurs, j'en suis, je t'ai pas dit ?

Il va s'absenter quelques jours. Ce n'est pas vraiment une mauvaise nouvelle. Douchée, Clara se dirige vers leur chambre. Il crie de plus en plus fort :

— On embarque une délégation de patrons du CAC. On fait ça pour eux, pour doper leurs ventes à l'international. T'imagines même pas le mal que j'ai à les convaincre de nous accompagner. Soi-disant, c'est une perte de temps, que du flan. Ils se rendent même pas compte de tout ce que l'on fait pour eux. Que des crevards à se répandre dans les journaux sur notre prétendue nullité ! Bon, tu m'excuses maintenant, j'ai une note à finir…

Elle claque la porte, abandonnant sac à main, téléphone et clé USB dans le couloir de l'entrée. Bertrand le contemple, considère un temps l'idée de le fouiller. Il pourrait consulter la liste des derniers appels, lire ses emails, trouver peut-être des mots doux. Comprendre ce que trafique sa femme. Il hausse les épaules et retourne à ses dossiers. Ses priorités.

26

Dans les premières lueurs du matin, Polach accélère le long des rails du réseau Nord, insensible à la toile de son jean sombre qui frotte contre ses cuisses. Poussé d'Islande, le froid est revenu dans la nuit. Une masse gît en contrebas des voies. Il s'approche du talus en friche, manque de glisser sur les graviers couverts de givre. Un corps déchiqueté est jonché de sacs plastique. Le soleil pointe, rasant la dépouille. Un prospectus déteint dans le sang coagulé : « Leclerc : Non à la vie chère ». À quelques mètres, entre deux cannettes et un extincteur éventré, un smartphone clignote. Polach enfile des gants. L'écran d'accueil s'illumine, laissant apparaître deux petites filles en tout point identiques devant Mickey, à Eurodisney. Il enclenche le numéro du dernier appel, annonce :

— Il est mort.

Polach raccroche, compose un numéro, prend un accent du Maghreb : il indique la localisation de l'accident. Avec un trombone sorti de sa poche, il arrache la carte SIM, écrase l'appareil avec son pied, détale en sens inverse dans le petit matin en maugréant : un drone de surveillance croise au-dessus de lui. Couvert de tags, un rideau de béton sépare la voie ferrée d'une cité HLM : quelques *Angry Birds* puis une immense paire d'yeux en noir et blanc, photographie du graffeur JR.

À deux kilomètres au sud le long des mêmes rails, à la station Sarcelles du RER, les voyageurs s'impatientent. Ils s'accumulent sur les quais, forment des poches compactes prêtes à crever et à se déverser dans les rames. À l'approche, le conducteur du train inspire calmement, très concentré. Maladresse, bousculades, suicides… il n'arrive pas toujours à éviter un carnage à l'heure de pointe.

En retrait sous l'un des lampadaires du quai, Antoine repère l'édito de Clara dans le journal du jour. Il s'attarde sur son portrait en quadri couleur de mauvaise qualité, accolé au texte, quand le haut-parleur tousse et crache :

« Suite à un incident voyageur sur les voies du réseau Nord, le trafic de la ligne D est très perturbé. Nous nous excusons pour ce retard indépendant de notre volonté. »

— Encore un qui a tenté de se suicider, trépigne un type devant les portes qui ne s'ouvrent pas. Il ne peut pas penser aux autres celui-là ! Et aller faire ses affaires ailleurs ? Mon patron va encore me sucrer ma paye !

Machinalement, Antoine se connecte sur le site de France Info. Il découvre la une en page d'accueil, lâche son journal, remonte le flot des passagers jusqu'à la sortie en les écartant avec ses coudes.

Les premiers rayons réchauffent la coupole est de la basilique du Sacré-Cœur. L'avenue de Trudaine dort encore. Le dernier camion poubelle tourne dans la rue des Martyrs. En caleçon et tee-shirt de coton, Bertrand ouvre d'un coup sec les rideaux de la chambre. Les pots d'orchidées desséchées se répandent sur la moquette. Clara cache sa tête sous l'oreiller en plumes, râle de soulagement : dans son rêve, Antoine s'approchait langoureusement de la punkette à crête fluo du cybercafé, l'ignorant superbement. Agité, Bertrand saisit la télécommande.

— J'aurais dû faire quelque chose, merde ! s'énerve-t-il en zappant.

— Quoi encore… Qu'est-ce qui se passe ? maugrée Clara, à peine audible.

— C'est pas possible, pas possible je te dis. Regarde !

Clara se dresse péniblement. BFM TV annonce la dégradation de la note de France par Moody's. Les experts se relaient face caméra pour déclarer, la mine contrite : « Je vous l'avais bien dit. Bientôt la faillite. Nous serons la Grèce du Nord ! » L'énième intoxication des gouvernements européens sur la fin de la crise de l'euro n'a pas suffi.

— Oh, encore ! Depuis le temps qu'on l'annonce. Ça fait un bail que les marchés ont anticipé ! commente Clara en se rallongeant.

Quand même, Antoine allait-il embrasser la punkette ? Pourquoi elle ?

— Non, attends, je ne te parle pas de ça ! Regarde, je te dis ! ordonne-t-il en s'asseyant.

La télécommande s'échappe de ses mains, rebondit et échoue sous le lit. De guerre lasse, Clara se redresse pour de bon. À l'écran une scène de crime : une ambulance près des rails, un corps dans un sac mortuaire, un service de police qui mouline des bras pour chasser la caméra. Puis la photo de Sébastien, en gros plan. En titre : « Disparition du patron de la communication de Folman Pachs ». Le diaphragme transformé en flipper, Clara se précipite vers les toilettes pour vomir. Venant du couloir, la voix de Théo la stoppe net :

— Maman, t'es réveillée ?

Debout dans sa chambre, son pyjama de travers, elle supplie Bertrand, pétrifié :

— Coupe… mais coupe la télé…

Pris de court, il cherche la télécommande.

— Mais, mais… c'est parrain Seb, bégaye leur fils sur le pas de la porte. Mais… qu'est-ce qu'il a ? Pourquoi il est à la télé ?

Clara l'attrape, le détourne de l'écran, fixe l'image. Elle le serre contre elle. Une éternité que ce n'est arrivé.

À Londres, ce matin-là, Folman Pachs organise un petit déjeuner avec ses meilleurs clients dans les salons du Glazier Hall. La firme présente ses prévisions pour l'année 2013, la soupe habituelle : des marchés en pleine forme, des pays à maintenir sous surveillance (« Nous recommandons, en France, une baisse des salaires de 30 % »), des tensions sur les matières premières. Perblood reçoit l'appel de Polach juste avant de monter sur scène pour une séance de questions/réponses. Avec Sébastien, ils ont tout écrit à l'avance : le « *no comment* » sur le comportement de Kamflin, la justification des 100 milliards de bonus versés au titre de 2012, les démentis multiples et variés dont celui sur une manipulation du cours de l'or. Le patron de Folman Pachs Europe rajuste son sourire d'oligarque, prend la parole devant un parterre d'analystes et d'investisseurs au garde à vous. Son petit déjeuner, un sandwich bacon-Nutella, lui pèse sur l'estomac. Obsédé par la gestion de son temps, il ne fait que deux repas par jour, six mille calories en deux prises, aux aurores puis vers 17 heures. Jugeant cela obscène, il ne mange jamais en public. Pendant son allocution, les « clients » apprennent la nouvelle sur leur BlackBerry. Du podium, Perblood voit leur attitude changer. Ils cherchent Sébastien Costal des yeux parmi les collaborateurs de la firme. Certains d'entre eux se mettent à filmer la scène. Perblood bute sur quelques chiffres, déclenche raclements de gorge et chuchotements. Il boit trois gorgées d'eau, desserre sa cravate. Le prochain roi de Wall Street conclut sa présentation dans un brouhaha de quai de gare. Il invoque une urgence, annule la séance de questions, s'éclipse par une porte de service, envoie voler la portière de sa berline. *Bad timing.*

De retour dans les locaux de Folman Pachs, il se précipite dans un des bureaux réservés aux collaborateurs « nomades ». Sébastien y avait ses habitudes. Irfan, jeune recrue du service informatique, un Indien diplômé de Computer Science, efface à distance les fichiers de l'ordinateur portable de Sébastien.

— Vous m'enlevez tout.

Sarah, son assistante, se précipite. Elle porte un nouveau tailleur Chloé qui souligne l'arrondi de ses fesses.

— Elle est arrivée, Monsieur le Président, dit-elle, suave mais ferme.

— Très bien Sarah, répond-il en apesanteur.

Ces deux secondes suspendues lui font un bien fou, il peut repartir à la charge. Il fonce vers la *conference room* transformée en son absence en *war room*. C'est l'une des plus belles de la City. On dirait la salle du Conseil de l'ONU. Seule assise dans l'un des fauteuils à 6 000 pounds pièce, face à la grande table ovale en acajou mahogany de Cuba, Vanessa s'acharne sur son téléphone. Perblood se plante devant elle, la dévisage de façon méprisante : elle ressemble à une poule de luxe mal lunée.

— Vanessa ! aboie-t-il.

Malgré elle, elle sursaute avec une grimace d'animal apeuré. Elle connaît ce ton. Il ne l'avait jamais vue si vieille, hésite un instant :

— Je ne vous ferai pas de dessin. La disparition de Costal est très grave. J'ai besoin de vous.

— Oui, Président, affirme-t-elle en se ressaisissant.

— Je veux un discours, un communiqué de presse, le mail à diffuser en interne. Vous me faites un truc du genre sidération/empathie avec la famille/solidarité dans les moments cruels/solidité de l'entreprise et tout le tintouin. Oui, « moments cruels », c'est bien, utilisez ce mot. Vous montez une cellule de crise avec nos avocats. Les chiens vont débarquer d'une minute à l'autre. Je compte sur vous : ton sobre, concerné, professionnel, la « stasifaction », pardon, la satisfaction de nos clients avant tout. Compris ? Je peux compter sur vous ? Vanessa… eh, oh, éructe-t-il, vous êtes avec moi ?

Les yeux de Vanessa se perdent dans Londres qui s'étire, au-delà de l'énorme baie vitrée. Réveillée par les jurons de colère de Perblood, elle a sauté dans ses vêtements. Dans le taxi pour l'aéroport, la nouvelle passait en boucle. Vanessa appela plusieurs fois Sébastien sur son portable, écoutant et réécoutant sa voix, pleurnichant de plus en plus fort. Quand Europe 1, entre l'horoscope et les pronostics hippiques, a diffusé le tube de Chagrin d'Amour, *Chacun fait ce qu'il lui plaît*, elle demanda au chauffeur de couper le son. Dans l'Airbus A 321 de 7 h 30 pour Heathrow, sa colère écrasa sa peine : elle avait un fauteuil en classe éco. Air France récupérait quelques-uns des voyageurs déboutés par le blocage du réseau Nord et des lignes Eurostar. Par « l'accident voyageur ». Le rimmel posé à la va vite dans sa salle de bains avait fini dans ses mouchoirs. Vanessa s'enferma dans les toilettes de l'avion pour se remaquiller. Ballottée par des trous d'air au-dessus de la Manche, elle appliquait du fard à paupières vert émeraude Shu Uemura quand les dernières paroles de Sébastien à son égard lui revinrent. À l'Unesco, Vanessa avait essayé de lui parler. Cela faisait quinze ans qu'elle essayait. Reine de la communication, avec Sébastien elle « tombait » toujours mal, à côté, n'avait jamais su trouver le ton juste. Face à la glace des toilettes de l'avion, elle articula ses derniers mots, méchante :

— Non mais tu t'es vue : avec tes yeux circonflexes, tes fausses lèvres, ton faux sourire… ta fausse vie !

L'hôtesse toqua à la porte des toilettes. Vanessa doubla la quantité de rouge à joues, renvoya ses instructions à Perblood : « *No comment* ».

Dans la *war room* de Folman Pachs, les yeux bouffis, maquillée comme une petite fille qui se serait ratée, elle se reprend :

— Oui, Président, parfaitement. Je suis avec vous.

— Est-ce que vous vous sentez prête ? Vous savez, je peux faire appel au cabinet Wilkinson si vous préférez. Vous n'êtes vraiment pas *la seule* à pouvoir traiter ce dossier.

A-t-il insisté sur « seule » ? Elle redresse le menton, veille à planter ses yeux dans ceux de son client :

— Non, c'est bon. *No problem*, affirme-t-elle, professionnelle tout en haussant les deux sourcils. Vous pouvez compter sur moi. Comme toujours, vous le savez bien.

— Okay… Vous avez intérêt à assurer. J'avais une intuition sur Costal. J'aurais dû m'écouter. Comme si on avait besoin de ça ! En ce moment ! Vous avez bien compris le *brief*, hein ?

— Oui, Président.

— Zéro impact sur le cours de Bourse. Le *board* se réunit dans six jours. Six jours et je peux devenir le *king* de Folman. Si vous vous en sortez bien, je vous prends dans mes bagages.

À ces mots, il obtient toute l'attention de Vanessa. Il adore ce moment, la voir devenir sa petite chose : elle se regonfle, se redresse, ses cheveux se remettent en place, ses yeux se resserrent, s'aiguisent. Il en profite, l'allèche :

— Vous pourriez quitter Public, monter votre propre affaire. Cela ne vous ferait pas rêver, vous, d'inscrire Folman Pachs Monde à votre tableau de chasse ? Ça vous sortirait de votre village ! Je ne sais pas comment vous faites pour vivre à Paris, tout y est si… ridiculement petit. Peut-être comme vous finalement…

Il la quitte sur cette remarque. Seule dans la pièce, Vanessa se retrouve face à Londres. Furieuse, elle sort un calepin, dégaine un stylo. Cherchant sa respiration, elle écrit :

— Fou, folle, fool ! *Fool my world*[1] *!*

Le calepin vole, claque contre la baie vitrée. De l'autre côté de la rue, Saint Bride's Church sonne onze coups. Avec son autel dédié aux journalistes morts durant les conflits, l'église a été reconvertie en salle de concert classique et d'événementiel d'entreprise. Vanessa avale deux cachets sans eau. Elle inspire dix fois par le nez, contrôle son ventre en fermant les yeux. Technique acquise au dernier séminaire de l'agence « Éliminer les pensées négatives pour optimiser sa performance », elle visualise ce qu'elle veut : ranger ses sentiments devenus inutiles pour Sébastien dans un tiroir verrouillé dont elle jette mentalement la clé au fond d'un puits qui finit en trou noir. Un tombeau. Vanessa décortique et compartimente ses états d'âme. Elle saucissonne ses pensées, place celles qui la dérangent en quarantaine, concentre son énergie. La pluie a cessé, cédant à un soleil insolent. Comme dans sa tête. Vanessa replace son tailleur Burberry, hausse les sourcils comme une aliénée. *Too bad* Seb, concède-t-elle en allant chercher son calepin pour se mettre au travail.

1. « Trompe mon monde. »

27

Antoine n'a pas vu Sébastien pendant quinze ans. Il l'a perdu en soixante-douze heures. L'estomac au bord des lèvres, il court loin de la gare RER, remonte les rues désertes de Sarcelles. Il entre chez lui en trombe, fonce vers son placard. Il enfile une parka noire siglée Veolia, attrape son casque de moto, ses clés.

La Hayabusa lancée sur le périphérique, il balaie les options : passés quarante ans, les types qui ont foncé tête la première dans des carrières à spirale tombent comme des mouches. L'agenda surchargé de rendez-vous inutiles dédiés à des projets sans valeur, ils n'ont le temps de rien. Ils font le bonheur de leur hiérarchie. Pour leur famille, ils sont « l'homme invisible ». Leurs enfants les appellent Monsieur. Ils leur répondent par une paire de claques. Ils n'ont plus que cinq ans pour sortir du lot. Après ils seront « seniors », trop chers, trop vieux. Ils ont été les « petits jeunes qui montent ». Arrivés au sommet, il n'y a plus personne, rien à gravir. L'entreprise a sucé toute leur vitalité. Sauf exception, la vie a passé sur eux comme un Ratrac.

Antoine se gare à quelques rues du domicile de Sébastien. Il se fond dans la masse des passants de la place de l'Étoile pour approcher. Vers quarante ans, ils commencent par avoir mal au dos, à la vésicule. Ils se sentent un peu oppressés, mettent cela sur le compte de la pollution, le manque de sommeil. Ils sont persuadés d'être les rois du monde. On les retrouve un matin recroquevillés sur leur lit, disjonctés, incapables d'en sortir, de toucher un ordinateur. Le moindre appel les terrorise. Pour la dernière génération acquise au mythe de la grande entreprise, le *burn out,* voire la tentative de suicide n'ont plus rien d'anecdotique. L'asservissement, à ce niveau de la chaîne alimentaire, sert à éviter de penser qu'on est déjà mort. Les Américains sont plus lucides : ils ne parlent pas de travail mais d'« occupation ».

Antoine se glisse derrière une femme avec poussette pour s'introduire dans l'immeuble. Méfiante, brune et mal dégrossie, elle le dévisage, se ressaisit à la vue du sigle « Veolia » sur sa poitrine.

— Je n'ai pas le bon code, s'excuse-t-il. On n'a jamais les bons codes. Je passe derrière vous, Mademoiselle.

La fille s'adoucit. À une femme qui vient d'accoucher, le coup du « Mademoiselle » fonctionne à merveille.

— Mais quand même, on ne nous a pas prévenus, s'étonne-t-elle.

— Ils sont censés le faire par téléphone. Mais avec les téléphones portables et la délocalisation de nos centres d'appel au Maroc, c'est devenu un bazar cette histoire...

Il lui tient la porte de l'ascenseur. Elle soupire de soulagement quand il emprunte les escaliers. Il grimpe quatre à quatre les marches jusqu'à l'étage de Sébastien. Il enfile des gants de chirurgien, évalue la serrure, sort un passe-partout. La porte s'ouvre en un clic. À quoi sert d'avoir placé un cerbère à ses basques si on entre chez lui comme dans un café ? Antoine déduit : Folman n'avait pas peur pour Sébastien mais *de* Sébastien. Il se glisse à l'intérieur comme un chat, sursaute en s'apercevant dans un grand miroir du vestibule de l'entrée qui le force à l'introspection. Pour qui se prend-il, après tout ?

Quinze ans plus tôt, quand le coup de sifflet du départ a retenti, Antoine était cloué à son lit d'hôpital. Jambes et cœur brisés, il est resté sur le banc pendant que le grand match des statuts et des mariages se jouait à guichets fermés. Quand il put courir à son tour, Antoine avait perdu toute motivation. Ils les trouvaient ridicules avec leurs ambitions d'arrivistes. Il partit « autour du monde », sur la route, s'inventa entrepreneur un peu hippie. De loin, il se mit à compter les galons, les unions, les enfants, les maladies, les divorces puis les morts. Il aurait pu, il aurait dû être l'un de ces cadres survoltés, confondant fuseaux horaires et maîtresses, dormant dans l'un de ces appartements de luxe qui n'excitent que leur décorateur. Il a reçu le même formatage, comme un programme d'ordinateur écrit pour la gagne. Antoine n'a jamais eu envie d'appuyer sur « on ». Était-ce le bon choix ? Il habite dans un deux-pièces sordide en banlieue, se moque de leur vie étroite de quadras survoltés. Mais est-il lucide ou jaloux ? Sa distance, sa prétendue « supériorité d'âme », ne masque-t-elle pas sa déception de ne pas en être ? Une sorte d'orgueil mal placé ? Il vit sans pression, maîtrise son temps. Il est seul, sans aucune apparence de sécurité. S'en sort-il mieux ? Antoine a échappé à la course de rats, pas aux angoisses.

Il referme la porte délicatement derrière lui, s'avance. Les fenêtres du double salon donnent sur l'avenue Kléber.

— Ah ben, mon cochon ! s'exclame-t-il devant l'Arc de Triomphe qui s'impose en enfilade.

Il est saisi par l'atmosphère de désertion. Les meubles sont recouverts de drap blanc. Il soulève le tissu : du Ikea fatigué. Des tableaux de nature morte sont décrochés çà et là, attendant sur le parquet à la française. Le directeur Europe de la communication de Folman Pachs vivait donc dans un meublé rempli de croûtes. Point de chute pour divorcé à la ramasse ? Planque ?

Sébastien était condamné à l'explosion en vol. Pas au suicide. Il a quitté terre, oublié la vie. Il s'est jeté à cœur perdu dans le travail comme d'autres se jettent dans l'amour, le sport, la politique ou la religion : pour oublier le reste. Sébastien n'en a jamais douté. Il n'avait aucune illusion sur lui-même. Rien n'aurait pu le décevoir. Tout, dans sa vie, était devenu technique. Il n'avait pas les capacités affectives de se suicider.

Une valise à moitié faite attend sur le lit : vestes en lin, polos, shorts, crème solaire, baskets, un aller simple pour Dubaï. Mise en scène ou fuite programmée ? Antoine tombe sur ce qu'il cherchait : le coin bureau, un long plateau en verre. Des fleurs séchées se désespèrent dans un vase bleu marine. Des dossiers sont empilés, les crayons tous alignés, un PC en mode veille. Un Post-It jaune poussin est collé au milieu de l'écran :

Vous pouvez bien saisir mon ordinateur, vous ne m'enlèverez pas ce que j'ai dans la tête.

— D'accord. Mais et si on te prend ta tête ? Tu y as pensé ? dit Antoine en évitant de toucher au papier.

Il effleure le clavier, l'ordinateur se ranime, bloqué sur l'écran d'accueil. Il pianote, court-circuite la procédure de sécurité, craque le mot de passe. Il passe en mode administrateur. Un écran noir s'affiche. Antoine peut dialoguer avec la machine. Il passe une série de commandes, entre dans le tableau de bord, consulte les processus en mémoire : jusqu'à six mille intrusions par jour, comme s'il s'agissait d'un serveur IBM piraté par les Chinois. Vieille tactique : un dirigeant se croit protégé sous prétexte qu'il travaille de chez lui et ne se méfie plus. Il subit des attaques en continu, n'y voit que du feu. Les ordinateurs sont des passoires : pour y accéder, il suffit d'exploiter une vulnérabilité — dont le détail est en accès libre sur les forums, de Windows 8, Adobe ou même de Chrome.

Le disque dur de Sébastien vient d'être nettoyé à distance. Antoine se retire, efface les traces de son passage. Par réflexe, il fouille la poubelle sous le plateau de verre, se fige : au milieu des pages saumon du *Financial Times*, un autre Post-It roulé en boule qu'il ouvre :

Call CA.

Pour Clara Arnoud, son nom de jeune fille.

Le souffle court, il enfourne le Post-It dans sa poche, emprunte un couloir sans fenêtre. Quelques livres — une série de *Commissaire Maigret* et des romans d'amour — bataillent sur des étagères. Sébastien était fou de littérature russe. Qu'en a-t-il fait ? Antoine remarque une photo dans un cadre en plexiglas. Hilares sur une plage, Sébastien, Alison, Jérémie, Vanessa, Bertrand, Clara et lui se tiennent par le cou. Souvenir de leurs vacances d'étudiants à Figari, en Corse, leur unique séjour en camping. Ils portent tous le même tee-shirt. Le logo de l'École s'étale sur leur poitrail, au niveau du cœur. Sans rien en dire, la plupart le gardent jusqu'à la tombe : « *Life is a week-end.* »

Quoi qu'ils en disent, les années sur le campus restent celles de « l'âge d'or », la grande fête foraine. L'École était un cocon ouaté qui n'a préparé en rien à la castagne. Sur le campus, les corps se donnaient, s'abandonnaient peu. Sports, fêtes, nuits sans sommeil, cas d'entreprises rachetés à Harvard, leur amitié a été scellée par des litres de vodka bon marché, des sentiments effleurés, une sexualité besogneuse. En réussissant les concours, ils se sont extirpés de la mélasse. Ils ont appris à boire, perdu leurs dents de lait. Un jour, ils sont tombés du nid pour se jeter seuls dans le grand bain. Ils s'en sont « sortis », ont joué aux durs, négocié ferme, entretenant leur cote auprès des cabinets de chasse de têtes de la place de Paris. Antoine n'a rien vécu de tout cela. Il a mis quinze ans à affronter son passé. Il lui revient comme un train chargé de morts-vivants.

Il ferme la porte en veillant à ne pas faire de bruit, dévale les escaliers à pas de souris. Quand, trois jours auparavant, Sébastien a évoqué ses soucis, il ressemblait davantage à une bête traquée que désespérée. Antoine aurait dû réagir : il sait, comme personne, ce dont les entreprises sont capables. Lui-même fait tomber des « hauts profils » devenus gênants. Une chaîne d'intermédiaires, dont Antoine, se partage le boulot, ne connaissant ni le commanditaire ni la finalité. Il enquête régulièrement sur des « cibles », organise des écoutes, monte des dossiers qui arrivent ficelés aux Prud'hommes. Il a vu des salariés modèles se faire débarquer dans l'heure, tout perdre pour un soupçon sur leur loyauté. Il a vu les magouilles, les transactions payées rubis sur l'ongle pour acheter un silence ou une démission. Tous les jours, des hommes se font rejeter du Triangle d'Or comme une balance de la Mafia. Plus une entreprise investit pour paraître « humaine », « à votre service », moins elle l'est. Plus elle affiche sa moralité, plus elle triche, de la formulation de ses produits à la structure de son bilan, des paradis fiscaux au financement de l'armement. Plus elle communique, plus elle ne parle qu'à elle-même, faisant du bruit sur ce qu'elle mourrait de révéler. Antoine n'a jamais vu une goutte de sang. Les cols blancs restent propres, à peine quelques taches de transpiration froide. En sous-main, le CAC 40 fait un massacre.

Antoine triture le Post-It jaune dans sa poche. *Call CA* ? Mais que fait Clara là-dedans ? À l'Unesco, sa fraîcheur dans le sérail sautait aux yeux. Elle avait des petits gestes gauches, presque provinciaux, et malgré elle, le regard vrillé d'ennui. Il la surveille depuis quelques jours. A-t-il pu louper un de ses rendez-vous ? Il veut rentrer, se faire couler un bain et reprendre les archives de ses faits et gestes, sauvegardées par son ordinateur. Tout à son plan, Antoine remarque à peine un homme qui monte, la tête dans les épaules. Il réagit un étage plus bas, maintient son pas. Il l'a déjà vu quelque part. Caché derrière la cage de l'ascenseur au rez-de-chaussée, il retire sa parka Veolia, la remplace par son blouson en cuir roulé en boule dans son sac à dos. Il fouille sa mémoire. Parvenu dans la rue, il entre dans le Daily Monop', en face de l'entrée. Il fait mine de remplir un caddie, ne quitte pas la lourde porte cochère des yeux. L'homme, Polach, ressort et s'éloigne à petits pas rapides. Antoine se souvient : il a travaillé pour lui six mois auparavant. Le Parlement européen était en plein débat sur la régulation de la finance. Le lobby bancaire cherchait des moyens d'influencer les députés. Une enveloppe en liquide avait suffi pour la plupart des élus. Certains tenaient bon. Polach lui avait demandé de suivre un député allemand récalcitrant, appartenant aux Verts. Il avait rendu son rapport, avait été payé, n'avait plus jamais été contacté par cette filière.

Antoine règle ses trois bananes, remonte chez Sébastien. L'appartement est intact. Le cadre en plexiglas gît sur le parquet. Leur photo d'étudiants a disparu. L'ordinateur est ouvert sur la page d'accueil d'un site porno gay.

28

Prostrés face à l'écran TV, Clara et Bertrand n'ont pas prononcé un mot depuis l'annonce de la mort de Sébastien. Lucie entre, pointe de l'index vers la fenêtre :

— Fait gris Paris, Maman.

Les yeux hallucinés, Clara ne réagit pas. Lucie s'approche pour un câlin, se rétracte :

— Tu sens la sardine, Maman.

Clara a l'impression d'être sur une banquise. Elle a très froid, besoin d'être reliée à quelqu'un. Par réflexe, elle cherche la main de Bertrand, ne la trouve pas. Sa fille se place dans le champ de vision de ses parents, devant le poste de télévision. Clara bondit du lit jusqu'à son sac resté dans l'entrée depuis son retour du cybercafé, la veille au soir. Elle s'accroupit, le renverse. Sa fille ne la lâche pas d'une semelle. La clé USB est toujours là. Son téléphone clignote : un SMS d'un numéro qu'elle ne reconnaît pas :

Surtout ne parle à personne.

Elle perd l'équilibre et s'affaisse sur le parquet. Croyant à un jeu, sa fille l'imite et dégringole en riant aux éclats. Clara se relève en frissonnant. Les verres de vin de Chez Jeannette lui barrent le crâne. La démission de sa nounou aussi. Mentalement, elle dresse une liste : habiller sa fille, l'occuper le temps d'appeler le journal, boire quelque chose, trouver une nounou, l'emmener à l'école. Qu'est-il arrivé à Seb ? D'où vient cette peur absolue ?

Muette, elle sort une tenue pour sa fille et la plante là. Comme une tornade de jeans et de coton rouge, son fils s'engouffre dans l'escalier, sans un mot. Bertrand claque la porte de la salle de bains. Ils ont tous perdu la parole. Clara revient dans la chambre et son écran plat. Les appels se succèdent sur le téléphone de Bertrand. Il ne le quitte jamais, répond même aux toilettes. Elle crie à travers la porte :

— Pourquoi tu ne décroches pas ?

Ce sont ses premiers mots depuis la nouvelle de la mort de Sébastien. Bertrand sort de la salle de bains avec un mouchoir sous le menton, l'œil mauvais :

— Et toi, pourquoi tu me regardes comme ça ? Qu'est-ce que tu sais, bordel ?

— Mais tu t'es coupé en te rasant ? s'inquiète-t-elle.

Il jette le mouchoir. Elle s'attarde sur la vue du sang. Puis à l'étroit, en silence, ils tournent autour du lit, veillant à ne pas se toucher.

— Si tu sais des choses, dis-moi, s'énerve-t-il.

— Non, non, balbutie-t-elle, éberluée par sa nervosité. Rien du tout. C'est que… c'est Seb enfin !

Elle enfile un survêtement puis un gros pull, ne parvenant pas à se réchauffer. Dans le coin bureau du salon, elle installe sa fille devant l'ordinateur familial. Elle tape « Tchoupi » dans le moteur de recherche de YouTube. Une fenêtre s'ouvre, affichant plusieurs choix de dessins animés. Elle clique le premier lien, celui qui affiche le plus de « vues », bascule l'image sur grand écran, file se préparer un thé. De la cuisine elle entend Lucie l'appeler en hurlant. Clara s'emporte :

— Quoi encore ! Tu ne peux pas prendre un peu sur toi !

Sa fille l'implore. Excédée, Clara revient vers l'ordinateur. Elle entend des râles, tente de comprendre ce qu'ils pourraient signifier dans un dessin animé pour bambins. Elle saute sur le clavier, débranche tout, horrifiée. Elle attrape sa fille, la colle contre elle, tente de la rassurer. Voulant aller vite, Clara a sélectionné : « Tchoupi et sa première baise ».

— Depuis quand le contrôle parental ne fonctionne plus ? crie-t-elle en direction de Bertrand.

— Depuis que ton fils utilise cet ordinateur, répond-il à travers le couloir et avant de filer.

Lucie s'enroule autour de sa jambe. Clara choisit un DVD de *Marie la fourmi*. Elle a douze minutes devant elle. Elle appelle son rédacteur en chef. Il l'attaque d'entrée, tout excité :

— La mort de Sébastien Costal, c'est pour toi. Je ne veux personne d'autre.

— Désolée mais je ne peux pas. Je suis au fond de mon lit, je tiens à peine sur mes jambes.

À cette heure-là hier matin, elle entrait dans l'engrenage. Sébastien lui donnait rendez-vous pour le soir, s'en remettait à elle, lui demandant de se méfier de Bertrand. Cela n'a rien eu d'une scène d'adieu mais d'un défi. À certaines de ses intonations, elle a senti du mépris : à force de se punir, n'a-t-elle pas renoncé à tout ? Ou a-t-il vu en elle quelqu'un d'autre que la journaliste placardisée, la mère inaccomplie et la femme frustrée ?

— Allons, c'est bon, je sais bien que c'était ton ami, commence le rédacteur en chef, hypocrite. Je comprends que tu sois affectée, l'amitié avant tout… je respecte bien sûr. Mais quand même ! Il n'y a que toi pour nous faire un papier sur lui, la motive-t-il. Tu vas pouvoir nous raconter l'homme, sa complexité, ses tourments. Allez, s'il te plaît, t'es la meilleure. Je vois le titre « Folman Pachs décapité ! » Nos lecteurs vont A-DO-RER.

— Quoi ?

Elle l'imagine saliver.

— Tu comprends, ils sont tous au bord du suicide nos apprentis *business men*. Alors, quand l'un des membres du cercle passe à l'acte, c'est la tragédie grecque ! C'est pour nous cette histoire ! C'est ta chance !

Clara a de plus en plus de mal à maîtriser sa colère.

— Ma chance ? L'un de mes meilleurs amis vient de se faire écraser par un train de banlieue, tu veux que je fasse les poubelles et tu me dis que c'est ma chance !

— Allez, commence-t-il plus doucement. Pardon, je me suis un peu emporté. Mais tu comprends, j'aimerais que tu nous racontes… Qu'est-ce qui a pris à Sébastien Costal de s'en prendre à Vanessa Dumoulin ?

— De quoi tu me parles là…

— À ta fête, à l'Unesco… Me dis pas que tu n'as rien vu. Il l'a pourrie sur place. Ils bossent ensemble ?

— Pas à ma connaissance, fait-elle, froide.

Assoiffé par le sang, il ne lâche pas :

— Pourquoi Costal s'est-il énervé ? C'est croustillant, non ? La tigresse du lobbying qui se fait avoiner en public par le patron de la com' de Folman Pachs, en pleine menace de perte du triple A de la France. Et le mec se fait écrabouiller par un train deux jours plus tard. Allez, Clara, t'as ton scoop. Un vrai feuilleton ! Fonce !

— Je ne peux pas, je te dis. Plus tard peut-être.

Elle pense à la clé USB et aux documents transmis par Sébastien.

— Je prends une journée de congés. Mets quelqu'un d'autre sur le coup. Je te fournirai un certificat médical.

Furieux, il crie au bout du fil :

— Le train ne repassera pas deux fois, Clara.

— T'as pas autre chose comme métaphore ? Je suis malade, tu entends !

— Je saurai m'en souvenir.

— Je n'en ai aucun doute.

La ligne coupe avant qu'elle ne finisse sa phrase. Clara compose un autre numéro. Une fille décroche.

— Urgence nounou bonjour !

Il lui reste quatre minutes.

29

Avant de quitter son domicile, Bertrand a piqué dans les affaires de Clara une boîte de Sédatif PC, ses pilules homéopathiques contre les « états anxieux et émotionnels ». Un truc de gamine, pense-t-il. Il gobe six comprimés d'un coup en dévalant les escaliers. Avachi à l'arrière de la 308 du ministère, il flotte étonnamment bien. Arrivé à Bercy, il se sent de plus en plus lourd, mais tellement heureux. Bertrand, le technocrate acariâtre, répond aux saluts des fonctionnaires avec un léger décalage, en apesanteur. Ils se retournent sur son passage, murmurent à voix basse, n'y comprenant rien : la France vient de perdre son triple A, le parrain de son fils est mort ce matin, écrasé comme un cafard par une rame de RER, bloquant l'accès de Paris à des milliers de travailleurs : cinq cent cinquante mille personnes sur le carreau et trois agents SNCF agressés par des usagers ulcérés. Quelques milligrammes de PIB partis en fumée.

L'huissier range son iPhone en l'apercevant. Il vient de zoomer sur la photo du site du *Figaro*. Sébastien Costal est bien l'un des hommes venus ici hier. Il avait l'air plus furieux que les autres, comme désarticulé. Aux anges, Bertrand sourit béatement à l'huissier. Il l'a pourtant toujours ignoré. Une fois la porte close, il contemple le canapé de son bureau avec délectation, s'y installe pour une toute petite pause. Le globe en fer forgé passablement rouillé chiné avec Clara dans une braderie du West Village semble tourner sur lui-même, tout seul. Il entend des personnes frapper, ses téléphones sonner sans interruption, décide qu'il a tout son temps. C'est agréable ces personnes qui pensent à lui, se dit-il en fermant les yeux. Il s'enfonce dans le cuir fauve en même temps qu'en plein sommeil. Au début, tout est parfait et si doux. Il est au grand air avec Clara et ils se tiennent par la main. Puis apparaît une jungle de bambous. Bertrand doit tracer leur route à la machette. Clara l'encourage, le félicite, ils rient. C'est un jeu. Bertrand est fort, le roi de la jungle, de son monde. Il y a de plus en plus de bambous, tellement qu'ils ne voient plus grand-chose. Chaque pas devient une victoire. Il s'arrache du sol pour avancer, a l'impression de reculer, n'y arrive plus vraiment. Il se fatigue beaucoup et Clara a disparu. Soudain, une vipère tombe du ciel. Il bondit, léger, brandit sa machette, prêt à se battre. Plus rapide, elle attaque, le mord à l'œil gauche. La douleur et un cri d'effroi le réveillent. À quatre pattes sur la moquette du ministère, Bertrand se tient le visage en sang. Pas de vipère à l'horizon. Juste le coin d'une table basse en verre. Il s'y est fracassé l'arcade sourcilière, en se débattant contre les bambous, l'angoisse, la vipère. La fatalité.

— Tout va bien, Monsieur ? demande l'huissier, alerté par le cri de Bertrand et le bruit sourd de son corps sur le sol.

— C'est bon, c'est bon, c'est pas crevé, maugrée-t-il en ouvrant les yeux et en testant sa vision. Apportez-moi de la glace.

Les gélules de Sédatif PC ne font plus effet.

— Je pisse le sang, merde ! Dépêchez-vous !

L'huissier s'exécute, ne laissant transparaître aucune émotion. En cherchant la boîte de Kleenex dans son bureau, Bertrand aperçoit un dossier étoffé portant la mention : « Déplacement de M. Bertrand Fisher en Afrique du Sud » (les premiers éléments de sa feuille de route) ainsi que le communiqué de Folman Pachs en évidence au milieu de sa table de travail. Il s'effondre dans le fauteuil, cache son œil gauche sous une barrière de Kleenex. Il dévore les lignes, en oublie sa douleur.

« Nous avons le regret de vous confirmer la disparition de Sébastien Costal, l'un de nos plus brillants et fidèles collaborateurs. Sébastien Costal a rejoint nos équipes en 1997. Depuis, il a gravi tous les échelons de notre firme. Il représentait un atout irremplaçable, notamment dans le contexte actuel, source de défis pour nos métiers. Sa disparition est aussi brutale qu'inexpliquée mais nous n'excluons pas que les attaques incessantes dont notre firme fait l'objet soient en cause. Malgré la douleur que nous partageons avec sa famille dans ces moments cruels, nous tenons à préciser que M. Costal n'avait pas de tâche opérationnelle. Sa disparition n'affecte en rien la bonne poursuite de nos activités. Malgré une conjoncture difficile, nous maintenons donc nos perspectives de croissance pour le second trimestre. Par respect pour ses proches, nous vous serions gré d'observer la plus grande discrétion. »

— Les porcs ! fulmine Bertrand. Ils ne vont quand même pas récupérer la mort de Seb pour se placer en victimes !

Il compose le numéro de Vanessa. Les tonalités du réseau anglais résonnent dans son oreillette. À travers les Kleenex, le sang perle et goutte sur le communiqué.

— J'en étais sûr… peste-t-il.

Une tache se forme sur le mot « respect » du communiqué.

— Sûr de quoi ? demande Vanessa d'un ton assuré.

— C'est toi, cette merde ?

— Quoi ?

Installée dans la *war room* de Folman Pachs Europe, elle tend un papier annoté en rouge à Sarah, l'assistante de Perblood. Vanessa s'attarde sur la coupe impeccable de son tailleur. Ses clients, les grands patrons, reluquent les femmes comme du bétail. À force de les côtoyer, elle s'est mise à les imiter, ajoutant à son répertoire des blagues machistes qui indisposent les équipes de Public. Quand elle accompagne un client en Russie, il lui arrive de comparer avec lui les attributs des prostituées de luxe qui sirotent du champagne dans le lobby de l'hôtel. De l'aider à choisir. Incapable de se laisser aller à un homme, elle s'est mise à détester les femmes.

— Le communiqué de Folman sur Seb ! C'est toi ?

À Londres, elle indique la porte à l'assistante, lui intimant de la laisser seule. Elle poursuit :

— Écoute, Bertrand, je fais mon boulot.

— Tu as des infos ?

— Non.

— Allez !

Son arcade sourcilière le lance. Il serre les dents.

— Non. Rien. *No comment*, confirme Vanessa en faisant pivoter le fauteuil vers la baie vitrée. C'est la guerre ici. Scotland Yard vient d'arriver.

— Déjà ? ne peut retenir Bertrand, inquiet. Bon, tu m'appelles quand tu as du nouveau, hein ?

Des dollars dans les yeux, Vanessa visualise son prochain coup : récupérer la communication Monde de Folman Pachs. Avoir sa propre « affaire ».

— Et pourquoi je ferais cela ?

— Merde… C'est la famille, tu comprends. Seb est le parrain de mon fils !

— Ah… la famille… Tu es sûr que tu n'as pas une autre raison ? demande-t-elle en vérifiant sa manucure.

Il raccroche en l'injuriant. Son œil le lance. L'huissier revient avec le médecin du ministère, un quinqua à la Clooney qui affole les secrétaires.

— Que s'est-il passé ?

— Euh… j'étais un peu fatigué et j'ai glissé, avance Bertrand en désignant la table du menton.

— Seul ? demande le soignant.

— Oui.

L'huissier confirme du regard.

— Une chance qu'elle n'ait pas cassé.

La table basse de Bertrand a reçu des centaines de dossiers, de vases, de coups de pied. Mais jamais un conseiller en overdose d'homéopathie se débattant avec une vipère. Bertrand finit avec trois points de suture et un œil au beurre noir, auto-affligé.

30

Pour la première fois depuis que sa fille est entrée à la maternelle, Clara se rend à la sortie des classes. Arrivée en avance devant l'établissement, elle reste en retrait. Ce matin, elle a déposé Lucie en retard, oublié le doudou pour la sieste, le sucre pour l'atelier cuisine, le bonnet contre le froid qui s'est abattu d'un coup sur Paris. Elle s'est trompée de classe puis l'a posée comme un paquet de lessive, face à une maîtresse qui ne la reconnaissait pas. Non maquillée, les dents sales, elle avait enfilé un survêtement à la va vite.

Devant la grande porte de la maternelle, les nounous se tiennent à l'écart, les mères de famille papotent : qui a le meilleur pédiatre ? La crème la plus efficace contre les vergetures ? Ne faudrait-il pas faire une pétition pour supprimer les glutamates à la cantine ? Qui a introduit les poux ? Elles se retournent de concert vers Clara. Elle se cherche une prestance, dégaine son iPhone, pense même un instant qu'avec un peu d'humour elle pourrait tirer le fil pour sa chronique à la radio, dans trois jours. Message d'un numéro inconnu :

Le nœud des opérations militaires dépend de notre faculté à faire semblant de nous conformer aux désirs de l'ennemi. Sun Tzu.

Elle écrase le message : erreur de destinataire sans doute. Les portes s'ouvrent, les mamans se jettent à l'intérieur comme chez H & M un jour de solde. Quand elle aperçoit sa mère, Lucie bondit de joie. Très vite, elle se renfrogne :

— Elle est où, Gladys ?

— Ma chérie, je t'ai déjà expliqué… Gladys a dû rentrer dans son pays. Elle est partie.

— Mais moi je veux Gladys, chouine la petite en traînant les pieds.

Dans les couloirs, les mamans les considèrent d'un œil méprisant : une nounou que l'on préfère à sa maman, l'affront suprême. Clara se retrouve seule avec sa fille un jour par semaine, ne sait s'y prendre. Elle se sent mauvaise mère, bien nulle part. Fausse. Cela fait pourtant longtemps qu'elle a renoncé à être Mary Poppins.

— Ma chérie, aujourd'hui, c'est maman, tente-t-elle pour l'apaiser.

— Mais tu n'es jamais venue alors pourquoi aujourd'hui ?

Elle cherche une idée pour faire diversion, saisit la première au vol :

— Viens, j'ai une surprise pour toi, dit-elle sur le ton de la confidence et en l'installant dans sa poussette.

Elle lui colle un yaourt à boire, son doudou. Elles montent dans un bus. Clara pose des questions sur sa journée. Boudeuse, sa fille lui répond par monosyllabes, le visage collé à la vitre, le plus éloigné de sa mère. Elles descendent place de la Concorde, se dirigent vers le jardin des Tuileries. Sa fille comprend qu'elles vont dans la grande roue installée pour l'hiver :

— Mais, Maman, tu disais que j'étais trop petite, s'excite-t-elle.

— C'est notre secret, tu en avais tellement envie !

Clara débourse 15 euros pour « *One of the best view of the world* » d'après l'affiche. Les touristes se serrent la ceinture, l'attraction est déserte. Elles grimpent en riant dans une nacelle, s'élèvent placidement dans le ciel. Clara contemple Paris, soulagée d'avoir rétabli le lien avec Lucie.

— On dirait des maisons de poupées ! s'exclame sa fille.

— Et beaucoup de pantins, ne peut-elle retenir.

Parvenue à son faîte, la roue s'immobilise dans un grincement sourd. La nacelle se balance sous son câble. Par réflexe, Clara examine les accroches de la nacelle, la tôle qui les entoure. Elles sont suspendues à soixante mètres du sol dans une cabine de pacotille. Les autres sont vides. Elle chasse un début de vertige.

— Qu'est-ce qu'il y a, Maman ?

— Ne t'inquiète pas ma chérie, on va bientôt repartir. Assieds-toi.

— Je veux rentrer, Maman.

— Je sais, je sais, tout va bien, répond Clara en gardant son calme.

Le vent s'engouffre dans l'interstice des battants de la porte, la roue grince à nouveau mais ne bouge pas. Elle se maudit d'être là, mère à quart-temps, d'avoir tenté de rattraper ses absences. Sa fille sanglote :

— Mamaaaaan.

Clara la prend contre elle, sort son téléphone. Réseau indisponible. Un morceau de papier kraft dépasse de la banquette en skaï orange passé, face à elle. Clara se penche, déséquilibrant légèrement la nacelle. Sa fille hurle. Elle retire l'enveloppe. La nacelle se stabilise.

— Qu'est-ce que c'est ?

— Je ne sais pas.

Elle retourne l'enveloppe.

— Ben, ouvre, Maman.

Clara décachette le pli, en extrait un cliché grand format.

— Mais, mais… c'est toi, Maman !

Attablée devant l'ordinateur du cybercafé du Xe, elle fixe l'écran, la main sur la souris, les sourcils froncés. D'où sort cette photo ? La punkette ? Son voisin à capuche ? Une caméra intégrée à un autre écran d'ordinateur braqué sur elle ? La grande roue de la Concorde se remet en mouvement, les ramenant à bon port. Lucie hoquette d'angoisse quand elles quittent la nacelle. Le forain, un jeune Black hyper-looké, portant diamant à l'oreille et ceinture en requin, lui précise qu'il leur reste deux tours. Clara fonce sur lui, hors d'elle :

— Pour qui travaillez-vous ? J'appelle la police.

Lucie s'arrête d'un coup de pleurer, comme à chaque fois que sa mère crie.

— Ça va pas, non ? Qu'est-ce qu'elle a, celle-là ? Dégage…

Les jambes en coton, Clara réinstalle sa fille dans la poussette, baisse la capote anti-pluie, même s'il ne pleut pas. Elle se met à avancer en direction du gymnase Paul-Gauguin, à côté de leur domicile. Elle pourrait prendre un bus. Marcher lui fait du bien. Calée dans sa poussette, Lucie s'est toujours calmée. Clara a parcouru l'avenue de Trudaine en long et en large quand sa petite était nourrisson. C'était le seul moyen de l'endormir, de ne pas la jeter par la fenêtre, dans un excès de rage vers 3 h 22 du matin. Clara pousse sa fille devant elle. Le regard halluciné, elle écrase les pieds des passants, se cogne à leurs épaules ou coudes. Cinquante-quatre minutes plus tard, elles arrivent au gymnase pour la fin du cours de basket-ball de Théo :

— Mais ça va pas de venir me chercher devant mes potes ! la réprimande-t-il, blanc comme un linge.

Elle remarque ses yeux bouffis, repart sans un mot sur le chemin de leur domicile. Il la rattrape, marche en silence. Arrivés dans la rue des Martyrs, il l'assaille de questions. La pente durcit. Elle courbe l'échine un peu plus, ressemble à une tortue aux cheveux crépus :

— Mais qu'est-ce qui est arrivé à parrain Seb ?

— Je ne sais pas, mon chéri. Personne ne sait encore. Je pense qu'il a eu un accident.

— Et papa, il est où ?

— Il va venir, il va venir.

Soudain, une voix les interrompt, leur ordonnant :

— Pardon, Madame, vous pouvez faire le tour là ?

Clara relève la tête. À dix mètres, une femme est assise sur un canapé posé au milieu du trottoir. Une valise ouverte à même la rue, un thermos de café à ses côtés, elle tient un livre à la main : *Le Crépuscule des idoles* de Nietzsche. Elle a une peau de fumeuse, des yeux gris vert malicieux. Elle observe Clara et ses enfants, leur sourit. Elle répète, joyeusement directive :

— Vous pouvez faire le tour là, s'il vous plaît ? Vous me dérangez, vous comprenez.

Clara obéit malgré les scooters qui déboulent à toute allure. Avec ses enfants, elle passe sur la route pour la contourner. Intriguée par son attitude rieuse, revenue sur le trottoir, Clara se retourne et engage la conversation :

— Ça va, ce n'est pas trop dur ?

La femme semble surprise :

— Quoi ?

— Ben, je ne sais pas… vivre, dormir… là.

Des yeux, Clara désigne le canapé. Son fils rougit, soupire quelques « C'est bon… » en tirant sur la manche de sa mère. La femme s'offusque :

— Ah… mais je ne dors pas du tout là, ça va pas, non ? Qu'est-ce que vous allez imaginer ?

— Ah, pardon mais… mais, mais alors vous faites quoi ici ?

— Moi, Mâdâme, je fais de l'ââârt, s'exclame-t-elle en crânant. Ceci est une installation. En fait, c'est *vous* que je regarde. Alors, et vous, dites-moi, vous faites quoi ici, sur MON trottoir ?

— Ben… cherche Clara, de plus en plus décontenancée. J'essaie de rentrer chez moi.

— Chez vous, la bonne blague ! s'esclaffe l'artiste. Mais ma pauvre dame, vous m'avez l'air totalement à la rue !

La fille éclate de rire et Clara repart en plein doute : mariage, enfants, carrière… Toutes ces années, elle a cherché à s'éblouir, s'étourdir. Elle s'est aliénée. La Ville-lumière subjugue en surface. Elle entretient sa bande de frappés.

Clara, Théo et Lucie se serrent dans l'ascenseur. Clara respire un peu mieux, le marathon touche à sa fin. Ils vont pouvoir bientôt se carapater chez eux. Parvenus sur leur palier, ils trouvent leur porte blindée ouverte à tous les vents. Clara l'a pourtant fermée à double tour. Interloquée, elle cherche une explication, voit ses enfants avancer dans le couloir. Elle leur hurle de s'arrêter.

— Ça va pas, Maman. T'es parano ou quoi ? se moque son fils.

Elle appelle Bertrand sur ses portables, au ministère. Abonné absent, messagerie pleine, « Monsieur est indisponible ». Elle sonne chez la voisine, regrette de ne plus la saluer dans l'escalier. La vieille dame regarde par le judas :

— Désolée, je suis occupée, s'écrie-t-elle en s'éloignant de la porte.

Clara et les enfants entendent grincer le parquet sous ses pas.

— Trop sympa la grand-mère, maugrée Théo.

Clara les fait reculer sur le palier. Elle se lance dans le couloir de l'appartement sans s'arrêter jusqu'à la cuisine, en sort un couteau. Armée d'un Laguiole rouillé, elle arpente les pièces une à une, ouvre les penderies, vérifie sous les lits.

— Tu te crois dans un jeu vidéo de vampires ? crie Théo à travers la porte d'entrée.

Dans l'appartement, rien n'a été bougé. Forcée de s'arrêter sur les détails, de le regarder vraiment, elle le trouve parfaitement lugubre. C'est donc cela sa forteresse ? Clara se résigne : peut-être, après tout, n'avait-elle pas bien fermé la porte. Il est possible aussi qu'elle devienne folle.

31

Allongée dans son nouveau canapé miel des cimes, mal cachée derrière un petit livre de Anselm Grün, *La Crise du milieu de vie*, Alison observe Jérémie. Il n'a pas desserré les dents de la soirée. Il consulte les derniers articles du *Financial Times* sur son iPad, à la recherche d'informations concernant la mort de Sébastien. Elle a l'habitude de ses silences, de ses colères, de ses absences. Elle connaît la « face sombre » du grand chirurgien de la finance.

— Je ne comprends pas ce qui est arrivé à Seb, finit-il par dire. C'est vrai qu'il avait l'air hyper-stressé.

— Il a fait un *burn out,* chéri. Seb s'était complètement isolé. « Ce qui détruit les gens, c'est de n'être plus rien aux yeux des autres. » J'ai entendu ça à une conférence d'un psy suisse, Davor Komplita, sur les risques psychosociaux. En gros, ceux qui ont choisi la liberté sont aigris. Ça, c'est moi. Ceux qui sont restés sur des rails ont peur. Ça, c'est pour Seb. Plus tu as respecté les règles, plus tu te fais rétamer. Complètement *screwed.* Komplita parle de chagrin d'honneur, de perte de dignité.

— La dignité… C'est bien l'unique concept que l'on n'enseigne jamais dans aucune fac ni grande école, remarque Jérémie en faisant glisser un article sur sa tablette.

— Parce que trop subversif. *Too dangerous* : « Les dictatures tomberont le jour où les populations choisiront leur dignité plutôt que leur vie. »

Elle a lu cela dans l'un des derniers papiers de Thérèse Delpech paru dans *Libération*, quelques semaines avant la mort de la politologue, l'an dernier.

— T'es en grande forme, dis-moi, s'exclame-t-il. Mais Sébastien était au-delà de cela. Je ne peux pas croire qu'il se soit suicidé. Pas comme ça. Il était trop énervé pour se foutre en l'air. Si tu es en colère, c'est que tu crois encore en quelque chose. Que cela te touche, qu'il y a encore de la vie.

Il en a fait l'expérience tout au long de sa deuxième journée à l'hôpital, houspillant tout ce qui portait une blouse blanche ou bleue. Son père était inerte, le cerveau inondé, la vie suspendue. Il ne se passait rien. Cela n'affolait que Jérémie. Son père était trop seul, il avait froid, sa respiration n'était plus fluide, il avait bougé la main, il y avait trop de soleil, la machine qui le maintenait en vie faisait des bruits étranges. Le médecin, celui à la gourmette de communion, le prit à part pour lui parler de la suite : Jérémie était-il au courant des dispositions de son père quant à sa fin de vie ? Se tenant aux murs de l'hôpital, il dut lui faire préciser : Jérémie connaissait-il l'association pour le droit à mourir dans la dignité ? Dans le cas où son père se réveillerait, comment prendrait-il « sa décision » ? Avait-il pris contact avec un centre d'accueil, une maison de rééducation ?

— Tu te rends compte, s'offusque-t-il, ils veulent que je lui trouve un mouroir et qu'après je le débranche. Ça fait même pas vingt-quatre heures qu'il est… qu'il est… *out*.

Alison comprend que Jérémie parle de son père. Il a l'habitude de passer d'un sujet à l'autre sans prévenir. Il aime mener, avec la même personne, plusieurs conversations à la fois.

Le médecin lui a expliqué que, suivant la zone touchée, son père pourrait s'en sortir avec un trouble de l'équilibre, des tremblements. Vu l'IRM, il redoutait une démence, une aphasie. Jérémie avait évoqué des épisodes qui ressemblaient à un début d'Alzheimer. L'AVC accélérerait la maladie.

— Gao n'a pas proposé de s'occuper de lui ? demande-t-elle sans lever la tête de son livre.

— J'en sais rien. Et puis, elle ne sait rien faire, peste Jérémie.

— C'est pas vrai, rétorque-t-elle du tac au tac, sur un ton froid.

— Gao bosse même pas.

Alison marque le coup en soupirant.

— Je voulais dire… commence Jérémie pour s'excuser.

Il regarde enfin sa femme dont les yeux se froncent sur son livre. C'est un passage difficile.

— *So what ?* le coupe-t-elle, glaciale. Un travail : c'est à cela que tu estimes quelqu'un capable de s'occuper des autres. Si c'était le cas, vous seriez tous des Mère Teresa, à vous aider en permanence. Vous passez votre temps à vous entre-tuer et à détruire ce qui vous entoure.

Alison joue les gentilles. Planquée derrière son sourire californien, elle ne lâche rien ni personne de vue. Elle n'a pas travaillé depuis Hong Kong, prétextant vouloir se dédier à sa famille. Ce qu'elle avait vu du monde de l'entreprise l'avait écœurée. En silence, elle se prépare à ramasser ses amis à la petite cuiller. Elle attend son heure, sait qu'ils seront tous obligés un jour de revenir sur terre. Elle rêve de les accueillir. Alors, pour sa plus grande joie, son château de princesse se fera kibboutz. Et Alison trouvera enfin son utilité.

— Tiens d'ailleurs, bifurque-t-il, en parlant d'aider, Clara n'a pas arrêté de m'appeler. Elle a besoin que je lui explique un truc. À nouveau, je serai le seul à pouvoir aider. Mais qu'est-ce qu'ils ont tous à vouloir mon aide ?

— *I know.* Clara m'a dit. Elle a l'air paniquée. Je me fais beaucoup de souci pour elle. Depuis longtemps. Bertrand disjoncte, je pense.

— Clara dérape elle aussi. Bon sang, mais qu'est-ce qu'il se passe ? On est tous en train de devenir dingues, non ?

— Devenir ? *What a joke !*

Jérémie est piqué à son tour. Alison ne l'a jamais lâché. C'est sa plus fidèle alliée, un phare dans son immense solitude. Celle qui le connaît comme il est, petit garçon jouant avec des voitures et des montants trop gros pour lui. Il sort du *FT*, tape « AVC » dans le moteur de recherche de Google.

— Avant, je recevais plein de spam. On me proposait un tas de choses, des pilules amaigrissantes, de la techno pas cher, du Viagra, des filles nues, des vidéos de chats débiles.

— Oui et alors ? convient Alison, sans lâcher son livre.

— Ben ce matin, on m'a envoyé mes points retraites — je sais pas pourquoi ils s'embêtent à m'envoyer ce truc, ils sont ridicules. Comme si moi j'allais toucher une retraite de l'État. Et dans le même temps, j'ai reçu une offre de Garantie Obsèques. Ils se donnent le mot ou quoi ?

— C'est l'algo de Google qui a analysé tes mots clés. Et puis c'est normal, *honey* ! Tu as quarante ans. T'as changé de sociotype. D'ailleurs… je sais que ce n'est pas le moment mais…

— Oui ?

— C'est mon anniversaire demain.

Jérémie blêmit.

— Ma chérie, je suis désolé… j'ai totalement oublié. On fait tout ce que tu veux.

— *No worries*, le rassure-t-elle.

Elle referme subitement son livre, se lève, se lance, tout à coup très agitée :

— J'aimerais que l'on fasse quelque chose de spécial.

— Tout ce que tu veux.

Elle s'assoit à côté à lui, penche sa tête, lui caresse le torse :

— Allez… Ça fait combien de semaines qu'on ne l'a pas fait…

Jérémie se tend à nouveau, lâche d'un ton monocorde :

— Seb est mort, mon père est un légume. C'est pas le soir. Revenons à ton anniversaire, dit-il en dégageant sa main. Et puis c'est quoi cette odeur ?

— Du gingembre citronné, t'as remarqué ?

— Bof.

Alison se redresse, regarde avec dépit la bougie parfumée « Sexy night » qui se consume sur une pile de vieux numéros de *Elle Décoration* et *Vanity Fair*. De la poche arrière de son survêtement en cachemire gris perle, elle sort une carte, la tend à Jérémie :

— Voilà, je voudrais qu'on se retrouve là-bas, demain, à 21 h 30.

— Le Pink Paradise ! s'exclame Jérémie, lâchant enfin sa tablette. Un bar à putes ! Tu veux qu'on aille dans un bar à putes pour fêter ton quarante-deuxième anniversaire ? Je vois mal Clara et Bertrand passer l'entrée.

— On ne sera que tous les deux. Et puis, c'est pas un bar à… comme tu dis. C'est un club de strip-tease.

— Ouais avec des putes, se moque-t-il.

— Des danseuses ! insiste Alison

— Qui font les putes !

— *Listen*… j'ai pensé que cela te ferait plaisir… peine-t-elle en se tordant les mains.

— Ah, mais j'adore, j'adore. J'hallucine un peu, c'est tout.

Il dévisage sa femme, conclut par un scalp :

— Le Pink Paradise, c'est pas très cannelés ton affaire. Excuse-moi, faut que je m'adapte. Mais si tu y tiens, c'est ton anniversaire après tout, ta… fête. On fera tout ce que tu voudras.

Il l'embrasse sur la joue pour la première fois de la soirée.

— Un bar à putes… commente-t-il en se levant. Tu m'étonneras toujours toi… Au fait, qu'est-ce que tu lis en ce moment, c'est qui ce type ?

Le petit livre d'Anselm Grün vole à travers le salon et atterrit sur l'abdomen impeccable de Jérémie.

32

Clara prépare un plat de coquillettes au beurre, trouve le moyen de le rater. Théo la laisse s'égarer. Lucie passe son temps à lui demander si elle va bien et à lui dire qu'elle l'aime, qu'elle est la plus belle, la plus forte. À quel âge ce sixième sens, cette capacité à dire exactement ce qu'il faut au bon moment, se perd-il ?

Bertrand ne donne aucun signe de vie. Sébastien avait insisté pour qu'elle ne lui parle pas des documents ni de leurs discussions. S'en méfiait-il ? Allait-il le dissuader d'enquêter ? À bout de nerfs, Clara allume la télévision. Pour la finale de « The Voice », les prétendants au titre s'égosillent. Dans la cuisine, le petit monde de Clara s'apaise. La dernière candidate entre en scène, une Beurette plutôt jolie. La caméra cadre son visage. Elle prend très bien la lumière. La fille attaque hyper-fort. Elle hurle dans le micro mais cela sonne juste. C'est la chance de sa vie et elle « donne tout », comme les « coaches » de l'émission le lui ont appris. Dans sa cuisine, Clara est en apnée. La fille à l'écran lui retourne le cœur.

— C'est quoi, cette chanson, Théo ? bredouille-t-elle, le plat de nouilles collées par l'amidon sur les genoux.

— Tu ne connais pas tes classiques ? T'étais née pourtant ! C'est *Lettre à France*, de Polnareff.

Clara en est persuadée : c'est la bande originale de toutes ses trahisons. Dans les paroles de la chanson, elle revoit son amour tomber dans la nuit, son rendez-vous au centre IVG, l'avion pour New York, les concerts, seule dans les bars de Saint Mark street, la balustrade de l'East River Park et le taillage en pièces des lettres d'Antoine, son refuge dans les bras de Bertrand, leur mariage comme une blague, son voile de cérémonie dans l'eau des Hamptons. Par ici la sortie ? La Beurette reçoit une ovation debout. La caméra zoome sur les yeux mouillés des jurés.

Clara couche seule ses enfants.

— Allez, on a tous besoin d'une grande et belle nuit, leur dit-elle comme pour elle-même.

— Maman, demande Lucie en grimpant dans son lit, c'est quoi la mort ?

— La mort ? Tu veux savoir ce que c'est que la mort ?

— Oui, confirme-t-elle en s'allongeant.

Clara cherche le regard de Théo, un peu de soutien. Il hausse les épaules.

— La mort, c'est comme une rame de métro qui s'enfonce dans les ténèbres entre deux stations et qui ne revient jamais.

Son fils ricane dans l'embrasure de la porte.

— Je ne comprends pas. Il y a quelque chose qui cloche, doute sa fille en serrant son doudou en forme de pingouin.

Clara voudrait quitter la pièce, se faire un thé, réécouter *Lettre à France*, remonter à la surface. Sa fille ne la quitte pas des yeux. Clara inspire :

— Au même moment, partout sur la Terre, des personnes qui ne se connaissent pas font un dernier voyage et disparaissent.

— Alors, parrain Seb a pris le métro et ne reviendra pas ?

— Oui, c'est ça, confirme Clara en la bordant.

Plutôt fière de son explication, elle s'apprête à se lever, Lucie la retient :

— D'accord. Mais pourquoi il est allé dans le métro ?

— Je ne sais pas moi, répond-elle, lasse.

— Et tu vas chercher ? insiste Lucie, les yeux plantés dans ceux de sa mère.

— Quoi ? s'agace Clara.

— Pourquoi il a pris le métro ? Tu ne vas pas le laisser partir comme ça !

Elle a lu tout Dolto, Cyrulnik et ses travaux sur les animaux, les thèses sur la communication inconsciente mère-enfant. Qui veille sur qui ? Tout est là, dans ce regard planté, cette interpellation au bon sens, cet attachement à la justice, le prisme du bien et du mal. Avant la négociation, le grand flou.

— Euh… oui, répond Clara, peu sûre d'elle, en caressant la tête de sa fille.

C'est le premier geste tendre de la journée. Il est 22 h 12. Lucie sent-elle sa mère hésiter ? Veut-elle d'autres caresses ? Elle fait durer :

— Bon. Mais, Maman, quand est-ce que tu vas prendre le métro toi ?

— Personne ne sait ma chérie, s'étrangle-t-elle au bord des larmes.

— Je vais demander au Père Noël qu'il t'achète un vélo.

— Pourquoi ?

— Tu prendras plus jamais le métro. Nous non plus. Même Théo.

— C'est ça, ma chérie. Bonne nuit.

Dans le couloir, Clara soupire de soulagement, bras ballants, vidée. Elle a voulu des enfants, passe son temps à les éviter. Toutes les excuses sont bonnes. Si seulement elle prenait la peine de les écouter. Clara est-elle seulement une bonne mère pour elle-même ? Un courant d'air la tire de ses questionnements. Elle bondit dans le couloir : la porte d'entrée est grande ouverte. Elle la referme en aboyant. Son téléphone bipe, lui indiquant un message. Elle le maudit. Il bipe à nouveau. Elle a envie de fuir. Elle s'approche et lit :

Que vas-tu faire ?

L'appareil lui brûle les doigts. Fébrile, elle répond : *Qui est-ce ?*

Elle s'assoit à même le sol contre la porte, la tête entre ses mains, face à ses photos jaunies de famille plus si modèle. Elle est surveillée, pilotée à distance. Elle a envie de jeter la clé USB dans la Seine, les broyeurs du camion poubelle à l'aube, la boîte à lettres de sa Tatie Danielle de voisine. De tout oublier. La réponse arrive :

Antoine.

Son cœur bondit. Elle expire bruyamment, tape :

Prouvez-le.

La réaction est immédiate :

Tu as trente-six taches de rousseur sur le visage.

Il adorait les compter, dans leur chambre sur le campus. Bertrand avait préféré lui acheter du fond de teint. Elle aligne sur son clavier, une boule dans la gorge :

Aide-moi.

Une clé tourne dans la porte. Clara retient un cri. Bertrand entre en trombe, allume le couloir. Antoine écrit :

Ne lui dis rien.

Clara a juste le temps d'effacer la conversation de la mémoire de son téléphone.

— Ben qu'est-ce que tu fais là dans le noir ? Quelle journée ! enchaîne-t-il sans attendre sa réponse, un pansement lui barrant un œil.

Assise contre le mur de l'entrée, bouche bée, Clara n'arrive pas à parler.

— T'as une drôle de tête toi, poursuit-il en enlevant son manteau. Tu es sûre que ça va ?

Elle ne répond toujours pas. Elle est un peu rassurée qu'il soit là. Le Capitaine pirate prend toute la place :

— Dis, au fait, il sort quand ton papier sur Seb ?

— Je n'en ferai pas, parvient-elle à articuler en se relevant, sans son aide. C'est quoi ce pansement ?

— Quoi ? Ah… Rien du tout. Mais… pourquoi tu ne fais pas d'article ? insiste-t-il.

— C'est une question de déontologie. C'est trop proche de moi.

— Quelle connerie ! Et qui va enquêter alors ? s'impatiente-t-il.

Elle aimerait lui dire pour la porte, la grande roue, l'artiste SDF, les poux à l'école, « Tchoupi » ce matin, le cybercafé hier. Bertrand est dans le rationnel pur, problème/solution. Il lui parle comme à l'un de ses conseillers, comme à chaque fois qu'il est dans le faux ou sur la défensive. Elle pense à Sébastien mort, à Antoine pas loin, doute :

— Pourquoi tu me poses cette question ? En quoi ça t'intéresse tout à coup ?

— C'est… C'est mon copain, je te rappelle. Je n'ai pas envie qu'on le traîne dans la boue. J'aimerais que l'on préserve sa mémoire.

Elle explose :

— Je rêve ! Tu ne t'es jamais soucié de personne. Tout fout le camp et toi, tu veux « préserver sa mémoire » ? Mais quand au juste vas-tu commencer à t'occuper des vivants ?

Bertrand se mord l'intérieur de la bouche tel un dément, les sourcils au plafond. Il sait qu'il va la perdre, peut-être même tout perdre. C'est juste une question de temps. Un instant, il songe à lui raconter, Sébastien à Bercy, les mecs au téléphone, l'affront permanent à la justice, la morale. Ils se regardent en silence, se jaugent, à deux doigts de tout se révéler. Ils cherchent des raisons de se faire confiance, se remémorent les moments heureux, calculent. Et sont interrompus :

— Maman, gémit Lucie de son lit. Un verre d'eau…

— Tu peux y aller s'il te plaît, supplie Clara.

— Ah non ! écoute, j'ai eu une journée de dingue moi, s'échappe Bertrand. Tu sais que la Bourse de Tokyo a dévissé de 7 % aujourd'hui ? Ça va bientôt être notre tour.

33

Le regard fixe sur le plafond de sa chambre, Jérémie est oppressé par le ronronnement de la climatisation. Elle lui rappelle l'appareil respiratoire qui tient son père en vie. Incapable de dormir, il arpente sa demeure de Saint-Cloud, vaste, presque inhabitée. « On remplit nos agendas, on s'achète des maisons trop grandes… pour ne jamais se voir », se dit-il. Aimanté, il arrive au grenier, s'étonne de le trouver si bien rangé, souvenirs au repos, bien sages. Jérémie s'aperçoit dans un immense miroir ancien posé à même le sol, chiné dans une brocante du XVIe par Alison, un jour d'achats compulsifs, comme la plupart des objets entreposés ici : des sacs vintage, des tours de boîtes à chaussures jamais mises, deux armoires normandes, une luge autrichienne et un piano à queue, acquis en quelques minutes. Entreposée dans un coin, comme neuve, il retrouve sa vieille cantine de l'armée, sa « *time capsule* ».

À sa vue, il voyage dans le temps, en juillet 1994, le jour des résultats des concours. Dans le petit appartement de Chatou, Jérémie ne tenait plus en place. À midi, il appela le bureau des admissions, donna son nom à une femme au téléphone. Sa maman suivait la conversation à l'écouteur de l'appareil. Ensemble, ils entendirent « admis ». Elle l'avait élevé seule, ce fut sa victoire. Elle s'assit afin de ne pas tomber. Pour fêter cela, son père les invita au restaurant. Toutes ces années, ses parents s'étaient à peine vus. À table, il surprit des regards de tendresse, une complicité. Le temps et la rancœur n'avaient pas eu raison de tout. Il y avait quelque chose de plus fort que les blessures.

Ils se trouvèrent réunis lors de la remise de son diplôme sur le campus puis à son mariage avec Alison. Pendant la cérémonie, sa maman demeura en retrait, belle femme brune planquée sous un chapeau, digne mais seule. Son père s'était séparé de son amie du moment pour l'occasion. Il discuta tard avec le père d'Alison, manageur chez Cisco dans la Silicon Valley. Au brunch californien, le lendemain (crevettes et épis de maïs grillés, champagne Mimosa), sa maman le prit à part. D'un souffle elle lui demanda de vider sa chambre d'enfant. Elle se justifia, voulait en faire un bureau, il fallait tourner la page, passer à autre chose. Il était « grand » maintenant. Ce n'était pas le lieu et rien ne pressait. L'autorité naturelle de sa maman masquait sa fragilité. Mais devant elle, il restait petit garçon. À quelques heures de son grand départ pour Hong Kong avec sa femme, ne triant rien, il bourra cette cantine de l'armée, consignant son enfance, les breloques de leur histoire. Tout à sa trajectoire de type plein d'avenir, il quitta ses parents et leurs tracas sans un égard. Persuadé qu'ils seraient toujours là. Il passa à côté de la souffrance de sa maman, terrassée un mois plus tard par un cancer du sein dont elle taira chimio, rémission, rechute.

La cantine suivit à Hong Kong puis croupit au garde-meuble, le temps que Jérémie et Alison voyagent en Asie puis atterrissent à Saint-Cloud, sept ans plus tard avec trente-deux mètres cubes de meubles, leurs premières dents cassées et trois bambins. Il n'a jamais réouvert sa « *time capsule* ».

Un large Post-It en forme de cœur est collé sur la face supérieure ainsi qu'une pince-monseigneur :

In case you are ready to see, my love [1].

Alison sentait qu'un de ces jours Jérémie allait chercher un peu d'enfance, de force. Elle savait qu'il ne lui en dirait rien, qu'il se retrouverait là devant sa malle au trésor. Elle a tout prévu, dépoussiéré sa boîte à outils assemblée lors de ses cours de bricolage du BHV. À leur installation en France, elle avait tenu à « faire sa maison », à en maîtriser entrailles, recoins, faiblesses. Elle avait accumulé un matériel de pro, avait épaté les artisans qui s'étaient succédé pour monter les murs, refaire le parquet, poser les quatre salles de bains. Depuis, ils appellent deux fois par an, vérifient que tout va bien, prennent des nouvelles de la famille. Surtout d'Alison, au cas où elle aurait besoin d'un « dépannage ».

Jérémie fait sauter le cadenas d'un coup de pince. L'odeur jaillit du couvercle, une mixture d'anti-mites, de cordage de tennis et de Bel Ami, son tout premier parfum. Intrigué, il s'accroupit devant la cantine, en retire calmement les livres de Tolkien, deux raquettes Head, l'album *Thriller* format 33 tours de Michael Jackson, le déguisement de chevalier de son dernier jeu de rôle dans la forêt de Fontainebleau, ses bulletins de notes depuis la sixième, son diplôme, ses fiches de révision au concours, *L'Invention de l'Europe* d'Emmanuel Todd, une figurine de Goldorak, sa place au concert de U2 au Parc des Princes en 1997, où il avait demandé Alison en mariage. Reste tout au fond un cube en plastique de photos qu'il saisit, le cœur serré. Jérémie s'affale sur le sol. Dos contre le rebord métallique glacé, il contemple les Polaroïd de son enfance, de sa « famille » avant. Sur

1. « Au cas où tu serais prêt à voir par toi-même, mon amour. »

une face, sa maman à la maternité, lui tout contre elle, minuscule. Sur une autre, sa grand-mère paternelle, celle du sandwich au chocolat Galak, dans ses rosiers, la maison de famille des Landes dans le fond de l'image. Une autre, embrassant sa femme sur le front devant le train fantôme qu'enfant il adorait, son père jeune, magnifique. Son portrait craché, pétant de santé. Jérémie s'enfonce dans le sol. Il a été expatrié, roi déchu des dérivés. Il est père, multimillionnaire, mercenaire. Mais depuis quand n'est-il plus « fils » ? Un souffle sur son épaule le saisit et lui retourne le cœur. À l'hôpital seul dans son lit, son père a-t-il froid ? Il pense au corps de sa maman, celui qu'il n'a pas osé voir dans la chambre mortuaire. Au souffle du dernier baiser du soir, sur l'oreiller. Jérémie se lève. Même briqué, l'endroit est sinistre, trop de personnes disparues, de désirs ratés, de moments manqués. Il glisse une des photos du cube dans sa poche, laisse ses souvenirs d'enfant à même le sol. Le Post-It en forme de cœur d'Alison tombe sur le vieux parquet.

Sans réveiller personne, Jérémie plonge dans un bain bouillant pour se réchauffer. Il est 6 heures du matin et son téléphone s'énerve.

Bertrand : *J'ai besoin que tu prennes Clara et les enfants chez toi pendant quelques jours. Je pars en Afrique du Sud avec toute la cavalerie. Suis inquiet. Appelle-moi pour Xenia. Faut que je te briefe.*

Le PDG de Xenia : *Pourriez-vous venir dans les meilleurs délais ?* Jérémie bougonne un « Va crever ! ».

Gao : *Votre papa s'est réveillé.*

Il enfile un jean, un gros pull, des Timberland à semelles épaisses, celles qu'il met quand il neige. Il programme un message d'absence de bureau sur ses adresses mail et téléphones, s'isole au sous-sol de l'hôtel particulier, là où personne ne le dérange jamais. La télévision déverse les journaux du matin : la faillite de Xenia est imminente. En Chine, le bloggeur Zhen Ran est enfermé dans un asile psychiatrique. Quelques partisans défilent devant l'Assemblée. Sur un carton : « La liberté ne sera pas apportée par les troupes impériales mais par un Internet libre. » On a retrouvé du chat sous antibiotique dans des petits pots bio pour enfants. À un dîner de charité de l'église Glide à San Francisco, Ted Weschler a déboursé 5 millions pour un tête-à-tête avec Warren Buffet. Michael Perblood est pressenti pour devenir le CEO de Folman Pachs. Plus personne ne parle de la mort de Sébastien, même pas dans une brève.

Jérémie attend 8 heures pour appeler le docteur Caltran à l'hôpital Bichat. D'une voix pleine de sommeil, il lui confirme que son père a quitté les soins intensifs neurovasculaires, la *stroke unit*, pour le service de neurologie :

— Il va s'en sortir ? s'enquiert Jérémie, plein d'espoir.

— Disons que le pronostic vital n'est plus engagé. Mais les lésions au niveau de l'hémisphère gauche restent très volumineuses.

Jérémie éteint la télévision :

— Qu'est-ce que cela veut dire ?

— Votre père va avoir besoin d'aide, pour à peu près tout. Il ne vous reconnaîtra peut-être pas.

— Pardon ! Vous dites qu'il ne me reconnaîtra pas ?

Il cache sa tête dans ses mains.

— Bon, on n'est jamais totalement certain. On peut toujours espérer, temporise le médecin.

— Je vais payer, lui trouver les meilleurs spécialistes. On ira au Japon s'il le faut. Il ne peut pas rester comme ça. Il ne peut pas finir comme cela, vous comprenez. Et puis, il a son affaire à faire tourner, des employés, un bureau, des dossiers, une fam… une vie quoi ! se reprend-il.

— Je comprends, c'est difficile à accepter. Mais voilà, étant donné l'étendue des lésions et leur localisation, pour votre père la pensée par les mots n'existe probablement plus.

Seul au sous-sol, Jérémie gémit :

— Putain, ça veut dire quoi, ce charabia ?

— Qu'il va falloir réapprendre à communiquer autrement.

Autrement ! peste Jérémie en lui-même. Mais nous ne communiquons *juste pas* !

— C'est injuste ! s'écrie-t-il comme un petit enfant. Il a toujours pris soin de lui. Jamais une goutte d'alcool, pas de cigarette. Son truc, c'était son travail et les femmes. Et maintenant, il a de la marmelade à la place du cerveau !

— On va essayer tout ce que l'on peut. À ce que vous et sa femme m'avez dit, votre père avait un début d'Alzheimer. Son AVC va probablement l'empirer. Essayez de vous reposer et de penser à la suite. Il va falloir lui trouver un endroit. On ne va pas pouvoir le garder ici.

— Comment !

— Une institution spécialisée, un centre de soins longue durée, précise le professeur.

Un mouroir ! Ils veulent mettre mon père dans un mouroir, tremble Jérémie.

— Il va falloir libérer le lit, Monsieur. Je suis désolé, insiste-t-il.

— Mais… balbutie-t-il.

Son cerveau riposte : il faut appeler Bertrand, faire fonctionner le piston pour garder le lit, trouver une place dans le meilleur hôpital de Paris, un RDV en urgence chez le ponte mondial de l'AVC. Les connexions servent à passer devant les autres. *Too big to fail*, merde, mugit Jérémie.

— Il y a un établissement qui pourrait l'accueillir, poursuit Caltran, à Saint-Germain-en-Laye. Je les ai déjà prévenus. Si vous pouviez aller les voir aujourd'hui, ce serait bien.

Projeté d'un coup dans sa réalité de dernier survivant, Jérémie note l'adresse puis lâche le téléphone, fébrile. Recroquevillé sur son canapé, il entend ses propres enfants rejoindre le bus de ramassage scolaire. La maison doit se vider pour qu'il en sorte. Il regarde autour de lui. Il voulait se raccrocher aux branches de son enfance. Dans son bunker, il n'y a personne pour le rattraper.

Au volant de la Clio de la femme de chambre philippine, il passe devant la Lamborghini Aventador toujours bloquée au milieu de l'allée. Un merle s'est posé sur le toit. « Qu'il la garde », maugrée Jérémie. Une photo de famille et un chapelet pendouillent du rétroviseur de la petite voiture. Il met le chauffage à fond, ne reçoit qu'un air froid parfumé au pin des Landes. Il se frotte les mains pour les réchauffer, le temps que le portail s'ouvre. Une 806 gris anthracite aux vitres fumées barre la route. « Qu'est-ce que c'est que cette m… », ronchonne-t-il. La porte arrière s'ouvre, un septuagénaire bedonnant en sort difficilement. Il reconnaît le patron de Xenia aperçu ce matin à la télévision. À la main, Jérémie baisse la vitre et lance d'un ton mauvais :

— Vous désirez ?

— Je vous emmène avec moi. Cela fait six heures qu'on essaie de vous joindre. On a besoin de vos services. L'avenir du système bancaire français et la solvabilité des municipalités sont en jeu, lance-t-il, sentencieux.

Il a surtout peur pour sa réputation d'ancien inspecteur des finances.

— Mais bien sûr, le tacle Jérémie. Écoutez, poussez-vous, vous me gênez. Je suis occupé. Je viendrai demain, enfin si vous êtes encore là. Et maintenant, dégagez votre tank ! J'ai pas le temps.

— Votre prix sera le…

Jérémie referme la vitre sans attendre la suite. Le type ne bouge pas. Jérémie enclenche la marche arrière, frôle les mocassins vernis du PDG. Il repasse en première, braque à cent quatre-vingts degrés. Les pneus de la Clio patinent sur l'herbe du bas-côté. Elle se faufile entre la berline et le portail, y laisse un peu de peinture mais pas de carrosserie. Je paierai, se dit Jérémie.

34

Clara émerge dans un lit vide et froid. Bertrand a fui à Bercy. Depuis vingt-quatre heures, elle coule en plein cauchemar. Elle attrape son téléphone en veille sur la table de nuit : pas de message. Elle se lève, le ventre en vrac. Dans la cuisine, elle se brûle avec l'eau du thé, met du sel dans son yaourt, guette l'heure du prochain flash info. Écouteurs posés sur la table en formica, Théo la regarde tristement.

— Des *news* ?

— Non, mon chéri.

Son téléphone clignote. Elle laisse échapper sa tasse, se traite de grosse vache.

— Pourquoi tu flippes comme ça, Maman ?

— Je n'ai pas peur, ment-elle en ramassant les débris, j'ai de la peine.

— Pourquoi papa n'est pas avec nous ?

Vaste question. Elle ne trahit jamais Bertrand devant ses enfants. Brave, elle tente de maintenir l'image d'un père aimant mais accaparé. Elle cultive un semblant d'union, ne récolte que de l'amertume.

— Il doit être débordé. Il part demain soir en Afrique du Sud avec la ministre.

— Quoi ! Il va nous laisser tout seuls ?

— Que quelques jours, Théo, que quelques jours.

Le timbre de la sonnette résonne dans l'appartement, réveillant la petite Lucie. Clara parcourt le couloir de l'entrée en maugréant :

— Elle démarre bien, celle-là !

Agacée, elle ouvre la porte. Une fille rayonnante lui répond par un grand sourire et une voix pleine de chaleur :

— Bonjour, excusez-moi, je n'aurais pas dû sonner bien sûr mais cela fait cinq minutes que je tambourine à la porte et je craignais que vous ne soyez déjà partie.

— Pa… pardon, articule Clara, cherchant à deviner sa nationalité, libyenne, iranienne, turque ?

La fille brune aux yeux noirs pénètre dans l'appartement. Port de tête altier, élégante, elle écarte légèrement Clara pour se frayer un passage, comme si elle était chez elle. Une femme debout, sur ses deux pieds, se dit Clara, médusée. Pour une fois, l'association qui la ravitaille en nounous a trouvé une vraie remplaçante à Gladys en une journée. Et non une étudiante désœuvrée en intérim. Théo déboule dans le couloir, la détaille de haut en bas. Il imagine la tête de ses copains quand ils la verront, esquisse un sourire. En l'apercevant, Lucie arrête immédiatement de geindre.

— Allez-y, on fera connaissance ce soir. J'ai prévu de passer un peu de temps pour papoter. L'agence m'a tout expliqué.

— Vous… vous êtes sûre ?

— Allez, vous avez du travail et moi je suis là, affirme la fille avec une autorité qui l'étonne, comme si elle savait tout de ses tourments. On m'a dit de prendre bien soin de vous. Je m'appelle Saadet. Et toi tu es Lucie, je parie.

La petite s'approche, la jeune femme s'accroupit à sa hauteur, s'excuse de l'avoir réveillée, lui demande de lui indiquer la cuisine pour un bon petit déjeuner. Hésitante, Clara attrape son téléphone qui clignote depuis trois minutes :

Tu peux lui faire confiance.

La journée démarre par une délivrance.

Dans la rue, Clara se retourne sur son chemin, jette un regard méchant à chaque personne qu'elle croise. En une nuit, elle s'est transformée en guerrière. Bien décidée à ouvrir les documents, elle veut comprendre leur contenu et ensuite seulement appeler la police.

Tout à son plan, elle ignore le jeune type à l'accueil, ses collègues dans l'ascenseur. Elle traverse la salle de rédaction qui bruisse sur son passage. Les journalistes la dévisagent, connaissent ses liens avec Sébastien Costal. Parvenue sur le seuil de son bureau vitré, elle pile net. Affublé d'une chemise de bûcheron flambant neuve, Alex fume, installé face à l'ordinateur. Les affaires de Clara — photos de ses enfants, boules chinoises anti-stress, bibelots du monde, pass VIP pour tout ce que Paris compte en conférences, lectures, événements, pilules contre les aigreurs gastriques, boîtes de Tampax — sont jetées dans un carton ouvert à même le sol :

— Faut pas te gêner ! vitupère-t-elle.

— Ben quoi ? Je viens de faire la nique à la *Tribune*, s'exclame-t-il, tout fier. J'ai publié la dernière stat sur le chômage quarante-huit secondes avant eux ! Tu te rends compte, je viens de leur mettre quarante-huit secondes !

Le succès d'un journal ne se mesure plus à la qualité de son contenu mais à sa vitesse de publication.

— Qu'est-ce que tu fabriques dans mon bureau ?

— Va voir Laurent. Il y a du changement.

— Quoi ?

Elle fonce vers la pièce mitoyenne, trouve le rédacteur en chef hilare au téléphone. Sans interrompre sa conversation, il fait signe à Clara d'entrer :

— Oui, comptez sur moi. Pas de problème. On vous réserve notre meilleur emplacement… Oui en quatrième de couverture… Oui pour la finale de la Coupe de France… à prix d'ami… non, non, ne me remerciez pas, c'est tout naturel… Pardon ? Dans votre avion… pour le Grand Prix d'Abu Dhabi ? Ah… merci, merci. Oui je donnerai mes disponibilités à votre assistante… à bientôt alors… Oui, c'est ça, c'est ça. Moi aussi je suis ravi.

Il raccroche, rayonnant.

— C'était qui ? demande Clara.

— *Foodyear.*

— On leur prend une pleine page de pub ?

— Absolument. Et pas qu'une, se targue-t-il. C'est un *deal* sur tout le semestre. Depuis combien de temps, à ton avis, on n'a pas eu ça, hein ?

Il fait des petits bonds de joie sur son fauteuil noir en vachette, la laisse debout, raide.

— Mais enfin, proteste Clara, ma journaliste se tape toutes les réunions syndicales et collectent les infos sur le projet de fermeture de l'usine depuis trois semaines.

— Ben justement, tu tombes bien. « Ta » journaliste, comme tu dis, elle est revenue.

— Quoi ? On arrête de couvrir le conflit ? s'offusque Clara en s'avançant vers lui.

La France licencie à tour de bras. Les lecteurs du journal n'ont jamais eu autant besoin d'anticiper la prochaine manœuvre du CAC qui ferme en Europe pour ouvrir dans les prochains BRIC, Kenya, Colombie, Nigeria.

— Quel conflit ? T'as entendu parler d'un conflit, toi ? C'est comme Mittal, Renault, Sanofi, Peugeot… ça se dégonfle ces trucs. On sait déjà comment ça va finir. Et puis, s'énerve-t-il à court d'arguments, nos lecteurs n'ont pas envie d'acheter un journal qui ne leur parle que de licenciement et de crise de l'Europe, voilà. Non, ce qu'il faut, c'est un peu de rêve.

Sur sa table de bureau noire, il aligne les piles de papier, comme un écolier préparerait trousse et cahier. À chaque fois qu'il est mis en contradiction, il range de façon frénétique, empile des feuilles les unes sur les autres, en petits tas bien uniformes. Un bon patron, lui avait répété son père, c'est quelqu'un qui range bien son bureau.

— C'est dégueulasse.

— Fallait pas quitter le navire la belle, la raille-t-il, rassuré d'avoir mis de l'ordre.

— Une journée ! C'était juste une journée, merde ! Et pourquoi Alex est assis dans mon bureau ?

— Je viens de te répondre. Tu te réinstalles dans l'*open space* avec les pigistes et les juniors. On n'est pas à la Poste ici.

Le rédacteur en chef fait mine de saisir un édito à relire. Furieuse, Clara tente de se maîtriser. Elle ne va jamais pouvoir lancer ses recherches et consulter le contenu de la clé USB d'un poste ouvert à tous les regards. À moins qu'elle mette toute la rédaction de son côté.

— T'as une question ? s'agace-t-il comme elle reste plantée au milieu de la pièce.

— Oui, se lance Clara, j'aimerais enquêter sur les liens entre finance et politique.

— C'est vrai que tu es bien placée…

— Nous sommes en déni de démocratie, poursuit-elle, ignorant sa pique. J'aimerais que tu me donnes ton accord.

— C'est-à-dire ? fait-il, perfide, en la fixant.

— Que… que tu me soutiennes, bégaie Clara, soudain faible.

Il s'enfonce dans son fauteuil, pose ses pieds sur son bureau. Clara dispose d'une vue imprenable sur ses semelles Minnelli. Il la jauge :

— Ce n'est pas un bon sujet, pas pour nous. C'est dangereux.

— Pardon ? s'étonne-t-elle. Ne t'inquiète pas, je serai très prud…

— Mais non, pouffe-t-il. Je ne m'inquiète pas pour toi. C'est ce que tu insinues qui est dangereux. Eh ouais, si tu racontes qu'on n'est plus en démocratie, tu flattes les extrêmes, tu fais le lit de Marine Le Pen. Non, non, franchement, oublie ton idée. Il vaut mieux une démocratie imparfaite qu'un régime fasciste.

Le téléphone de Clara bipe, lui signalant un nouveau SMS. Par réflexe, elle jette un œil, craignant un message de Saadet :

Laisse tomber. Il ne t'aidera jamais.

— Ça va ? demande-t-il.

— Oui, oui, fait-elle en quittant la pièce.

— Attends, la retient-il en ramenant ses pieds sous lui et en pointant l'index sur elle. Au fait, tu as des nouvelles de l'enquête sur la mort de Costal ?

— Non, non. Rien du tout. Franchement, je ne suis pas la bonne personne pour suivre l'affaire. Tu le sais bien, je manquerais d'objectivité.

— Non mais je rêve. Qui s'en soucie ? Mets-toi au boulot !

Clara quitte le ring. Mauvais combat. Au sein du journal, ses jours sont comptés, ses heures peut-être. Elle cherche un poste vide, au milieu de la salle de rédaction. Si elle ne peut travailler sur les documents de Sébastien, au moins pourra-t-elle entamer l'écriture de sa chronique. À quarante-huit heures de son passage à l'antenne, elle n'a pas le début d'une ligne, une idée qui tienne, un fil pour la repêcher. Elle trouve une table à l'écart, réservée aux stagiaires, y pose son sac. Les journalistes s'agglutinent autour de l'écran du responsable des pages « Ressources humaines » de *Bizness Day.*

— Je vous préviens les mecs, c'est la dernière tendance.

Il branche l'enceinte, bascule sur grand écran, fait signe à Clara de les rejoindre. Ensemble, ils découvrent un film d'animation argentin de six minutes, intitulé *Le Syndrome du larbin*. Ils rient au début. Le commentaire les assassine :

« Après des siècles d'esclavagisme et de féodalité, la transmission génétique aurait permis la formation d'une souche vivace de larbins domestiques au profit d'une nouvelle espèce de primate : l'*homo larbinus*. Le trouble se développe dès l'enfance mais le processus s'aggrave à l'âge adulte lorsque le sujet prend conscience de la médiocrité de sa condition. Le larbin souffre d'un comportement pathologique qui lui fait prendre systématiquement la défense des classes les plus favorisées, au détriment de celle dont il est issu. Pour sublimer sa désillusion, il s'identifie à ses maîtres [...] agit dans le sens de ceux qui l'exploitent pour s'attirer leur bienveillance. »

À la fin du film, les pieds lourds, les journalistes regagnent leur poste de travail. Comme à l'usine, ils remettent leurs écouteurs pour chasser le bruit des autres. Penchés au-dessus de leur clavier, scotchés à leur bureau, ils sont les OS de l'info. Il y avait la banalité du mal, il y a maintenant la banalité du renoncement, culturel. C'est un effondrement silencieux, intérieur et collectif, qui mine la révolte en la décrédibilisant avant même son apparition. Personne n'est plus concerné que les journalistes. Ils fricotent avec des patrons et des politiques, ils perdent leur distance critique, veulent devenir comme eux, riches, dans la lumière. Parce qu'ils les fréquentent, ils pensent leur ressembler. Leurs salaires s'effondrent, leur profession se précarise. Accrochés à leur petit fauteuil, la proximité du pouvoir est tout ce qui reste à ces journalistes censés le surveiller, le contester. Au nom du chiffre, le libéralisme asphyxie ses détracteurs. Depuis qu'il a été soumis au diktat de la rentabilité, il n'y a plus de quatrième pouvoir. À force de collusion, la profession massacre sa raison d'être. Dans sa carrière, Clara a passé plus de temps à éviter les charrettes de licenciement qu'à enquêter. Sébastien avait raison : le journalisme est mort. Il en a bénéficié pendant des années, ne lui aura pas survécu.

Elle s'installe au bureau vide, allume mécaniquement l'ordinateur dont le ventilateur démarre poussivement. Elle regarde l'unité centrale de la machine avec compassion : Clara aussi rame. Sébastien, Vanessa, Bertrand, son rédacteur en chef sont des colonels larbins ayant un peu mieux réussi que les autres. Planqués derrière leur parti, multinationale ou rédaction, ils se tiennent à l'écart de la vraie vie. Leur suffisance masque une docilité extrême. Ils campent devant les portes de ce qu'ils croient être le pouvoir. Ils aboient dès qu'on les approche, mordent si on les touche. Ils taisent leur tristesse à coups de petits privilèges, d'images, d'objets, de médicaments. C'est parfaitement organisé. Ils représentent « l'Avenir de la Nation ». Mal placée, sur-entretenue, l'envie les transforme en clébards que le moindre sucre apaise.

Ses fantasmes de rébellion, ceux qu'elle a mis au placard en même temps que son cœur, quinze ans auparavant, reviennent comme un boomerang. Toutes ces années, elle n'a pas eu peur de déranger mais de se retrouver seule, loin de la norme, de sa place. Colonel larbin, ce n'est pas si mal après tout. Le déclassement est la hantise de la génération X, sa fatalité. Qu'est-ce que cela coûte d'en sortir ? Et Antoine, est-il, lui aussi, un larbin ? Son téléphone l'avertit d'un nouveau message :

La puissance financière est basée sur l'exploitation du travail cognitif et la déconnexion au corps.

Au milieu de la salle de rédaction, Clara recule dans son fauteuil : Antoine l'observe, mais lit-il aussi dans ses pensées ? Jusqu'où la pirate-t-il ?

Le type de l'accueil se plante devant son bureau de stagiaire :

— On a amené cela pour vous, à l'instant. J'ai pensé que c'était important.

Elle le regarde à peine, attrape le pli, une enveloppe A5 matelassée, puis revient sur le visage du réceptionniste, tout à coup familier. Elle fronce les yeux :

— On s'est déjà vus ?

— Tout à l'heure quand vous êtes arrivée sans doute.

— Non, avant.

— Non, non, je ne crois pas, bougonne-t-il en repartant.

Elle ouvre l'enveloppe, oublie le type. Un vieux téléphone portable, trois cartes SIM jetables, deux clés USB noires jaillissent ainsi qu'un papier indiquant une adresse précise — le 1, place Prosper-Goubaux, à quelques rues du journal, ainsi qu'une heure. C'est bien l'écriture d'Antoine et le rendez-vous a lieu là, tout de suite.

35

À l'orée de la forêt de Saint-Germain-en-Laye, Jérémie emprunte une petite route indiquée par un panneau : « Résidence du Premier Sourire ». Depuis quand les hospices ont des noms de sectes ? Secoués par la route devenue chemin, la photo en pendentif et le chapelet cognent le pare-brise. Il passe une première barrière puis une seconde. Une grande bâtisse moderne s'étend au fond d'un parc rendu boueux par la pluie, clos de murs. Il se gare sur le parking visiteurs, inspire une grande bouffée d'air avant de descendre de voiture. Il n'a toujours pas croisé d'âme humaine. Cela pourrait être la demeure de la famille Adams, un cimetière d'éléphants.

La porte d'accès est verrouillée par un digicode. Il appuie sur un bouton, une voix nasillarde lui demande :

— C'est pour une admission ?

Jérémie bondit.

— Ce… ce n'est pas pour moi. C'est pour mon père…

Il entend la caméra de surveillance zoomer sur lui.

— Je viens de la part du docteur Caltran.

Le bip s'enclenche, il passe la porte, se retrouve face à deux poissons-chats obèses dans un aquarium vaseux. Devant la borne d'accueil, une ruine d'homme grogne dans un fauteuil, face à personne. Une femme d'une cinquantaine d'années en tenue hospitalière blanche et en crocs rose fluo vient à sa rencontre. Elle replace ses cheveux en s'approchant. Si le père en question est aussi beau que le fils, elle veut bien s'en occuper.

— Bienvenue à la Résidence du Premier Sourire !

Le sien est plutôt beau, sincère. Elle lui tend sa petite main desséchée par le désinfectant :

— J'aimerais… j'aimerais visiter, bredouille-t-il, intimidé.

— Oui, on nous a prévenus. Venez.

L'infirmière lui donne un tas d'explications : un fond sonore auquel il fait mine d'acquiescer. Il fonctionne en pilote automatique. Il s'enfonce dans un monde totalement nouveau, celui d'après la vie et d'avant la mort. D'une précision clinique, il relève les mèches décolorées, le lino pour amortir les chutes, les rambardes pour ne pas tomber, les pastilles Pepsodent pour laver les dentiers dans l'armoire de l'intendance, les paquets de couches géantes dans les placards de service, les fleurs séchées sur les étagères, les plantes grasses vers les fenêtres, des déambulateurs abandonnés devant la porte des chambres, le numéro de la police, des pompiers et du Samu à chaque intersection de couloir. Et partout l'odeur de pisse sèche mêlée au Clinogel. L'infirmière pousse une double porte :

— C'est notre salle des repas, un moment très important dans la vie des pensionnaires. Bien sûr, nous avons une pièce spéciale pour les moments d'intimité en famille. Et devant vous, vous avez nos costauds, ceux qui peuvent attendre le service de 12 h 15 ! s'enthousiasme-t-elle.

La baie vitrée offre une vue directe sur les entrailles de la forêt, béance lugubre. Les concepteurs de cette résidence l'ont-ils fait exprès ? Qu'avaient-ils espéré : la visite de Bambi et des petits lapins ? Ici aussi, probablement, faut-il que cela « crache » : 4 500 euros par mois, quarante lits, demande assurée, croissance illimitée, comme tout ce qui est lié aux déchets ou au gaspillage. Attablés, les pensionnaires se battent avec un petit salé aux lentilles, une vacherie pour les nombreux parkinsoniens. Sur la droite, un homme crie :

— Déshabille-toi, salope !

Le vieillard, qui a dû être beau, menace d'un couteau en plastique une employée de la restauration, une Mexicaine dont c'est le premier stage.

— Voici M. Trident, agrégé d'histoire. À ces heures, il est imprenable au Scrabble, commente l'infirmière.

— Mais, il l'a menacée là…

— Oh, ça… le rassure-t-elle. Il a fait un AVC qui a accéléré son Alzheimer.

Jérémie se glace. Il a lu cela hier sur Internet : avec un Alzheimer, les AVC décuplent les penchants naturels, favorisent la désinhibition sexuelle, les mecs deviennent fous. L'employée de la cantine retranchée en cuisine, le type se bave dessus tandis que sa voisine, une mamie coquette, en profite pour redresser son dentier et lui chiper son pain. Le sentant intéressé, l'infirmière poursuit, sur le ton de la confidence :

— M. Trident soudoie le personnel féminin pendant la toilette. Il voulait qu'on lui achète *Playboy*, qu'on lui amène des copines ! Maintenant que sa famille l'a équipé d'un iPad, on est plus tranquille.

— Mais…

— Il refuse les couches, poursuit-elle tout à son étude de cas, mais il appelle la nuit car il a peur de mourir seul. La nature humaine, Monsieur… Que voulez-vous qu'on y fasse ?

Jérémie aimerait rentrer chez lui. Elle le pousse vers les étages. Sur les horloges, les aiguilles tournent de moins en moins vite. Ils ont changé d'espace-temps.

Auprès de chaque pensionnaire l'infirmière s'arrête, se penche :

— Ça va bien aujourd'hui ?

Elle parle fort, lentement, distinguant les syllabes. L'inverse de dehors. Elle attend la réponse, conclut par un « Bien », quelle qu'elle soit, repart jusqu'au prochain. Jérémie la contemple en héroïne. 2 400 euros par mois à tout casser pour « se faire mourir dessus » : comment peut-on choisir une vie pareille ? Ils visitent une chambre désertée. Un brancard maquillé en lit attend contre un mur. Jérémie remarque les poignées pour se redresser, l'écran plat, les boutons SOS ainsi que les gri-gris pour affronter la nuit ; les photos, dessins d'enfants, petits mots épinglés au-dessus de l'oreiller : les preuves de la vie avant, en trompe-l'œil. Le souffle court, Jérémie est blanc comme un linge. Son père est passé de la classe affaires à la classe 4 d'Alzheimer. Comment pourrait-il le « mettre en demeure » ici ? Le résoudre à n'appartenir à plus rien sauf à une maison de retraite médicalisée ? Je paierai, se rassure-t-il. Ils approchent des ascenseurs. Des pensionnaires sont posés autour de quelques plantes vertes saturées d'engrais.

— Ce sont nos espaces communs, nos « pièces à vivre ». C'est là que nos dames aiment venir papoter.

Rien ne se partage si ce n'est les ronflements d'une grand-mère sur une banquette en laine marron. Des murs suintent la haine larvée, les potins, la question qui compte vraiment : qui crèvera la prochaine fois ? Le *pager* de l'infirmière sonne, elle abandonne Jérémie pour une urgence, promet de revenir le chercher, elle a encore quelque chose à lui montrer. Cerné de vieux très malades et/ou très fous qui l'observent en silence, il se concentre sur la lecture des instructions anti-incendie accrochées à un mur adjacent. Il aurait dû monter dans la 806, se rendre dans la *war room* de Xenia, faire la leçon à ces capitalistes tombés dans le pot de confiture. Ne jamais quitter sa zone de confort. Dans l'angle de son champ de vision, au milieu d'un petit groupe de mamies qui somnolent de concert, une femme cadavérique gémit :

— La tête me tourne, j'ai besoin d'aller m'allonger, souffle-t-elle.

Elle tente de s'extirper d'un canapé pour basculer dans son fauteuil roulant. Personne n'intervient.

— Vous avez besoin d'aide, Madame ? propose Jérémie en se précipitant.

— Comment ? murmure-t-elle.

Il se penche, retient un mouvement de recul. Le temps quitte lentement ce petit corps qui n'en peut plus, un squelette chastement couvert d'une peau prête à craquer. De son visage, il ne reste qu'une paire d'yeux vifs et perçants qui disent : « Je ne veux pas mourir, je veux rentrer chez moi. » Mais pourquoi Jérémie n'a-t-il jamais cherché à revoir sa propre grand-mère, la dame des Landes qui, d'un geste de tendresse, avait sauvé son rapport à la vie ?

— Je vais vous appeler, quelqu'un. Ne bougez pas, propose-t-il.

— Que vous êtes beau jeune homme, soupire-t-elle, à bout de souffle. Mais vous avez l'air si triste. Avez-vous peur de la mort, jeune homme ?

Il cherche une réponse. Assise sous un poster de *Tintin au Tibet*, une femme ordonne, véhémente :

— Ne la touchez pas !

Cheveux cendrés ébouriffés, encore joufflue, probablement plus jeune, c'est la caïd de l'étage. Impériale sur son *rocking-chair*, elle a de gros poils gris qui tombent de son menton, de ses joues.

— Mme Saint-Laurent adore faire son intéressante et nul comme vous êtes, vous pourriez la faire tomber, fait-elle, pleine de mépris pour l'humanité tout entière.

Jérémie n'a pas vu ses dents, juste un trou avec des sons. Il en est persuadé, c'est la sorcière de ses cauchemars d'enfant :

— Pardon ? articule-t-il, éberlué.

— Oui, je vous connais, poursuit-elle en plissant les yeux, l'air malin. Tout le monde vous déteste ici. C'est bien normal… Avec ce que vous avez fait.

Il se relève, croit à un canular, une caméra cachée, un bizutage.

— Madame, vous devez faire erreur, c'est la première fois que je viens ici, se défend-il, secoué par l'aplomb de la vieille bique.

L'actrice de *L'Exorciste* se terre donc à Saint-Germain-en-Laye. Elle le transperce du regard, approche sa main de la tête, pointe son index sur la tempe et le fait tourner :

— Tstt, tstt… Vous êtes fou.

Les pensionnaires sont tétanisés. Jérémie cherche désespérément l'infirmière des yeux.

— Mais, Madame, puisque je vous dis…

La petite vieille qu'il voulait aider tremble un peu. Les autres mamies le dévisagent, méfiantes :

— Allez-vous-en, fait la plus méchante. Et arrêtez de me suivre partout. Sinon j'appelle la police.

Il emprunte le premier couloir à la recherche d'une issue de secours. Je vais payer, se répète-t-il en dévalant les escaliers. Il attrape son téléphone dans sa poche, comme s'il allait l'aider à s'exfiltrer. Des messages s'accumulent, les plus récents s'affichent :

Qu'est-ce que tu fous bordel, appelle-moi. Bertrand.

J'ai besoin de vérifier un truc avec toi, tu peux m'appeler STP. Clara.

N'oublie pas ce soir, 20 heures au Pink Paradise for my birthday. Don't be late. Alison.

Il y a une couronne géante en cours de fabrication pour Seb. Le fleuriste la livrera directement à l'église demain. Si tu veux participer, dis-moi. Vanessa.

C'est sa journée en enfer. 14 h 48 : les zombies sortent des tombes et les fous sont partout.

36

Clara vole jusqu'à l'adresse indiquée, face au métro Villiers. Un vent d'ouest glacé souffle dans les branches des platanes. C'est jour de marché. Les mamies du XVIIe se courbent et s'accrochent à leur mise en plis pour contrer les rafales. Clara se poste devant le 1, place Prosper-Goubaux. Les noms et les titres des professions libérales de l'immeuble s'étalent sur les plaques en zinc : sexologue, avocat, psychiatre. Chez qui Antoine l'attend-il ?

Des fourmis dans les jambes, Clara tient son téléphone à la main, désespérément silencieux. Elle cherche Antoine partout, le cœur battant, tourne la tête à droite à gauche comme lors d'une finale de tennis pour ne pas le manquer et le voir approcher. Une sonnerie retentit derrière elle. Elle s'échappe d'une cabine téléphonique que Clara n'a pas remarquée, sur le trottoir en face de l'entrée de l'immeuble. Personne ne bouge. Elle s'approche de la cabine en tremblant, saisit le combiné alourdi par des décades de postillons :

— C'est Antoine.

Elle flanche au son de sa voix.

— Mais… soupire-t-elle, déçue.

— Je n'ai pas beaucoup de temps, tu me fais confiance ?

— Je… je n'ai pas le choix, articule-t-elle comme elle peut.

— La police, la DCRI et les barbouzes vont essayer de t'approcher et t'interroger. Je sais que Seb ne s'est pas suicidé et qu'il a essayé de te passer des infos. C'est quoi ? Comment te les a-t-il transmises ?

— Sur une clé… enfin… il m'a dit de me rendre dans un cybercafé et de me connecter à une adresse et j'ai tout mis sur une clé.

— C'était vraiment un débutant.

Pour transmettre des informations sensibles, Sébastien aurait bien mieux fait de recourir à une « géocache » : une clé USB dans un bon vieux Tupperware enterré à un endroit dont il lui aurait donné les coordonnés GPS en plusieurs fois, par téléphone, email et courrier postal.

— Quel cyber ?

— Vers la rue du Faubourg-Saint-Denis… je ne me souviens plus…

— À quelle place tu étais ?

— Mais… à côté de la fenêtre, au fond à droite en rentrant.

Clara a probablement été filmée par les caméras de surveillance, un logiciel espion a peut-être déjà aspiré les documents qu'elle y a téléchargés. Il faut effacer les traces de son passage, les métadonnées de sa visite.

— Qu'est-ce qu'il t'a filé ?

— Des documents…

— Sur quoi ? la coupe-t-il.

— Je ne comprends pas grand-chose. C'est très technique. Ça ressemblait à des contrats, il y avait des noms de pays européens, le charabia des avocats et des banquiers, des acronymes, du verbiage bien à eux genre *swaps* de devises, et puis des montants.

— Oh, putain… blanchit Antoine

— Il faudrait que je les montre à Jérémie.

— Attends un peu, s'énerve Antoine, pour l'instant ne le mêle pas à ça. Je vais t'aider. N'imprime rien surtout.

Sur chaque page, toute imprimante laser laisse de minuscules taches d'encre. Cela n'a rien d'un défaut d'impression. C'est un code qui précise la date, l'heure, l'auteur du document et le numéro de série du périphérique.

— Et copie ce que tu as sur les deux clés USB que je t'ai données et uniquement celles-là.

— C'est quoi ces clés ?

— Elles ont un logiciel qui détecte les programmes utilisés par les laboratoires d'expertise technico-légale. Si un enquêteur récupère ta clé, elle s'auto-effacera et tu seras protégée. Il n'aura rien à te reprocher.

Précaution énorme : les sonneurs d'alerte peuvent prendre le temps de travailler tout en étant inattaquables en cas de fouille.

— Et j'en fais quoi ?

— Je t'attends dans les toilettes du café en face. Tu y vas bien tout le temps, non ?

— Euh… oui.

— Amène-moi une clé, l'autre, tu la gardes dans ton sac. Tu la donneras en temps et en heure. Et n'oublie pas, jette l'originale, celle du cybercafé, dans les W-C.

— Mais…

— Je t'attends. Ne change rien à tes habitudes. Méfie-toi de tout le monde et surtout de Bertrand.

Clara écoute, hallucinée, la suite des instructions : ne plus rien payer en carte bleue, donner son pass *Navigo* à un SDF, n'acheter que des tickets, mettre une capuche ou une casquette sur ses cheveux, se déplacer la tête baissée.

— Ne dis rien par email ni par téléphone. Avec moi, que du IRL.

— Quoi ? Irréel ?

— *In Real Life*. Juste du face-à-face. Pour le reste, branche le téléphone que je t'ai passé. Utilise-le pour communiquer avec Saadet. Et laisse ton smartphone à ton bureau. C'est un piège à con. À tout de suite.

— Juste une chose : c'est toi… la nounou ?

— Oui, une belle-sœur, tu ne crains rien.

Il raccroche. Clara tourne sur elle-même et scrute la place à la recherche d'Antoine. Elle a l'impression d'avoir un satellite braqué sur elle. Elle ouvre son sac, contemple ces objets censés la rendre « libre » : iPhone, cartes de crédit, de fidélité, d'abonnement, carte de transport. Les outils nous surveillent.

De retour au journal, elle traverse la salle de rédaction sans un regard, exécute, les yeux hallucinés, le plan d'Antoine : un transfert de clé à clé.

Elle redescend, traverse la rue mécaniquement, file aux toilettes du café sans saluer le serveur. Elle râle contre Sébastien même s'il est mort. Elle lui en veut de ruiner ses retrouvailles avec son grand amour : Antoine et Clara se sont quittés sur un bitume gelé. Ils se retrouvent dans une pissotière.

Les toilettes sont désertes mais propres. Clara s'agace de cette manie des cafés parisiens d'installer des miroirs partout. Elle se voit sous toutes les latitudes : petit animal craintif, mal maquillée, fagotée comme un sac. Tu parles d'un *come-back,* maugrée-t-elle en poussant la porte des toilettes pour femmes, le cœur dans la gorge et la bouche sèche. En lieu et place d'Antoine, une enveloppe trône sur le lavabo écaillé. Son téléphone bipe :

Mets la clé dans cette enveloppe, place-la dans le sac plastique derrière la porte, jette le tout dans la poubelle et sors du café. Je te recontacte.

Clara pleurniche. Elle n'est plus qu'une marionnette. Elle retourne au journal. Le réceptionniste est parti. Elle a reconnu son visage : c'était son voisin au cybercafé. Un dernier message :

Le pouvoir est de l'énergie qui apprend [1].

Elle regarde le bureau de stagiaire au sein de la rédaction, ramasse ses affaires. Elle rentre chez elle pour se mettre au travail. Le problème n'est jamais de savoir si on est paranoïaque. Mais si on l'est assez.

1. Frank Herbert.

37

Le temps de traverser Paris, Jérémie se détend un peu dans la Clio. Après tout, sa maman avait la même. À l'hôpital Bichat, il inspire profondément avant d'entrer dans la chambre. Il pousse la porte, gonflé à bloc. Le lit est vide, son cœur se serre puis exulte : de dos, son père est calé dans un fauteuil tourné vers la fenêtre. Aucune réaction à la porte qui claque. Jérémie tousse, tape du pied. Pas de réponse. Le silence lui casse les tympans. Il n'y arrivera pas. Comme un voleur, il se rue vers la sortie, priant de ne pas croiser le professeur Caltran. Des patients sur des brancards s'agglutinent le long des couloirs, dans le passage, leurs effets personnels éparpillés, vers les pieds. Ils ont le même regard de chiens battus, de résignation. Il a passé sa vie à éviter la défaite, son père, la mort. À dire « Je n'ai pas le temps ». Il a fui à Hong Kong. Son ordinateur magique lui sert de tapis volant. Jérémie fait demi-tour : c'est bien l'heure d'un nouveau rendez-vous, tous ensemble.

Il reste un long moment derrière son père. Immobile, il perçoit sa respiration, les bruits du couloir, la protéine liquide qui s'écoule dans la sonde gastrique. Il contourne le fauteuil, se place dans son champ de vision. Toujours rien. Il tire l'unique chaise visiteur en bois, s'assoit face à lui. Masque de cire, la peau tendue comme soufflée, yeux bloqués sur un point, prêts à jaillir des orbites, c'est une statue du musée Tussands. Jérémie approche, passe une main devant. Pas de mouvement réflexe, même pas un clignement. Il le sonde sous toutes les coutures, fixe ses pupilles. Cela pourrait être le jeu de la barbichette, un duel, deux hommes fouillant l'âme de l'autre. Noyé dans son cerveau, son père est imbattable.

— Qu'est-ce qu'on va faire de toi ?

Il reste de longues minutes en silence. Il ne voit pas Gao qui les observe à travers la porte vitrée. Il se lève calmement, approche de son père, pense à l'infirmière de la Résidence du Premier Sourire. Il pose sa main droite sur la sienne, articule, fort mais lentement :

— Ça va bien aujourd'hui ?

Il attend la réponse qui ne viendra pas, marque une pause :

— Bien. Papa, on te prend avec nous.

Il lui caresse la tête, pose un baiser sur son front, un baiser qui lui fait un bien fou. Avant de quitter la pièce, il retire de la poche de sa veste la photo qu'il trimballe depuis le début de la journée, celle retirée du cube en plastique de son enfance. Il la coince contre le rebord de la fenêtre, face au fauteuil de son père : sur la terrasse de la maison des Landes, ils sont enroulés dans une même serviette. Hilares, ils viennent de passer l'après-midi à jouer dans les vagues. Jérémie ne savait pas bien nager. Son père lui avait appris à planter ses pieds dans le sol pour résister à tous les courants. Il ne l'avait jamais lâché.

C'est là que sa vie de fils s'est empalée contre une chaise longue en plastique blanc, l'été du divorce. C'est là qu'ils vont tous retourner.

Jérémie sort aligné, redressé. Son père bouge un doigt. Une larme s'y échouera, bien plus tard.

Jérémie arrive en râlant rue de Ponthieu, maudissant cette journée qui n'en finit pas. Il tend la clé de la Clio au voiturier du Pink Paradise où Alison l'attend pour fêter son anniversaire. Il passe devant le videur, descend quelques marches. Cela ne peut pas être pire que la Résidence du Premier Sourire et il a besoin d'un verre. Velours rouge sur les banquettes, lumière tamisée, rideau de perles, filles nues en glam chic qui ne lui font aucun effet : cette attraction fait partie des passages obligés des jeunes recrues de la finance, la *lap danse* payée par le *boss* est un rituel. Il s'en est vite lassé. Il donnerait cher pour rentrer chez lui, s'enfermer dans son sous-sol à lui, prévoir la suite. Il a hâte d'annoncer la nouvelle à Alison. Elle va le soutenir, elle l'a toujours soutenu. Il la cherche dans le salon feutré, parmi une clientèle plus populaire que dans sa mémoire, presque provinciale. Alison a déjà dix minutes de retard. Il s'installe au bar, commande un premier Whiskey. Pris dans son train fantôme, il n'a rien avalé de la journée.

Moulée dans une robe en skaï blanc, une brune bronzée aux UV débarque sur scène. La salle hurle dès ses premiers mots. Ambiance de bêtes affamées. C'est la star du milieu. Jérémie voudrait s'en aller. Mais qu'est-ce qu'Alison peut encore avoir en tête ? Et où est-elle d'ailleurs ? Vingt minutes de retard. Il appelle son portable : messagerie, pas son genre. Il commande un deuxième verre. Et s'il lui était arrivé quelque chose ? Il réessaye, une fois, deux fois, trois fois. Elle a toujours été fidèle au poste, à l'heure, impeccable. Depuis des mois, il a perdu le contact. Il la faisait rire, la considère comme acquise. Si elle se volatilisait maintenant, la dernière phrase qu'ils auraient échangée serait : « *Mais c'est quoi ce dentifrice aux plantes de merde que tu nous as encore acheté !* » Grandeur de l'amour. Il fixe l'escalier, ne veut pas la louper. Il s'énerve, pense à partir, après un autre verre. Cela ressemble à une mauvaise blague. Il repense à la vieille sorcière qui l'a traité de fou à l'hospice. Il s'enfonce sur le tabouret de bar, le trouve de plus en plus confortable, après quelques verres. Trente minutes de retard, il bondit sur son téléphone qui annonce deux messages :

J'arrive Darling. Attends-moi surtout. Alison.

Il faudrait que je te voie. STP, appelle-moi. Clara.

Il a complètement oublié de la rappeler, se promet d'y remédier dès son verre terminé. Il entend à peine la brune en skaï rappeler qu'il s'agit du premier concours national amateur chorégraphique de pole dance. La vice-championne du monde 2011 de la discipline Laurence Hilsum monte sur scène : standing ovation pour la présidente du jury du concours de ce soir, une immense blonde sculptée dans une robe longue bleue fendue sur le côté, jusqu'à la fesse gauche. Plume bleue à l'oreille, un chignon de danseuse, regard de louve, c'est Miss Monde aux Jeux olympiques. Elle a quelques mots pour les candidates dont c'est le premier spectacle, leur ténacité, les blessures. La présentatrice annonce la première « athlète », une Toulousaine de vingt-trois ans, étudiante en architecture qui « fait de la pole danse » depuis dix-huit mois. Les lumières s'éteignent, le rideau s'ouvre sur deux barres verticales. La fille arrive en boxer et soutien-gorge en strass, intimidée, s'excusant presque d'être là. La salle l'encourage, elle se détend, suit la chorégraphie sur *Careless Whisper* de George Michael. Sa peau grippe contre la barre, son corps se tord et se plisse dans tous les sens. Jérémie remarque les bleus entre les cuisses, son diaphragme affolé, les trous de cellulite derrière les genoux quand elle serre trop la barre. Le jury note la prestation puis le public s'exprime à l'applaudimètre. Candidate suivante. D'autres filles défilent, des maigres, des grassouillettes, des douées, des laborieuses, des bodybuildées, des anciennes gymnastes ou danseuses, des « poleuses du dimanche ». Les poses lascives ne servent qu'à calmer le souffle. Jérémie se prend au jeu, trouve ces princesses de la gonflette, parfois vulgaires, souvent drôles, toujours touchantes avec leur désir de bien faire. Alison a une heure de retard, elle a dû se tromper de club. Elle n'a qu'à l'appeler. Une mamie black se déchaîne pendant un numéro :

— C'est ma petite-fille, c'est ma petite-fille ! Elle est magnifique, non ?

La mamie insiste :

— Les amateurs, c'est tellement mieux que les pros. On sent l'enjeu, leur peur, l'effort. Vous savez, ça fait tellement mal. Il y a celles qui ont peur de la barre et celles qui se jettent dessus avec appétit. Le plus dur, c'est de sourire en même temps. Pour une femme aujourd'hui, c'est une école de la vie, ce sport.

Elle essuie une larmichette après l'applaudimètre. Jérémie lui offre un verre. Aucune nouvelle d'Alison. Elle loupe quelque chose. La salle est comble, les spectateurs grimpent sur les poufs. La présentatrice revient sur scène :

« J'ai un grand faible pour la candidate suivante. C'est l'une des meilleures danseuses de l'école parisienne. Si elle travaille encore un peu, elle pourrait facilement passer pro. Le plus étonnant, c'est qu'elle a trois enfants et quarante-deux ans. Et quand vous la voyez sur la barre, vous avez juste envie d'inverser les chiffres. Enfin, vous jugerez par vous-mêmes. Voici Anastasia. »

Une ancienne candidate, une fille avec une serviette éponge autour du cou, commente, juste devant Jérémie :

— Ah ouais ! je la connais Anastasia. Elle est dans le même cours que moi, une vraie bosseuse. La pole, ça l'a complètement décoincée. Elle fait des trucs de dingue.

Les premières notes de *The Reckoning Song* de Asaf Avidan tétanisent la salle. C'est la version *live*, la préférée de Jérémie. Si Alison était là, elle adorerait : la longue plainte mélancolique poussée d'une voix à la Janis Joplin tranche avec la soupe R & B et la techno écoutées jusqu'à présent. La salle se tait. Une femme avance avec une démarche de chat, attrape la barre d'une main assurée, s'enroule langoureusement et attaque une première figure renversée. Jérémie bondit de son tabouret.

— Mais… c'est Ali ! Mon Ali !

Les muscles affleurent sous sa peau. À chaque mouvement il voit son dos se contracter, ses poignets fins ferrer le métal, les plaques d'abdominaux résister à la gravité. Elle est magnifique. Alison disait qu'elle s'entraînait au tennis… Jérémie l'avait même soupçonnée de coucher avec son prof. Il manque de s'évanouir quand elle glisse la tête en bas le long de la barre, accrochée par une seule jambe enroulée. Elle s'arrête à cinq centimètres du sol. Il dessaoule d'un coup.

— Oh ! la, la ! c'est hyper-dur, s'exclame la fille à côté. Trop chant-mé, l'ancienne !

— Le jour où t'auras son niveau et sa classe, on en reparlera, rétorque Jérémie.

Il reconnaît les Stiletto à paillettes qu'elle cachait dans son dos, quelques jours auparavant mais pas le tatouage en forme de papillon qui semble s'échapper de son mini-short, sous son rein droit. Alison contrôle sa respiration, son sourire. Elle enchaîne grand écart, contorsion, pirouette, parfois les trois en même temps. C'est athlétique et d'un grand sens dramatique. Asaf Avidan pleure. Jérémie est médusé par sa grâce, sa force, sa paire de fesses. La musique s'arrête, Alison tire une discrète révérence, récupère la meilleure note. Jérémie se décroche la voix à l'applaudimètre. Alison est son génie dans la lampe. Il est grand temps qu'il la laisse sortir, elle aussi, de la cantine de l'armée.

38

Antoine place son téléphone dans une petite boîte, réplique miniature d'une cage de Faraday. Elle coupe les ondes extérieures, isole totalement l'appareil, l'empêchant de communiquer avec l'extérieur. Il la trimballe toujours avec lui, s'en sert dès qu'il veut effacer ses données de géolocalisation, parler en toute sécurité. Il s'installe sur l'un des bords de la nef de l'église de la Madeleine. Il reçoit les mailings de l'association des Anciens de l'École, les annonces de conférences, de distinctions, les avis de décès en forme de « disparition brutale », l'heure de l'enterrement dans « la plus stricte intimité ». Il ne s'est jamais manifesté.

La cérémonie pour Sébastien est un océan de costumes sombres et chics siglés CAC 40. Le *Who's who* pourrait venir ici faire une photo de groupe : directeurs financiers et patrons de multinationales, grands banquiers, avocats d'affaires, conseillers de Bercy, Matignon et l'Élysée, responsables de la presse économique, nouvelle garde des grands partis politiques, « ces gens qui se tuent à être [1] ». L'équipe de Folman Pachs, en ordre resserré, se remarque à sa raideur extrême. Antoine reconnaît aussi quelques têtes, issues de sa promotion : des filles qu'il a embrassées, avant Clara, des partenaires du rugby, de beuveries ; parmi eux, les quelques types qui

1. Levinas.

ont vraiment percé, les entrepreneurs qui font la couverture de *Capital* sous le titre de « Manageur de l'année ». Et donc Sébastien, dans son cercueil fermé à double tour. Au cas où.

Ils se sont connus à vingt ans, bébés requins, sur le campus, ils étaient déjà une série de clichés mal empilés : la génération *Just do it*. L'enfance s'était dissoute dans l'effort puis l'alcool. Pour la plupart, ils se fréquentent toujours. En quinze années de carrière pied au plancher, ils n'ont pas eu le temps de nouer d'autres amitiés. Vie maritale, adhésion au Racing, Noël sous les tropiques : ils ont tous les apparats de « la vie en *gold* ». Ils quittent rarement le Triangle d'Or, prennent leur passeport dès qu'ils passent le périphérique.

Ils aiment les séries télé américaines en version originale, s'échangent les meilleures adresses de Shanghai, se considèrent comme progressistes. Bien placés sur la pyramide des âges, par effet mécanique, ils prendront le pouvoir. Et tout cela sera à eux : les états-majors du CAC 40, la loge du Grand Orient ou de Roland-Garros, les dîners au Siècle ou à l'Élysée.

Amitiés, loisirs, vacances, tout est tactique, retour sur investissement, courbe d'expérience. Ils conçoivent leur destin comme un long plan d'action, une succession de défis. Réussir, c'est grimper tout en haut : du toboggan, de la tour de la Défense, de la chaîne alimentaire. Ils ont des connexions partout, des liens nulle part. Ils ont lâché les livres, les matières molles, la religion. Douter, c'est ralentir ; se rebeller, se répudier. S'éjecter. Le calcul a pris le pas sur le raisonnement, le cynisme sur l'esprit critique. Ils s'exécutent.

Antoine les observe à la dérobée. Ils pourraient tout bousculer. Ce sont les rois du conformisme, parvenus ici non par talent mais par observation scrupuleuse des règles. Allégeance. Ils se sont construits grâce à la génération précédente, jamais contre. Ils se glissent sans rien questionner dans les mocassins de leurs prédécesseurs. Leurs mentors, leurs « pères », à tuer peut-être, à ne décevoir jamais. Pour eux, ils ont fait les clémentines sans pépin, la vie sans accroc, génétiquement modifiée, spirituellement vierge. Ils représentent la crème de la crème avariée du pouvoir, la relève, le club Mickey des affaires.

Depuis le berceau, les écrans les relient à la matrice, ce qu'ils tiennent pour vrai : les médias de masse, la rumeur publique, l'algorithme de Google. Ils sont les meilleurs éléments de la première génération élevée par les marques et la télévision. De très hauts potentiels, les exaltés du Grand Capital, des enfants gâtés, rentiers d'une France qui les a faits et qu'ils détestent de plus en plus. Elle a toujours haï sa jeunesse. Vieux avant l'heure, ils prennent le relais. Ils jouent aux Cassandres. Cracher sur la France est une figure de style qui les distingue.

Aujourd'hui, ils sont accrochés aux bancs de l'église : un des leurs est tombé. Cela pourrait leur arriver. Suicide, assassinat, une raison d'État, des sbires ressuscités de Kadhafi ? Paris se noie dans mille rumeurs. L'autopsie n'a pas permis de statuer, corps trop abîmé. Sébastien avait une dose anormale de benzodiazépines dans l'estomac mais rien de létal. On le savait un peu déprimé, surmené, décimé par son divorce, sur la tangente. Au fond, ici, qui ne l'est pas ? La France décroche, l'Europe prend l'eau, les clients n'ont plus les moyens, les agendas se vident, le chômage menace… Claquemurés dans leur rôle de larbins chefs, ils défendent leurs intérêts de classe, gardent la porte, le paillasson. Ils visent Londres, Dubaï ou l'Australie. Ils ne passeront jamais aux aveux : ne pas devenir totalement fou est leur unique objectif. Les rois portent beau mais ils sont nus. À qui le tour ?

Clara est assise quelques rangs devant, de biais. De profil, à travers les verres, il distingue ses yeux cernés et sans maquillage. Les larmes ont bu le fond de teint. Des rigoles désolées descendent le long de ses joues. Elle peut accumuler les masques, elle sera toujours la même. Mais osera-t-il lui parler autrement que par texto ?

Michael Perblood s'approche de l'autel. Il entame la lecture du texte préparé par Vanessa. Sous des lunettes noires, elle serre les dents. Elle a avalé un Lexomil pour pouvoir tenir, ne pas pleurer. Elle a toujours cru qu'elle aurait le temps. Trop orgueilleuse, elle n'a jamais osé se dévoiler, perdre le contrôle. Elle a préféré se raconter une histoire, se bercer d'illusions. Face à son cercueil, son amour mort, elle est au travail, *on duty*. Elle gère la communication de Folman autour de « l'événement ». Elle maîtrise, se censure, reste *corporate* pour coller au *brief* de son client : « sidération/empathie avec la famille/ solidarité dans les moments cruels ».

« Nous sommes réunis ce jour par une perte immense que rien ne pourra jamais atténuer. Je voudrais ici célébrer la mémoire d'un homme dévoué, exceptionnel, l'un de nos plus proches collaborateurs. Mais avant cela, je voudrais dire à quel point, en ce moment, nous pensons à sa famille, qu'il aimait plus que tout et dont nous l'avons coupé... »

Consternée, Vanessa observe Perblood qui s'égare du texte :

« Je me souviens de nos discussions sur le prix à payer pour nos sacrifices, ce métier qui nous donne tant mais qui nous prend beaucoup. Oui, Sébastien Costal avait une âme belle. Peut-être ne pouvait-il plus supp... »

Il aperçoit Vanessa qui a relevé ses lunettes pour froncer les sourcils. Perblood reprend sa lecture :

« Peut-être notre firme n'a-t-elle jamais eu de collaborateur plus loyal et compétent. »

Au pied de l'autel, à deux mètres du pupitre auquel il s'appuie, les jumelles de Sébastien collent des autocollants *Raiponce* sur le cercueil de leur père. Leur tâche terminée, elles toisent Perblood du haut de leurs deux ans. L'une d'elles crie, l'index tendu en sa direction :

— Parti, papa. Au boulot, papa !

Perché sur son mètre quatre-vingt-dix, il se gratte la gorge, cherche le regard de Vanessa. De la tête, elle lui intime de continuer. Il dirige le monde, tangue devant l'assaut de deux enfants. Un BlackBerry entonne les premières notes de la *Walkyrie*, entraînant soupirs d'exaspération et soulagement. *Apocalypse Now.*

— Mesdames, Messieurs, je n'abuserais pas plus longtemps de votre précieux temps… Je suis désolé…

Dépassé, il quitte l'autel, traverse l'église d'un pas concerné. À son passage, Antoine murmure « crevure ». Perblood tente de rejoindre une voiture qui l'attend, porte ouverte, juste à côté du corbillard. L'homme en costume gris perle et à la mallette à roulettes rose bonbon, celui qui campe au pied de son bureau de Fleet Street, dégaine sa pancarte en pleine place de la Madeleine :

I am not your slave.

Les photographes font crépiter les flashes, immortalisant la scène. En treillis et gabardine, les cheveux détachés, une journaliste de BFMTV l'attrape au vol. C'est une spécialiste : pour l'affaire DSK, elle avait poireauté des heures et meublé en direct en espérant avoir l'image du patron déchu du FMI sortant de son *penthouse* de Chelsea. Quelques mois plus tard, elle s'était retrouvée devant la clinique de la Muette à attendre l'annonce de la naissance du bébé Sarkozy. Elle avait vu un homme vêtu de noir fouiller les poubelles de la clinique à la recherche du placenta. Certaines femmes le mangent pour récupérer leur ligne et garder la peau douce. Celui *made in Carla* valait de l'or. Garants de la vérité, accablés par le dogme de l'immédiateté, les journalistes sont devenus les combattants de l'inutile. Elle colle son micro sous le menton de Perblood. Le cameraman braque son objectif sur son nez, allume son projecteur portatif. Vanessa accourt. Ébloui, Perblood perd l'équilibre, se rattrape à la journaliste :

— En savez-vous davantage sur les circonstances de la mort de Sébastien Costal ?

— Ce n'est ni le lieu, ni le moment, déclare-t-il entre ses dents. Un peu de respect s'il vous plaît.

— Pensez-vous que cela puisse remettre en cause votre nomination à la tête de Folman Pachs Monde ?

— *No comment*, merci, aboie Vanessa parvenue à la rescousse.

Descendu de l'une des Chrysler 300 C gris anthracite de la firme, Polach écarte l'équipe TV de ses bras. Perblood se jette sur la banquette arrière. Avant de monter, son pied plonge jusqu'à la cheville dans une flaque d'eau. Il claque la portière. Son chauffeur démarre en trombe, emportant avec lui un cri de colère absorbé par les vitres fumées. Il se tourne vers Polach, s'indigne d'une voix de petit garçon criant à l'injustice :

— Mais je suis harcelé, moi !

Dans l'église, Théo récupère son iPhone dans le sac de Clara, debout à ses côtés pendant le dernier adieu. Elle lui avait confisqué à l'entrée. Elle sursaute en le voyant naviguer sur Facebook, lui arrache l'appareil. Sur son « mur », Clara tente de déchiffrer :

Suis à l'enterrement de SC avec mes renps. SO sad. RIP my friend.

— RIP ? murmure-t-elle.

— Bah... *Rest in Peace !* Faut sortir de ton bocal !

La musique d'adieu retentit : *In the mood for love*. L'auditoire s'avachit d'un coup, pétrifié. Tout est théâtre, mise en scène. Dans leur tenue de cachemire et soie, ils n'ont jamais eu aussi froid. Les violons se taisent. Ils sortent de l'église en traînant les pieds, confus, lourds de ne savoir ce qu'ils pleurent vraiment : leur ami, leur jeunesse, leurs illusions ?

Sur le parvis, Clara refrène ses sanglots. Aurait-elle pu changer le cours des choses au cybercafé ? Malgré elle, l'a-t-elle « poussé » comme elle a « poussé » Antoine ? D'où lui vient cette non-présence au monde ? Et qu'est-ce qu'elle fabrique au milieu de cette affaire Brandebourg ?

Céline, l'ex-femme de Sébastien, sort à son tour, la tête haute, une jumelle agrippée à chaque main. Clara s'arme de courage pour aller lui parler. Elle plonge la main dans son manteau à la recherche d'un mouchoir. Un papier la gêne, un reçu de carte bleue sans doute. Elle le retire de sa poche, le déplie mécaniquement. Écrit au stylo à bille sur un morceau du livret de messe :

Vas-y et donne-leur la clé que je t'ai donnée.

Clara n'a pas le temps de chercher Antoine des yeux. Deux hommes l'encadrent :

— Madame Fischer ?

— Oui.

— Vous pouvez nous suivre, s'il vous plaît ?

— Maintenant ? Mais… Je voudrais aller au cimetière, moi.

— C'est précisément là où l'on vous emmène, répond l'un des hommes, en lui empoignant le bras.

Elle tremble un peu, écartant le double sens de cette phrase. Arrivé à leur hauteur, Bertrand tente de s'interposer :

— Messieurs ? leur demande-t-il, soupçonneux. Vous êtes…

— DCRI. On a juste quelques questions.

— Qu'est-ce qui se passe, Maman ? C'est qui ces *keums* ? dit leur fils, flairant le danger.

Elle croise le regard d'Antoine. Il opine du chef, elle reprend confiance.

— C'est bon, c'est bon. Je vous retrouve au cimetière, les rassure-t-elle.

Elle se souvient de ses premiers SMS, Sun Tzu : *Faire semblant de se conformer aux désirs de l'ennemi*.

— Tu es sûre ? questionne Bertrand, protecteur.

Sa mâchoire cherche un bout de joue à mastiquer. Sa femme en sait plus qu'elle ne veut lui dire. Mais sait-elle tout ? Elle lui lance un regard tendre auquel il ne s'attend pas. Brave, elle va protéger tout le monde.

— Oui, pas de problème, dit-elle, leur emboîtant le pas.

De part et d'autre du parvis, Jérémie et Antoine accourent vers Bertrand et Théo :

— Mais qu'est-ce qu'elle fait, là ? s'enquiert Jérémie.

Il n'a jamais pris le temps de rappeler Clara.

— Et tu la laisses partir comme ça ? l'accuse Antoine en allumant une cigarette.

C'est sa première depuis l'« accident ».

— Mais c'est notre revenant national ! Qu'est-ce que tu fais là d'abord ? Et pourquoi tu choisis pile poil ce moment pour revenir, hein ? s'exclame Bertrand, prenant Jérémie à partie.

— Sébastien était mon ami, parvient-il à dire en toussant.

La cigarette lui brûle les poumons. Les types de la DCRI vont chercher à intimider Clara, invoquer une possible atteinte à la sécurité nationale. Demain elle recevra une lettre la prévenant d'un tout prochain contrôle fiscal. Peut-être retourneront-ils son appartement, iront-ils chercher ses enfants à l'école. Une série d'intimidations, pour éviter « l'asmat », l'agression.

— « Ton ami » ? Quelle blague !

Antoine tire sur sa cigarette. Il se reconcentre sur Bertrand dont le menton tournicote sur lui-même.

— C'est étrange… c'est comme si tu craignais quelque chose. Je veux dire, pour toi.

Nerveux tout à coup, Jérémie attrape la cigarette d'Antoine. L'accident de son père l'a accaparé mais le rendez-vous de Sébastien au Winston, c'était de l'affolement, pas du « business ». Cela aurait dû l'alerter. Il est mort, Clara a sollicité son aide, Bertrand veut qu'il la protège en son absence. Ça sent la panique. Alison et Vanessa arrivent à leur tour.

— *What the fuck ?* Et toi là, s'énerve Alison en désignant Bertrand, tu restes sans rien faire. Quand est-ce que tu vas te mettre à t'occuper de ta femme ? *Wake up !* Vous connaissez ces types, vous ?

— Pas encore. Mais si tu veux mon avis, on va tous y passer, commente Vanessa d'une voix monocorde.

— Faut arrêter la parano, les filles, s'exclame Bertrand, indisposé par un lambeau de peau qu'il ne peut pas cracher.

— T'en as déjà vu des mecs qui se suicident sous un train à 4 heures du mat' à vingt kilomètres de chez eux, toi ? le raille Vanessa.

— Et si t'es si sûre de toi, pourquoi tu bosses pour Perblood ? l'agresse Bertrand en tordant la bouche.

— Quand tu comprendras qu'on bosse *tous* pour Perblood…

Antoine regarde Bertrand vaciller de la tour.

— Je ne sais pas ce qu'il lui est arrivé, commente Jérémie, mais ce que je sais, c'est qu'on l'a tous un peu laissé crever.

Clara monte dans une voiture banalisée, une Modus beige. Si les agents de la DCRI la gardent un peu ce soir, Bertrand ne pourra pas la voir avant son départ en Afrique du Sud. Il s'avance pour la retenir un peu. Ce regard de Clara avait quelque chose d'un adieu.

39

Au petit matin, Clara pénètre dans le studio quelques minutes avant sa prise d'antenne. Les techniciens la saluent. Elle répond d'un rictus, le visage enfoncé dans le col de son manteau. L'animateur de l'émission lui jette un regard morne sans un mot pour l'accueillir. Elle est là, c'est tout ce qui compte. Non qu'il ne l'apprécie pas. Il n'en sait rien, n'écoute jamais ses interventions. Elle fait partie du bataillon de chroniqueurs imposés par la direction. Il lui donne le micro trois minutes par semaine, s'en accommode : l'écoutant d'une oreille jusqu'à la relance, il souffle, consulte ses messages sur Facebook, les commentaires — toujours acerbes — sur l'émission cinq jours sur sept, dès l'aube. Il est en première ligne, passe son temps à se faire démolir. Par la patronne d'antenne, les auditeurs ou sa propre mère pour laquelle il ne sera jamais à la hauteur. Il s'est blindé, tente de garder son poste, quels que soient les changements imposés, toujours en dernière minute : nouveau découpage de la tranche horaire, parachutage inopiné d'un ami de la direction à l'antenne, pause publicitaire en plein édito, invité lénifiant mais stratégique pour la carrière de la patronne.

Clara s'assied en silence à la table ovale, au centre du studio. Un ex-ministre de l'Économie, brushé de frais et au bronzage insolent, est installé devant une tasse en porcelaine et un croissant posé sur une serviette en papier. C'est l'invité de l'émission, rien ne le justifie particulièrement : il n'occupe plus de fonction, ne brigue pas la présidence d'un parti. Il n'est plus qu'un petit point bientôt immobile dans le radar des états-majors, en passe d'en sortir. Il en est à donner des conférences gratuites. Il a mandaté Vanessa pour le « réinstaller » dans les médias. Elle prépare son grand retour, un livre sur sa vie, écrit par un nègre : *Journal du G20.* Vanessa lui organise un tour de chauffe sur les radios « influentes mais pas trop exposées ». Elle a appelé la directrice d'antenne pour placer son client. Comme elle rechignait, elle a rafraîchi sa mémoire : alors ministre, il l'avait nommée à son précédent poste, celui qui lui a servi de tremplin pour devenir directrice d'une radio publique nationale. Exceller dans l'influence, c'est connaître les petites histoires, être un bon comptable des dettes : qui a nommé/couché avec qui et pourquoi ?

Le nez dans leurs notes ou sur les mouches du plafond, les journalistes ignorent Clara. Elle prend place en silence. Tic-tac. Courtois, l'ex-ministre lui sourit de toutes ses dents détartrées. Vanessa le répète à l'envi : un personnage public doit toujours astiquer ses canines. Elle contemple le studio, une pièce aveugle, recouverte jusqu'au plafond d'une plaque d'isolation antibruit, censée absorber le son, les chocs. Comme une grande cellule d'isolement pour clinique psychiatrique gothique. Elle n'y reviendra plus. Le reste du studio, la partie technique, est séparé par une lourde vitre. Parqués là, le réalisateur, les techniciens et les quatre stagiaires de l'émission tournent au ralenti comme des poissons dans un aquarium. Tic-tac. La directrice d'antenne patiente, dissimulant mal sa lassitude. Elle n'assiste jamais à une émission, sauf si l'invité est une « relation » qui pourrait lui servir ou lui a servi. Retour d'ascenseur, Paris est un village régi par le troc. Tout le monde se doit quelque chose. De part et d'autre, l'ampleur de la dette se jauge dès le premier salut, à l'angle de la courbette. Fragile malgré ses galons, la directrice d'antenne quémande un regard, un sourire, une invitation à déjeuner. Qu'on pense à elle sur la liste des prétendants à une décoration, la direction d'une commission. Un « merci » et c'est l'extase, un commentaire en demi-teinte sur l'émission et toute l'équipe se fait recadrer. Un matin, après son passage à l'antenne, un homme politique avec-plus-de-10 %-d'opinion-favorable avait affublé la directrice d'un simple « salut » avant de sauter dans l'ascenseur tout proche. Elle avait mis une semaine à s'en remettre. « Tu comprends, s'était-elle confiée à Clara qu'elle ne saluait jamais, d'habitude, il me fait la bise ! »

Dans un état second, tourmentée par le souvenir de son interrogatoire, Clara n'a rien préparé. Personne ne vérifie jamais le thème ni le contenu de sa chronique. Elle a « carte blanche ». Valeur sûre, garantie sans surprise, elle « délivre ». En bon « échange marchandise », elle appartient au sérail, connaît les règles. Tic-tac. Son fauteuil est encore chaud de la présence de son prédécesseur. Au nom de sa politique d'ouverture maintes fois rappelée en *jingle*, la direction multiplie le nombre d'intervenants pour ouvrir le « champ des idées ». Tic-tac. Bons petits, ils apportent leur pierre à l'édifice de la pensée unique. Une seule limite : taper sur le politique mais ne pas le gêner vraiment. Le *bashing* n'est qu'une vision perverse de la collusion des médias. Quand on n'a plus rien à dire, il reste l'attaque personnelle. Ils torpillent ceux qu'ils ont portés aux nues. Occuper la galerie, le terrain, grappiller trois lecteurs égarés mais ne pas faire émerger de nouvelles « voix ». La contestation du pouvoir, sa ridiculisation, n'a qu'un but : vendre du papier. Les journalistes sont des traders affolés : plus ils sont nombreux à aller dans le même sens, plus grosse est la rumeur, plus il y a à gagner. À défaut de puissance, reste la nuisance. « Il faut que tout change pour que rien ne change », disait Delon dans *Le Guépard.* Tic-tac.

L'intermède météo préenregistré touche à sa fin, les aiguilles de l'horloge se rapprochent de la prise d'antenne de Clara. Sa gorge s'assèche d'un coup. Tout ce qui est liquide se retire de son corps, comme les animaux avant une catastrophe. Tic-tac. Elle avale le verre d'eau abandonné devant elle à côté d'un café froid et des cadavres de chroniques précédentes.

Au centre de la table, la lumière rouge s'allume, les micros s'ouvrent. Tic-tac. Jusqu'alors silencieux, l'animateur rayonne soudain d'une voix pleine de soleil pour accueillir Clara. C'est tellement chaleureux qu'elle y croit presque. Cet homme intelligent, sensible est devenu hyper-individualiste par conformisme. Par peur. Il souscrit au dogme : la fin justifie les moyens. Mais quelle fin ? La sienne, la leur ? Cela fait des années qu'il n'y réfléchit plus.

Il donne la parole à Clara, visiblement inquiet de ne pas la voir sortir de notes. Elle est sur le point de commettre un suicide professionnel en direct. Le souffle court, elle pense à Antoine (irréel), à Sébastien (mort), à Bertrand (loin), à elle (perdue). Tic-tac. Elle pense à cet accès inutile à ce cénacle dans lequel elle ne dit rien : se glisser dans un costume, œuvrer de cynisme, de sarcasme, mais jamais de sincérité. Citer Bachelard et Milton Friedman, se targuer d'une hauteur de vue, de connaître le dessous des cartes sans jamais ne trop en dire. Ce qui se joue face à ce micro, son absence totale d'engagement, se répète à l'envi dans son existence. Elle a pensé faire de petits accommodements. Sentimentalement, professionnellement, sa vie est une grande démission.

Elle ferme les yeux, s'éloigne du micro, refuse l'obstacle. Tic-tac. Effaré, l'animateur la relance d'une boutade, comme pour la réveiller :

— Allez, Clara Fisher, dans le micro s'il vous plaît.

Elle observe l'horloge qui trône au milieu de la table. Elle a cent quatre-vingts secondes. Elle inspire profondément, sort un faux papier et se lance en pleine improvisation. L'animateur ne peut retenir un soupir de soulagement :

« Les pères fondateurs avaient rêvé d'une Europe forte car unie économiquement. La croissance devait parachever la paix, signifier l'entente des peuples. Sinon c'était l'inflation, la crise, Hitler, la guerre. Il fallait que les économies prospèrent et croissent ensemble. La monnaie commune et unique, étape peu réversible de l'édifice, était conditionnée par la réalisation d'objectifs économiques décidés en chambre. C'est l'Europe aux forceps, sur l'autel de l'économie pacificatrice, le mariage merveilleux des idéalistes et des technocrates. De l'Allemagne à l'Estonie, 9, 10, 11, 13, 14 puis 15 pays sont entrés dans la zone euro, malgré leurs économies de plus en plus disparates et faibles. Magiquement tous conformes à des critères d'adhésion prétendument drastiques. »

L'animateur lève un sourcil de l'écran de son smartphone. C'est plutôt pas mal pour une fois :

« Oui, chers auditeurs, l'adhésion à Maastricht dépend de trois critères : la maîtrise de l'inflation, des dépenses publiques et des taux d'intérêt. Mais voilà, dès la première vague d'adhésions, en 1995, les pays candidats trouvent la barre trop haute : impossible politiquement de demander aux populations de renoncer à leur monnaie et de rogner sur leurs acquis. Bruxelles lâche du lest sur les dépenses publiques : elle ferme les yeux sur l'un des ratios (une dette inférieure à 60 % du PIB) si le second (un déficit public inférieur à 3 %) est respecté. L'année de l'adhésion, il faut donc nettoyer les comptes. Mettre le déficit sous le tapis, incognito. Le transférer. Maquiller la mariée. Et continuer à danser. C'est là que les banquiers sont arrivés, sorte de DJ du politique. Les manipulations qui ont entouré l'entrée de la Grèce en 2001 ont été racontées, devrais-je dire "vendues", comme un acte isolé, qui aurait pris l'ensemble de la classe dirigeante européenne au dépourvu. Le traficotage des comptes grecs par Folman Pachs a été réalisé par une technique parfaitement légale à l'époque, validée par Eurostat, mais tenue secrète auprès du peuple. Il s'agit de *swaps* de devises, la conversion d'une partie de la dette placée en devises étrangères à un taux négatif en échange d'un apport en cash immédiat, par l'institution financière en question, à un taux tout à fait confortable pour elle, mais létal pour le pays : l'accord acte notamment la préemption des revenus futurs. Vous n'avez pas compris ? C'est fait pour. Mais croyez-moi, ça marche !

» Chers auditeurs, pour passer à l'euro, plusieurs pays européens — et non la seule Grèce — ont trafiqué leurs comptes, avec l'aide d'éminentes institutions, rémunérées comme telles et à cette fin unique : satisfaire les critères d'adhésion, servir un projet politique. Tout à son rêve messianique — rappelez-vous, il fallait faire l'Europe sinon c'était la guerre ! —, l'élite européenne a encouragé au pire, accepté au mieux, pendant que les technocrates de Bruxelles faisaient semblant de ne pas voir. La classe politique depuis quinze ans ainsi que tout son personnel, conseillers notamment, a dissimulé cette manipulation. Elle n'a pas protégé ses populations ; la classe financière a exploité les faiblesses des pays ; Bruxelles n'a pas défendu son projet. »

Clara reprend son souffle, le temps de penser à Bertrand qu'elle vient de lâcher pour toujours. Tic-tac.

L'animateur saute sur l'occasion pour l'interrompre, d'une boutade disqualifiante, forcément :

— Chère Clara, c'est l'heure des règlements de comptes…

Comme une tigresse, elle bondit sur son micro :

« Cette manipulation a démarré comme un système temporaire, pas en Grèce mais en Italie, dès 1995. C'était un accommodement de passage, le temps de réaliser l'objectif : la monnaie commune et unique. Une formule pas si magique, légale, hautement lucrative pour la haute finance. La pratique s'est installée, sophistiquée, diffusée, faisant basculer les relations entre États et institutions financières dans la collusion, le mensonge et les pays dans les dettes astronomiques. Celles que les politiques d'austérité, décrétées dans la panique et punissant les populations mais jamais l'élite, sont censées résorber. L'Union économique et monétaire, ce grand projet que l'on nous vend depuis l'après-guerre, repose sur un jeu d'écriture, un jeu en faux. Il y a eu les dérivés, le *swap* de devises, un arsenal de techniques légales, de l'ingénierie pure. La zone euro n'est qu'un vaste système à la Ponzi. L'adhésion des uns sert à conforter celle des autres, rendant le mensonge de moins en moins avouable et pourtant de plus en plus grossier, verrouillant les peuples dans des mécanismes irréversibles. Plus les institutions extraterritoriales mettent de critères, plus les pays trafiquent leurs comptes, plus les banques travaillent. Sans pères fondateurs, il n'y aurait pas eu d'Europe ; mais sans innovation financière, il n'y aurait pas eu d'euro ! On ne vous parle que d'austérité ! L'Union monétaire a été la grande braderie du politique. Aucun homme ou femme politique n'a pris le risque de dénoncer ces petits arrangements, à droite comme à gauche. Pourquoi ? L'aléa moral, c'est l'idée que les puissants s'en sortiront toujours. »

L'ex-ministre ne sourit plus du tout. De minuscules gouttes de transpiration apparaissent juste au niveau de ses derniers implants. De l'autre côté de la vitre, la directrice d'antenne est au bord de l'asphyxie. Clara accélère, sent qu'elle va lui couper le micro :

« Cela fait quatre ans maintenant que l'on stigmatise les Grecs, son personnel politique, sa culture. Ceux qui ont tenté de révéler l'affaire, Sébastien Costal le dernier en date, ont été éliminés. Sébastien Costal a été suicidé sous une rame de RER par un mercenaire travaillant pour le compte d'une société de renseignement privée. La mort du directeur de la communication Europe de Folman Pachs est un assassinat politico-financier. Il s'apprêtait à révéler l'affaire, un dossier bien connu des dirigeants de sa banque, sous le nom de code Brandebourg. »

La directrice d'antenne hurle dans le casque de l'animateur relié à la table d'enregistrement. Dépassé, il tente de reprendre la parole :

— Allons Clara, soyons sérieux. Votre proximité avec Sébastien Costal doit altérer votre jugement. On se croirait dans un mauvais roman de John Le Carré…

Elle s'impose, indifférente à l'agitation qui monte dans le studio. À la même seconde, des centaines de milliers d'auditeurs l'écoutent. Tic-tac. Pour une fois, cela la galvanise. Utile, elle débite au pas de course :

« Au fil des années, le mensonge est devenu trop gros à révéler. Trop d'acteurs ont à y perdre : les politiques de l'époque, ceux qui ont suivi, les agences de notation, les banques qui ont financé cette pseudo-Europe, inventant çà et là des produits financiers sur lesquels elles font leur beurre. Le politique a accumulé des points de PIB à court terme et précipité la crise de la dette à moyen. Et la presse n'a jamais voulu comprendre ce tour de passe-passe, baladée par l'aura des politiques et l'argent de la finance. L'Europe est une faillite économique, financière, politique et morale. Elle n'a jamais été une construction économiquement viable. C'est une fraude. Celle d'au moins trois générations de soi-disant "élites". La règle d'or est une injure au bon sens. L'Europe, projet de paix, pourrait finir en guerre. Nous sommes l'avant-garde de la décadence capitaliste. Alors, chers auditeurs, à votre avis : l'expérience de l'Union européenne valait-elle cela ? Que l'on triche ? Que l'on en meure ? Qu'en faire maintenant ? Les pères fondateurs peuvent se retourn... »

La directrice d'antenne fait couper son micro.

— C'était donc une chronique de Clara Fisher du journal *Bizness Day*. Merci Clara, à la semaine prochaine, enchaîne l'animateur d'une voix pleine de chaleur, comme s'il n'avait rien entendu.

Ses yeux la foudroient, il agite sa main près de la tempe, lui intimant qu'elle est folle.

— Et tout de suite, un intermède musical.

Le réalisateur de l'émission dégaine un disque à l'improviste. Micros fermés, tout le monde se met à hurler. Clara, qui n'avait pas pris le temps de quitter son manteau, ramasse son sac, tremblante. L'ex-ministre bondit de sa chaise et quitte le studio, furieux. La directrice d'antenne lui court après, comme un toutou amoureux :

— C'est un acte isolé, gémit-elle, un *black swan*, un cas hautement improbable. Cette fille ne compte pas, on va tout effacer.

L'ex-ministre, qui la surplombe d'un bon trente centimètres, se retourne devant la porte de l'ascenseur. Il place son pouce droit sous l'oreille gauche, le déplace lentement de l'autre côté, traversant la gorge. Il monte dans la cabine, serre les dents et redresse le menton avant que les portes se referment.

Dans le studio les journalistes s'invectivent. Clara traverse le bocal en rasant les murs. Les techniciens l'applaudissent. Depuis des années, à coups de CDD renouvelés, ils assistent sans broncher au bal de la langue de bois. La directrice d'antenne hurle alors que Clara dévale l'escalier :

— Pouffiasse, t'es qu'une merde, grillée à jamais. Moi vivante, tu n'auras plus jamais accès à un micro. T'es une femme morte !

Elle vole en descendant les marches, le cœur battant. La parole se libère. C'est la révolte d'une larbine. Clara a appuyé sur le détonateur. Magie du direct. C'est l'acte de *hacking* social ultime : se fondre dans un milieu, maîtriser ses us et coutumes, se faire adouber, y prendre, par effet mécanique, une place un peu stratégique, voire recevoir une médaille. Quand il a baissé la garde, torpiller le système de l'intérieur.

Alerté en pleine conférence de presse présidentielle au Cap, Bertrand lui envoie un SMS :

Je vais tout t'expliquer.

40

À Sarcelles, plongé dans son bain, Antoine remet un peu d'eau chaude, contrôle ses écrans : sur une carte de Paris, un point rouge : la position de Clara ; dans un carré bleu, les SMS entrants et sortants de Bertrand, dont il a piraté téléphones et ordinateurs à Johannesbourg ; un plan fixe de l'appartement de Clara avec Saadet qui prépare les enfants à la va vite ; une fenêtre de chat en IRC sur laquelle il mène, de front, plusieurs conversations ; une *dropbox* dans laquelle il charge les documents de Sébastien. Le collectif Anonymous est en ébullition. Il manquait une véritable conscience politique à ces gamins parfois en souffrance, souvent très doués. Antoine pilote ce qui sera ce soir, l'opération European Gate.

Casquette vissée sur la tête, Clara détale loin du studio de radio. L'avenue George-V fonctionne au ralenti. Elle grimpe dans le bus 72 pour rentrer chez elle. La radio rembourse le taxi mais uniquement à l'aller. Elle sort le téléphone à carte donné par Antoine, sa balise :

T'es cortiquée[1] *quand tu veux. Ne rentre surtout pas chez toi. Enfonce-toi dans le métro et reste toujours en mouvement. Et change de carte SIM. Méfie-toi de tout. Cash only. Je te recontacte ne t'inquiète pas Saadet s'occupe de tes enfants.*

1. « Maligne. »

Clara vacille et obéit. Elle se fond dans la masse de passagers déguisés en cadre sup', en employé, en étudiant. Traits tirés, bouches à l'horizontale, ils sont enfermés dans leur bulle d'écran, d'écouteurs, de solitude. Elle a jeté une bombe. Paris ne s'arrête pas de tourner.

Dans son bureau du VIIIe avec vue en enfilade sur les Champs-Élysées, Vanessa s'active, méthodique. Les affirmations de Clara ne doivent être relayées par aucun média traditionnel. Elle va l'asphyxier. Elle serre les dents, exulte : cela faisait longtemps qu'elle en avait envie. Elle commence par donner ses instructions à la directrice d'antenne : d'abord rayer la chronique de Clara des serveurs ; ensuite, ne pas démentir, ni commenter, silence absolu, c'est un non-événement. Réagir, c'est avouer, servir de tremplin. Il faut éteindre le feu médiatique, souffler l'allumette. Vanessa arrive même à la convaincre que ce moment, cette chronique en roue libre, n'a jamais existé. À contrecœur, les techniciens se plient aux ordres. Les sites altermondialistes bruissent de la nouvelle, personne ne peut avoir le fichier original. Clara disparaît de Facebook, Google, Twitter, tentacules du pouvoir. Alors que Perblood l'appelle sans discontinuer, Vanessa contacte personnellement les patrons de l'AFP, Reuters et Bloomberg. Les dépêches s'éliminent alors que, pendant ces mêmes appels, plusieurs partenariats publicitaires tombent. Elle négocie ensuite avec le rédacteur en chef de *Bizness Day* : mise à pied de Clara pour faute lourde avec effet immédiat contre la primeur d'une information qui va servir de contre-feu tout au long de la journée : les relations adultérines entre ministres en poste. Le rédacteur en chef parlemente, Clara est l'un de ses meilleurs éléments. Il obtient l'exclusivité des photos volées des ministres en *flag*. L'influence, c'est accumuler les cartouches et les dégainer à temps.

Clara déambule dans Paris, au gré des instructions d'Antoine, envoyées depuis Sarcelles. Elle a cru changer la face du monde, restaurer la mémoire de son ami, tirer son épingle du jeu, faire la fierté de ses enfants. Sa chronique, « le *coming out* d'une chienne de garde » tel le titre *Agoravox*, est une rumeur qui retombe comme un soufflé. Brocardée conspirationniste, ses réseaux la congédient, ses parents « se font beaucoup de souci ». Elle est l'excitée, la complotiste, à enfermer. C'est la chute libre, le pilonnage en bonne et due forme. Ses révélations sont écrasées par l'information essentielle : les 5 à 7 des quinquas au pouvoir sous les ors de la République.

Paumée, Clara traîne dans les couloirs du RER, à Nation. Elle vient de dénoncer un mensonge d'État. Pour mieux taire les siens ? Et si tout cela était un piège d'Antoine ? Et s'il l'avait manipulée ? Il savait très bien : elle penserait annuler ces années sans joie ni sincérité en dénonçant « la vérité ». C'était un idéalisme réchauffé, mal placé. Une voix que l'on suiciderait. Comme à chaque fois. Elle n'a aucune chance face à la puissance du système, n'a rien annulé sauf elle-même. À Opéra, elle bifurque en apercevant des contrôleurs. Morte d'inquiétude pour ses enfants, elle guette les messages de Saadet. Ils ne viennent pas. Elle s'effondre sur le quai à Étoile. Elle a détruit sa famille, Bertrand. Autour d'elle, personne ne sera plus en sécurité nulle part. Elle se flagelle : elle a toujours été mauvaise ; depuis ce matin, elle est ridicule. Et seule comme jamais. Elle considère les rails avec envie. Sa pulsion suicidaire se fracasse contre les garde-corps automatiques. De couloirs de métro en tapis roulants, d'orchestres tziganes en vieillards estropiés mendiant à même le sol, elle songe à fuir au Chili, démarrer des études de psychologue, retrouver sa piaule d'Orchard Street dans Lower East Side, le repaire de drogués qu'elle avait habité juste après « l'accident ». Saadet écrit enfin :

Ne vous en faites pas.

Clara a décidé : elle s'installera dans une ferme avec ses enfants à Forcalquier. Elle vendra des fleurs sur les marchés. Son plan s'envole, annulé par un SMS d'Antoine :

RDV porte d'Orléans dans 25 minutes, sous le panneau BP.

Une station essence à la sortie sud de Paris ? À quoi s'amuse-t-il ? Petite chose hagarde dans les couloirs souterrains, elle est pendue aux instructions d'un homme qu'elle a manqué tuer. Elle vient de sortir du bois. L'artiste SDF de la rue des Martyrs a eu raison finalement : Clara est surtout à la rue.

Elle arrive juste à temps. Elle regarde son téléphone pour une énième étape de ce jeu de piste infernal. Elle n'en peut plus. S'il n'est pas là, elle se laissera retourner en échange d'un peu de sécurité, elle fera des excuses publiques, ne dérangera plus personne. Une moto vrombit derrière elle. Elle entend juste un :

— Monte.

Elle reconnaît la voix d'Antoine, n'arrive pas à distinguer son visage sous la visière teintée de son casque.

— Mes enfants ? balbutie-t-elle, le cœur au bord de l'explosion.

— On va les chercher. Enfile ça.

Sans rien retirer, il tend une veste en cuir de motard, un casque. Celui que Sébastien avait porté la semaine dernière. Elle hésite.

— Tu voulais être une pirate, non ? Bienvenue dans la clandestinité.

Elle grimpe en silence, de guerre lasse. Gênée par cette proximité soudaine, raide comme un piquet, elle s'agrippe aux poignées sous le siège. Antoine file sur l'autoroute du Soleil. Clara fait contrepoids, n'accompagne aucun mouvement de la moto. C'est caractéristique des personnes incapables de lâcher le contrôle. Antoine sent sa raideur, ses réticences le forçant à marquer ses appuis. L'attention portée à la conduite de sa moto le protège. Il était plus à l'aise derrière son ordinateur à la balader dans Paris, au gré des SMS. À partir de maintenant, tout peut arriver.

Tendue, Clara se fend d'un « Désolée ! » à chaque fois que son casque tape contre le sien, à la faveur d'un freinage ou d'un nid-de-poule. Il ne répond pas. Elle lutte contre la gravité pour ne jamais frôler son corps. Elle a des crampes dans les doigts, sait qu'elle ne tiendra pas, qu'il faudra bien qu'elle s'appuie contre lui. Sur lui. À Tonnerre, elle passe ses bras autour de sa taille, n'y tenant plus. Elle retient bassin et tête en arrière, forçant un cambré encore plus inconfortable. Elle serre les dents. À Vienne, ils prennent de l'essence. Antoine lui interdit de quitter son casque, même pour se rendre aux toilettes. C'est la seule phrase qu'ils échangent de tout le trajet. À Valence et la vue des premiers pins, elle craque, pose sa tête sur ses omoplates, fatiguée de lutter.

Cachée par la visière de son casque, bercée par les vibrations du moteur, Clara pleure en silence. Malgré la vitesse, Antoine sent bien que son souffle n'est plus régulier. Il se réfugie dans son rôle de conducteur, concentré sur les obstacles, l'horaire à tenir, l'opération en préparation. Ces quinze années sont passées à toute vitesse.

Au matin de « l'accident », Clara avait quitté le campus et regagné sa chambre d'enfant, dans le XVe. Elle y avait tout vécu, l'habillage de ses poupées, ses premiers flirts, ses mercredis à s'entraîner sur des pointes en se rêvant danseuse étoile. Sur un fil, ailleurs. Elle avait regardé le bureau blanc sur lequel elle avait ingurgité théorèmes et concepts philosophiques. Comme une oie gavée avant Noël. Avait-elle retenu une seule poésie ?

Douze jours plus tard, Clara entra dans une pharmacie de la rue du Commerce. Cachée sous une grosse écharpe, elle demanda un test de grossesse. La pharmacienne lui tendit une boîte comme s'il s'agissait d'aspirine. Le carton lui brûlait les doigts. Dans le premier café, elle commanda un Orangina et fonça aux toilettes. L'eau de Javel couvrait mal l'odeur d'urine macérée. Elle sortit le petit stylet rose et blanc. Depuis l'accident, elle ne mangeait plus. Tout l'écœurait, sauf les agrumes. Au-dessus de la cuvette, elle observa la bandelette réagir à son urine. Antoine à l'hôpital, c'était la catastrophe. Deux lignes sur le papier buvard du test, la fin du monde. Le premier trait, preuve que le test fonctionnait, apparut immédiatement. Tête renversée, Clara pria, les yeux au plafond. Verdict dans soixante secondes. L'ampoule pendouillait tristement sous l'applique cassée. Le deuxième trait surgit, vaillant, indifférent à ses suppliques. Elle se cogna au mur jusqu'au bar. Prunelles dilatées, elle paya sa boisson en titubant, sans y toucher. Le patron pesta contre ces droguées de bonne famille qui squattaient ses toilettes. Elle traîna dans Paris, hagarde, indifférente à l'heure, aux passants, aux voitures. Elle s'assit dans un parc. Des enfants se régalaient de la moindre glissade. Gamine, c'était elle la reine du tourniquet. Pieds bloqués, elle pouvait tenir sans les mains ni vomir. C'était hier. En deux semaines, le tourbillon de la vie l'avait éjectée du manège sur lequel elle se croyait bien harnachée.

Le lendemain, elle se rendit dans un centre IVG de l'hôpital Montsouris. Elle tendit le test de grossesse à l'accueil, patienta sur une banquette marron clair. Penaudes et graves sous des posters vantant les mérites de la contraception ou de l'allaitement, les filles étaient accompagnées de leur mère ou de leur petit copain. Clara n'y croyait pas : les tests avaient une marge d'erreur. Les résultats de la prise de sang furent sans équivoque. L'infirmière l'aiguilla vers la psychologue du service, une femme aux cheveux blancs et au regard maternel. Clara raconta en tremblant de froid : le père était mort, c'était un accident, tout était accident. La psychologue lui saisit les mains :

— Quelle que soit votre histoire, vous êtes la seule à disposer de votre corps. C'est votre droit le plus strict. Quoi que vous décidiez, vous serez la seule à assumer.

Elle ouvrit la porte, lui donna une semaine de réflexion. Dans son ventre, la vie était alors un œuf, le cœur battait déjà. L'École appela : on lui avait dégoté une place à Columbia, à New York, dans le cadre d'un échange universitaire. Départ le 4 janvier, juste après les fêtes. En plein désastre, elle se raccrocha à ce qu'elle connaissait : l'efficace. Objectif-moyen, problème-solution, action. Déterminée, Clara revint au Planning familial une semaine plus tard. L'infirmière lui tendit deux pilules et un gobelet d'eau. La gorge nouée, elle avala le premier cachet. Au second, elle pleura tout ce qu'elle put. La soutenant à l'épaule, l'infirmière l'installa sur un lit dans une vaste salle d'observation. Pour la première fois, elle eut une pensée pour Antoine dans son lit d'hôpital. Autour d'elle, les filles se tordaient de douleur, se relayaient aux toilettes, en ressortaient dévastées. Les contractions l'assaillirent par surprise. Clara se fractura une molaire. Elle l'apprendrait plus tard : un enfant en plus, c'est une dent en moins. Dans le métro du retour, son sang dégoulina dans une serviette hygiénique épaisse comme une couche-culotte. Elle s'était retourné les entrailles, poignardée pour toujours. Clara pensait être une fille bien. En quinze jours, elle avait commis un double homicide. Elle se rassura, personne n'y verrait rien. À partir de là, elle poursuivit sa vie, la mort dans l'âme.

Assise sur la banquette du Hall C, les yeux rivés sur le panneau « Sortie », Clara attendit la fin de l'embarquement, priant que quelque chose se passe, que quelqu'un la retienne. Comme lors d'un mariage qu'on ne veut pas. Par ici la sortie ? Cela pouvait-il être aussi simple ? Elle n'avait jamais vraiment voyagé, devait découvrir le monde avec Antoine. Rien ne la prédisposait à l'expatriation, sauf la fuite. Les crises servent à être traversées, lui avait dit son père avant son départ. Elle commençait par un océan. La vie la débarquait. Elle embarquait. Elle passa le trajet prostrée sur son siège de classe éco, fixant le dossier devant elle. Autour, les passagers naviguaient en plein doute existentiel : comment visionner l'intégralité du programme vidéo en huit heures de vol ?

Très vite, à New York, elle se crut tirée d'affaires. Sa scolarité à Columbia fut intellectuellement l'année la plus enrichissante de sa vie. Campus sponsorisé par Rockefeller, élèves nourris au jus d'orange enrichi à la vitamine C, idées d'une Amérique en plein triomphe néolibéral. Elle passait des heures sur des ouvrages de *gender studies*, bourrait son emploi du temps de cours optionnels, se remplissait le cerveau jusqu'à saturation. Elle écrasait ses affects par des concepts. Le week-end, elle arpentait la ville, nez levé, ravie de se perdre. Le samedi soir, elle allait écouter des concerts dans les bars de l'East Village. Entre deux groupes plutôt moyens, elle crut tomber à la renverse : empruntant la guitare du patron, Jeff Buckley monta sur la petite estrade du Sin-e, un café près de Saint Mark Place. Beau et fragile à tomber, de sa voix suave, il chanta *Hallelujah* de Leonard Cohen. Manhattan se tut pour faire place au sublime. Le souffle de Jeff Buckley enveloppa les quarante privilégiés du Café Sin-e, ce souffle qu'il lui manquerait deux ans plus tard pour échapper à une mauvaise vague du Mississipi. Avant de mourir, Jeff Buckley creva l'armure de Clara. Comme une chimère, Antoine avait investi sa psyché. À la suite de ce concert, elle supprima la musique, à part du rap sans risque. Elle écrasa sa peine à coups de gros *beats* new-yorkais.

Les élèves de sa promotion de Columbia grossissaient les bataillons de Citigroup, Revlon ou Unilever, les capitaines d'infanterie de l'*American way of life*. Selon Clara, la ville était trop belle pour s'enfermer dans un bureau glacial et sans fenêtre, à vérifier, sur une affiche de publicité, le pantone de croquettes pour chien. Diplômée et fauchée, elle trouva une chambre sur Orchard Street dans le Lower East Side. Elle commença par écrire quelques piges pour des magazines économiques français, s'inventa correspondante *free lance*. Cela payait son loyer, une misère, même à New York. Scotchée à un futon aux taches douteuses, elle pouvait passer des heures devant NY1, la télé locale. Un embouteillage sur Madison, un vol à main armée dans Harlem, la météo dans le Bronx, elle s'hypnotisait. Elle vivait au centre du monde. Sans famille, ni ami, ni emploi, disposant d'une sombre adresse dans un repaire de drogués, elle ne s'était jamais sentie aussi bien cachée. Elle aurait pu mourir là. Tranquille.

L'intendance de l'Université réexpédiait son courrier. Les lettres d'Antoine arrivaient chaque jeudi. Elle reconnaissait l'écriture sur l'enveloppe. Quoique plus hachée que d'habitude, elle l'aurait identifiée entre mille. Même fermées, ses missives la harcelaient. Incapable de les lire comme de s'en débarrasser, Clara les empilait sur le poste de télé crasseux, les cachait sous son futon, dans le bac de son congélateur, n'en dormait plus. Elle finit par les laisser s'accumuler dans la boîte de l'entrée pouilleuse de son immeuble.

Le 31 décembre, elle se rendit à Times Square écouter les douze coups de minuit. Elle se laissa prendre dans les bras par une famille de l'Arkansas qui criait « *Happy new year* ». La neige arriva. Une année déjà, la plus dure. Avec les bonnes résolutions de janvier, elle s'inventa un rituel. Chaque premier samedi du mois, elle traversait la cité HLM de l'East Broadway qui la séparait du fleuve. À l'East River Park, sous le Manhattan Bridge, au-delà des cours de tennis, elle sortait les lettres du mois d'un sac plastique sombre. Accoudée à la balustrade, elle les déchirait à même l'enveloppe. Elle jetait les morceaux et les regardait tomber un à un, au gré du vent et des courants. Elle n'avait pas rattrapé Antoine. Elle ne ferait rien de ses lettres. Au contact de l'East River, le papier crème Vergé de France se ramollissait, désolé. L'encre noire cédait, les mots se transformaient en larmes. Se manifester, c'était reconnaître que ce moment avait existé, qu'elle avait été sur le balcon, ce soir terrible. Antoine était là, dans l'eau sinistre, presque radioactive, de l'East River, sous un pont bruyant, derrière un parc décati et devant un Brooklyn à l'abandon. Elle pensait se débarrasser de ses souvenirs comme on le fait des cendres d'un être aimé. C'était sa décharge, sa manière d'honorer un mort pas mort. De noyer son fantôme. De conjurer ce qu'il avait révélé : sa violence. Clara ne parlait pratiquement plus à personne.

Diplôme en poche, Bertrand effectuait son VSNE [1] à New York au cabinet du consul. Il tenait un agenda sans

1. Volontaire du Service national en entreprise.

surprise, organisait des déplacements sans risque, préparait des discours sans enjeu. Rompu à l'exécution du protocole, le consul entretenait l'aura de la France : ses vins, la Provence, Sophie Marceau. Bon vivant, généreux, affable et pas mécontent de son coup, il laissa Bertrand prendre de plus en plus de liberté, comme celle d'organiser ses propres fêtes dans ses appartements privés, le week-end, quand il naviguait dans les Hamptons sur un bateau qui lui rappelait son père, à Saint-Gilles-Croix-de-Vie.

Bertrand devint la coqueluche de la communauté des expatriés. Vernissages, cocktails, avant-premières, derniers verres dans la cuisine du consulat approvisionnée par la cave de la République, il était une agence événementielle à lui seul. Montand période Marilyn, fringant et drôle. Clara ne vint jamais, se tenant bien loin du circuit des *Frenchies* exaltés par l'air du large. Elle ramait dans son studio d'Orchard Street, multipliant des reportages pour *L'Expansion* sur ces « Français qui réussissent à l'étranger ». Bertrand l'appela, lui proposa de la mettre en contact avec des rédactions françaises. Il lui décrocha une contribution régulière pour *France-Amérique*, la feuille de chou des expatriés. Elle déclina. À part Alison, tout ce qui lui rappelait ses années sur le campus, donc Antoine, la terrorisait. À l'enquêteur, Bertrand avait raconté la course à travers le campus de son amie humiliée. C'était la dernière image qu'il avait d'elle. Au fond de lui, il se demandait ce qu'il serait arrivé si, ce soir d'automne 95, au lieu de faire la morale à Antoine, il avait tenté de la retenir. De la rattraper.

Il finit par l'attendre en bas de chez elle, sur Orchard Street. Des enfants jouaient à la corde à sauter dans la rue, contournant des types en plein trip sur le bitume, submergés par des papiers gras échappés d'une poubelle qui rendait l'âme. Dans sa tenue d'apprenti diplomate — pantalon à pinces en toile, chemise Ralph Lauren rose pâle, mocassins vernis —, Bertrand se fit presque peur. Il se cacha à un carrefour, derrière un panneau vantant les hot-dogs Subway, à 75 *cents*. Clara sortit, flottant dans des nippes de récup', non maquillée, presque négligée. Rebelle à son fantasme de disparition, sa chevelure se vengeait, exultait. De guerre lasse, Clara la cachait sous un foulard de corsaire. Enturbannée, le visage délavé, les traits creusés, elle avait tout d'une malade en stade terminal ou d'une junkie en mal de seringue. Des baskets noires montantes lui mangeaient les tibias. Lestée par des chaussures de cosmonaute, le vent ne pouvait l'emporter.

Clara s'arrêta sur le perron de son immeuble, discuta avec une gamine qui portait des couettes et un ventre arrondi. Les filles mères avaient envahi le quartier. Elle lui caressa la tête avec une tendresse triste. Comment une fille solaire pouvait-elle s'être transformée en zombie, en six mois ? Depuis quand parlait-elle espagnol ? Mangeait-elle seulement ? Pour oublier Antoine, elle avait appuyé sur le bouton thermonucléaire : passé pulvérisé, présent en friche, avenir hypothétique. Restait à savoir si, seule dans sa piaule du Lower East Side, elle n'allait pas y laisser sa peau.

Bertrand fuya vers le métro sans l'aborder, bouleversé par sa solitude. Sa force. Clara avait le courage de sa déprime. Dans le métro, sur la ligne 4/6, il regarda ses Weston, se trouva ridicule avec ses fêtes stupides, sa *guest list* de soiffards. Sa vie en toc.

Au consulat, il fut promu chargé des accréditations des journalistes pour la Maison Blanche. Il se débrouilla pour en réserver une à Clara. Elle avait su réussir le concours des grandes écoles. L'esprit de compétition ne pouvait l'avoir quittée. Elle était condamnée à sortir de sa planque. Il lui fallait un bel appât, ce fut une perche en or massif. Sa carrière de journaliste allait tenir à ce sésame, son entrée à Washington. Tuyaux sur la venue de ministres, conférences de presse du maire, il monnaya ainsi ses rendez-vous, l'amadoua, *business only.* Elle acheta une veste dans une braderie, se prit au jeu. Ses papiers passaient dans *Libération*, *La Croix*, même *Le Monde*. Elle devint une valeur montante à peu de frais. Rognant sur les dépenses, les rédactions commençaient à rapatrier leurs correspondants salariés. Une aubaine pour Clara, payée à la pige. Grisée, en quelques mois elle flancha : le syndrome du cheval gagnant l'avait rattrapée. La tête pleine de projets, elle baissa la garde.

Le Figaro publia en une son enquête sur l'affaire Lewinsky. Bertrand l'invita au consulat pour fêter cela, sur la 5e Avenue. Ce fut un véritable traquenard. Il la guida dans l'hôtel particulier désert éclairé à la bougie. Se prenant pour une princesse un soir de bal, Clara s'appuya sur lui pour monter les marches de l'immense escalier de marbre blanc. En riant, il ouvrit le balcon qui donnait sur Central Park. Ce coup de grâce du parfait *french lover* avait été testé et approuvé par une bonne dizaine de conquêtes. La table était dressée. Dans la combine, le consul avait prêté sa plus belle vaisselle, celle réservée à la visite du Président de la République. Le vent chaud d'une nuit de canicule souffla les bougies des chandeliers. Ils dînèrent éclairés par les immeubles de la Skyline. L'orage pointa, le vent secoua les branches des marronniers. Sur la 5e Avenue, les badauds se pressèrent. Les nuages allaient crever, tout nettoyer, lâcher. Clara n'eut plus aucune envie de résister. Son regard se posa enfin sur Bertrand, insistant. Par-delà la table, il sentit son souffle humide, saccadé. Quand l'éclair déchira le ciel, ils faisaient l'amour sur le sol de carreaux en damier blanc et noir. Caresses précipitées sur céramique froide, ils ressemblaient à deux gamins affolés. Bertrand ne s'en remettrait pas.

Il délaissa son rôle de GO d'*expats* pour ne s'occuper que de Clara. Ensemble, ils écumaient la scène du *Off-Off-Broadway* dans les théâtres miteux de l'East Village, lisaient Chomsky, dévalisaient Strand, cette librairie de livres d'occasion sous Union Square. La nuit, ils jouaient à cache-cache dans le dédale de pièces du consulat puis allaient dormir dans la chambre pouilleuse de Clara sur Orchard Street. Bertrand lui offrait des petits hauts Banana Republic, la regardait se transformer, reprendre du poids, revenir à la vie. Un jour, après l'amour, il demanda :

— Pourquoi n'es-tu jamais revenue sur le campus ?

Le regard noir, elle se redressa. Perdue dans ses draps, les cheveux en bataille, elle ressemblait à un animal apeuré. D'une voix d'outre-tombe, elle lui fit promettre :

— Ne m'en parle plus jamais.

Un an plus tard, le consul enfila son écharpe tricolore pour sceller leur union dans la salle des mariages, là où ils s'étaient embrassés la première fois. Prévenus au dernier moment, Alison et Jérémie étaient arrivés la veille de Hong Kong. Les yeux embués de larmes au moment de l'échange des alliances, Alison excella dans le rôle du témoin. Le consul reçut les parents dans ses appartements privés. Dorures et champagne firent oublier ce mariage sorti de nulle part.

Clara et Bertrand embarquèrent leurs quelques amis dans un bus puis un ferry pour Fire Island, une bande de sable d'un kilomètre de large sur trente de long, en face de Long Island. Un paradis sur terre à une heure trente de Manhattan, accessible par bateau. Elle troqua sa tenue de mariée pour un short en jean mais garda son voile. Sur la plage, ils dansèrent, burent, rirent beaucoup, comme dans une publicité Abercrombie and Fitch. Pour la nuit, ils plantèrent des tentes sur le sable autour d'un feu. Emmitouflés dans des couvertures, ils s'époumonèrent sur *We are family* des Sister Sledge.

Au petit matin, Clara alla marcher seule sur la plage. Le regard perdu sur l'horizon, entre chien et loup, elle sourit en imaginant les côtes françaises, de l'autre côté de l'Atlantique. Puis elle eut un doute : était-elle suffisamment bête pour se marier par orgueil, voire par vengeance ? Elle se souvint du soir où, à une fête sur le campus, Bertrand et Antoine, complètement saouls, s'étaient embrassés langoureusement sur la bouche après s'être juré loyauté jusqu'à la mort. *We are family ?* Un pélican croisa, à quelques mètres du bord. Il plongea brutalement, ressortit avec un poisson qui se tordait pour échapper à son bec. S'enfuyant dans le soleil levant avec sa proie, il déféqua de bonheur. Clara lança son voile dans les vagues, le plus loin possible. Comme elle essaierait de le faire avec ses doutes.

41

Corniche Kennedy, à Marseille, la moto s'arrête enfin. Le trajet n'a jamais été aussi court. Pour Clara, une éternité.

— Mes enfants ? dit-elle, blême, face à la Méditerranée, les jambes en coton, les oreilles pleines de bourdon, ivre de bitume.

Il ôte son casque, elle le dévisage. En situation de dépendance totale, Clara n'est pas sûre de savoir si c'est un cauchemar ou la chance de sa vie.

— Regarde, répond Antoine, pointant vers la plage, plus bas.

Saadet, Théo et Lucie jouent au foot sur le sable.

— On va où après, on fait quoi ? demande-t-elle, soulagée de les apercevoir, angoissée par la suite à donner.

Antoine lui désigne un paquebot de croisière qui arrive dans le port.

— On embarque à 22 heures. Ce n'est pas le tour du monde. Mais bon…

— Et l'école ? balbutie Clara.

— T'as vraiment envie que tes enfants finissent responsables de la page Facebook d'une marque de yaourt ?

C'est son premier sourire, depuis très longtemps.

— Tu aimes toujours les BN à l'abricot ?

Elle se détourne.

— Je sais que tout fout le camp, confie Antoine. Et la personne que je suis essaie de faire avec.

— Faire… avec… articule doucement Clara, comme pour elle-même.

Au moins ne triche-t-il pas, se dit-elle. Un homme d'une cinquantaine d'années, bedaine tombant sur un vieux jean, est appuyé contre une Renault 5. Il a posé une cage à oiseau sur le capot. Le canari virevolte, saluant le soleil qui fuit.

— Bon, on y va ou quoi ? demande-t-il en se tournant vers eux.

Interloquée, Clara jette un œil à la voiture. Sur la plage arrière, elle reconnaît une poupée de Lucie.

Saadet, les enfants, Clara, Antoine et l'homme au canari s'installent dans une petite cafétéria des Quartiers Nord. Seul au comptoir, Antoine commande des frites et des saucisses à une femme qui n'a jamais eu autant de clients :

— Et qu'est-ce qu'ils boivent, vos enfants ?

— Ce n'est pas… démarre Antoine. Je ne sais pas moi, deux Fanta, s'il vous plaît. Et plein de Ketchup, comme le lui a demandé Lucie.

Il consulte sa montre, nerveux. Au-dessus de leur tête, face à la petite salle, le 19-20 de France 3 est en train de se terminer sur l'écran plat de la cafétéria.

— Ça vous embêterait si on mettait TF1 ?

La femme opine du chef. Laure Fazalle apparaît pour le JT. Le premier sujet porte sur le déplacement du Président de la République et de sa ministre de l'Économie et des Finances en Afrique du Sud. Des milliards de contrats sont annoncés à grand renfort de poignées de main et de sourires télévisés : des hélicoptères de combat, des EPR en zones sismiques, des Rafale, des TGV, des bonbons des Vosges. Une annonce ne vaut pas signature. Elle aide le cours de Bourse, quelques jours. Président, ministre et PDG du CAC embarqués pour l'occasion font de l'œil à la caméra.

— Tiens, s'exclame Théo. C'est papa !

La ministre prend toute la lumière. Bertrand s'est fondu dans le décor d'hommes gris qui l'accompagnent, lui servent de faire-valoir. Clara soupire. Si le temps ne l'avait pas coupé de tous ses désirs, s'il était resté un être « normal », avec un corps et pas seulement un cerveau, Bertrand serait tombé fou amoureux d'elle. Et leur couple aurait eu un destin « normal ».

Laure Fazalle entame le lancement de son deuxième sujet quand le logo du collectif Anonymous la chasse de l'écran. Un contre-générique démarre sur fond de musique anxiogène. Puis un homme tronc caché derrière un masque annonce, façon JT :

« Ce matin, sur une radio publique, une journaliste a tenté de vous transmettre une information essentielle portant sur la collusion entre le pouvoir politique et la finance. Précisément, cette femme a tenté de révéler un mensonge d'État, un pacte au sommet de nos instances démocratiques, portant sur le passage à l'euro. Sa parole a été discréditée ou simplement annulée tout au long de cette journée. Voici les preuves de ce qu'elle avançait. »

Au siège de TF1, dans la tour de Boulogne, c'est la panique. Les pirates informatiques avaient jusqu'alors réussi à prendre la main sur les sites Internet des journaux. Les quotidiens subissaient des intrusions fréquentes : éditos remplacés par des faux, articles de journalistes détournés, interviews bidons surgies en page d'accueil. En général les rédactions ne bougeaient pas. La plupart des lecteurs n'y voyaient que du feu. Personne n'avait réussi à pirater un programme télévisé, en direct. Techniquement, c'était une prouesse. Politiquement, un coup énorme.

À l'écran, une infographie impeccable met en lien les données essentielles : rappel des critères de Maastricht, vagues successives d'adhésions, copie des contrats de *swaps* de devises signées par les États et les banques dix-huit mois avant la date fatidique, effet avant/après sur les comptes publics, et notamment le service de la dette qui disparaît magiquement, puis dix-huit mois plus tard, flambée des dettes et des résultats des banques concernées dans les années suivant la signature des contrats et l'adhésion, listes de personnes susceptibles de révéler l'imposture et à éliminer du champ médiatique. La démonstration conclut par un extrait de mémo de Folman Pachs, un aveu :

« Le *swap* de devises était l'une des nombreuses techniques que beaucoup de gouvernements européens ont utilisées pour satisfaire aux critères du traité. »

Le montage est un travail de professionnel. Antoine a écrit le texte. Cela n'a pris que quelques heures. Puissance du réseau… La voix reprend :

« Nous croyons que la vraie raison pour laquelle Folman Pachs n'a pas été lâché en 2008 et ne le sera jamais, étendant chaque jour un peu plus son emprise sur nos démocraties, n'est pas seulement liée à la présence de ses anciens dirigeants parmi l'exécutif américain. Ni même que la firme serait trop « grosse pour tomber. »

À l'écran, une carte des états-majors politiques mondiaux s'affiche, révélant l'incroyable percée des cadres de Folman Pachs dans les instances de pouvoir politique européen et international.

« Sa chute révélerait la manipulation à l'œuvre depuis des années et discréditerait la classe politique européenne dans son ensemble. Citoyens, informez-vous. La plupart de ces documents sont publics. Vous êtes gouvernés par une classe politique dépassée par l'histoire qu'elle voulait se raconter, empêtrée dans le mensonge. Vous seuls payez les pots cassés. Et maintenant, votre pilule d'asservissement quotidien peut redémarrer. Nous sommes Anonymous, nous sommes légions, nous ne pardonnerons pas. Inutile de nous combattre. Nous ne sommes pas plus qu'une idée. »

Laure Fazalle revient à l'écran, décoiffée de colère, oreillette en furie. Clara fixe Antoine pour la première fois, réalise : il ne l'a donc pas laissé tomber. Il a attendu qu'elle saute et l'a rattrapée.

À l'autre bout de la Terre, Bertrand ralentit au sein du cortège qui accompagne la ministre pour un bain de foule dans une rue de Johannesbourg. Les types du service sécurité sont sur les dents. Ils n'ont d'yeux que pour la ministre, sauf Polach qui suit le cortège à une trentaine de mètres. En léger différé, il regarde le piratage du JT de TF1 sur son téléphone, met quelques instants à comprendre qu'il a été écarté de Paris.

À distance, Antoine a rendu Clara intraçable et inattaquable pour la DCRI. Il l'a fait disparaître des circuits de surveillance, lui a appris à protéger ses documents, nettoyer son ordinateur. Et il a détourné leur attention ainsi que celle de Polach et de Folman sur Bertrand. À l'heure qu'il est, les sbires de Bercy ont probablement compris la manipulation. Depuis la mort de Sébastien, Antoine s'est introduit dans la boîte mail de Bertrand. S'immiscer dans les ordinateurs des conseillers politiques est un rite de passage chez les hackers. Une mise en lien bidon sur Facebook ou LinkedIn suffit à récupérer adresse IP et mots de passe et à installer la *backdoor*, une porte dissimulée pour prendre le contrôle de la machine. Antoine a écrit de faux emails de plus en plus alarmistes signés de Bertrand à Michael Perblood : à la suite de l'assassinat de son ami, Bertrand doutait, menaçait de tout révéler, il ne pouvait plus couvrir cela. C'était un leurre grossier. Il a fonctionné à merveille. Bertrand était d'autant plus attendu à Johannesbourg que cela l'éloignait de Clara. Demain Antoine fera fuiter lui-même l'information sur le piratage des serveurs du ministère, en même temps qu'il postera l'ensemble du dossier Brandebourg sur le canal AnonLeaks.

Polach appartient aux anciens du MI5, les rois de l'infiltration, de l'intimidation mais des pinces en technologie. Il n'a aucun problème à imaginer la suite : Michael Perblood, son client, devra s'expliquer sur son rôle dans ce qui s'appelle déjà l'« European Gate ». De ses gros doigts de lutteur, il a bâti le département « Dérivés » de Folman Pachs, cette activité qui a ensorcelé les États, créé le mécanisme au cœur du grand couscous du passage à l'euro. En plein centre-ville à Johannesbourg, Polach recule puis fait demi-tour : il est en Afrique, n'a qu'à se recycler dans le *business* de la libération d'otages ou la protection de personnalités, bien moins risqué que celle de la Pieuvre.

Une trentaine de mètres devant, Bertrand ralentit complètement. Devant lui, le cortège s'éloigne, l'oublie déjà. Il a tout perdu. Les flics l'attendront à la sortie de l'avion pour trouver Clara, si ce n'est déjà fait. Ils le monteront contre elle. Théo lui demandera comment il a pu tricher à ce point. L'intelligentsia parisienne en fera son fusible. Sous la dictée de Vanessa, un grand quotidien titrera : « L'homme au cœur du pouvoir qui savait et cachait tout ». Il sera écarté du sérail ou ira en HP.

Bertrand capitule, ne marchera plus. Il aperçoit une grosse femme qui lui sourit, au fond d'une ruelle décatie et mal éclairée. Il ne sera jamais à la hauteur de quoi que ce soit. C'est plus fort que lui : après le renoncement, la compromission, le mensonge, il reste la fuite. Et l'abandon de poste.

42

Pour Vanessa, éteindre l'incendie allumé par Clara et Antoine sur l'euro fut un jeu d'enfant. En ces temps troublés pour l'Union, il eût été facile de répliquer en communiquant différemment sur l'Europe, de montrer chacun de ses bienfaits, sur la justice, les droits de l'homme, l'enseignement supérieur. Vanessa n'eut pas à se donner cette peine. Sa stratégie de crise se coula dans le flot de la lassitude de l'opinion publique sur les questions européennes. Vanessa la connaissait mieux que personne. Toutes ces années, elle l'avait organisée. Elle misa sur l'implication des leaders politiques et des médias dans cette manipulation, leur asphyxie. Personne n'eut intérêt à ce que cette information s'installe. Pour lui donner une chance, il aurait fallu que les journalistes traduisent les documents qui avaient fuité de la firme. Qu'ils analysent le long article — en anglais — de *Zero Hedge*, celui qui avait révélé la toute première opération, en Italie. Puis qu'ils décortiquent et vérifient les conclusions de l'étude de l'économiste Gustavo Piga, *Derivatives and Public Debt Management*, publiée dès 2001 et financée par le CFR, un *think tank* aux idées pourtant très pro-européennes. Trop complexe, pas assez *people*, il n'y avait pas matière ici à un bon feuilleton. La presse ferma les yeux, passa son tour.

À part le jour de son *coming out*, Clara ne fut pas sanctionnée. Elle fut mise en congés. Vanessa raisonna elle-même le rédacteur en chef de *Bizness Day* et la directrice d'antenne. Il ne fallait pas faire de vagues, ne pas la débarquer. Cela aurait été reconnaître qu'il y avait un problème. La bête tressaillit lors du piratage de TF1. Bien sûr, le petit clip des Anonymous fit un bon score sur les réseaux. Mais à l'échelle d'une opinion publique, ce fut une micro-convulsion, bien moins twittée que le « Allô, t'as pas de shampoing » de Nabila. Vanessa avait elle-même repéré la séquence et appelé quelques journalistes mondains pour lancer le contre-feu, une fois retombée l'excitation sur l'adultère entre ministres. Une semaine plus tard, tout redevint normal et faux. L'exploit des Anonymous fut transformé en caprice de gosses un peu trop doués et fous pour être crédibles. Les Français continuèrent à râler devant l'écran TV et la presse à canarder le pouvoir en place tout en étouffant la moindre alternative.

Perblood put accéder au poste de CEO Monde de la firme sans encombre. Il tint ses promesses. Il confia à Vanessa la gestion de la communication globale. Pour résister aux contre-offres du patron de Public pour la récupérer, Perblood s'engagea sur cinq ans, avec un *retainer fee* de 120 000 dollars par mois, hors taxes et hors frais. Les fiscalistes de la firme s'occupèrent eux-mêmes de l'immatriculation du cabinet de communication *corporate* de Vanessa, au Delaware, un paradis fiscal à quelques heures de New York. C'est si bon de se sentir désirée et d'être libre, avait pensé Vanessa en signant ses statuts.

Perdue dans son tout nouveau loft new-yorkais, Vanessa attend les déménageurs. Elle s'assied à même le parquet flottant, dans un carré de lumière. Il fallait bien tout cela pour qu'elle s'offre un « temps mort ». *You made it*, se dit-elle. Elle frissonne dans son pull en cachemire bleu électrique. Le soleil d'après-midi d'octobre lèche les fenêtres de son immeuble, un *cast-iron building* d'Orchard Street dans le Lower East Side. En quinze ans, le quartier a été nettoyé, dératisé. Le maire Giuliani a fait fuir les drogués, ouvert galeries d'art et restaurants français. Son successeur Bloomberg a chassé les derniers passeurs en transformant les parcs décatis en jardins d'enfants.

Elle se penche à la fenêtre à la recherche du camion des déménageurs. Les passants s'agglutinent sur les trottoirs, tout heureux de dépenser leur argent. Rien ne pourra arrêter cette spirale économique de la mort : quand les populations deviendront trop pauvres, le système, aidé par la firme, procédera à l'accumulation militarisée, la prise de contrôle des finances publiques et l'explosion du secteur des assurances privées. D'ici là, en Europe, les partis extrémistes et la finance auront fusionné. Peu importe pour Vanessa, elle continuera à collaborer.

Tout à sa réflexion, elle ne voit pas, sur le trottoir d'en face, l'homme à la mallette rose bonbon appuyé contre sa pancarte :

I am not your slave.

Elle se replace dans le carré de soleil avec sa tablette. Elle surfe sur quelques sites de ragots, de célébrités puis décide de mettre à jour sa page sur le réseau social VIP Smallworld. Les messages de félicitations pour sa nouvelle « position » s'accumulent dans sa boîte mail. Elle consulte sa liste d'« amis » :

Jérémie et Alison ont modifié leur localisation : Cap-Ferret. Ils se seraient installés dans une maison du père de Jérémie, avec lui et sa femme. Ce regroupement familial écœure Vanessa. Elle zappe.

Clara et Bertrand n'ont pas donné signe de vie depuis trois mois. Aux dernières nouvelles, elle aurait entamé une procédure de divorce. Vanessa sélectionne le bouton « *remove friend* » pour Jérémie, Alison et Clara en les traitant de *losers*. Elle hésite pour Bertrand, le maintient finalement. Il finira bien par resurgir. Il sera même récupérable, une fois divorcé.

Elle s'attarde sur la photo très institutionnelle de Sébastien Costal. À la firme, elle a presque « son poste » maintenant. À défaut d'une véritable histoire d'amour, elle le suit à la trace. Ces derniers mois, elle n'a jamais réussi à supprimer son profil sur Smallworld. Quand on meurt, que deviennent nos avatars ? Les réseaux sociaux disposent-ils d'un cimetière ? Qui les prévient ? se demande-t-elle furtivement, inquiète de ce qu'il adviendra de sa petite personne une fois qu'elle-même…

Elle se penche sur son clavier pour sélectionner la fonction « *In a relationship* », indiquant que son cœur est pris. Elle n'a jamais réussi à s'occuper de Sébastien dans la vraie vie. Elle chérira son avatar. Au soleil, les lettres formées dans son dos par de petits diamants Swarovski étincellent de plus belle :

Love.

Achevé d'imprimer
sur Roto-Page
par l'Imprimerie Floch à Mayenne
en juillet 2013.
Dépôt légal : août 2013.
Numéro d'imprimeur : 85163.

ISBN 978-2-84990-230-1. / Imprimé en France.